코마키·나가쿠테小牧長久手 **전투(1584) 병풍도 앞부분.**
오다 노부오·도쿠가와 이에야스 연합군과
도요토미 히데요시 군의 전투 장면.

德川家康

도쿠가와 이에야스

2부 승자와 패자

13 비명 悲鳴

德川家康

도쿠가와 이에야스

2부 승자와 패자

13 비명 悲鳴

야마오카 소하치 대하소설

이길진 옮김

솔

『도쿠가와 이에야스』를 바로 읽기 위해

1. 본문 중°표시가 된 용어는 용어 사전에서 풀이하였다.
2. 본문 중•표시가 된 용어는 용어 사전 외에 부록 및 지도 등에서 설명하였다(다른 권 포함).
3. 인명과 지명은 원음 표기를 원칙으로 하며, 된소리를 피하고 거센소리로 표기하였다. 단 도쿠가와와 도요토미만은 원음과 차이가 있지만 일반인에게 익숙한 이름이기에 외래어 표기법에 따랐다. 장음은 생략하였다.
4. 인명, 지명 및 고유명사는 처음 나올 때 원어를 병기함을 원칙으로 하였으며, 강과 산, 고개, 골짜기 등과 같은 지명 역시 현지 음대로 강=카와(가와), 산=야마(잔, 산), 고개=사카(자카), 골짜기=타니(다니) 등으로 표기하였다.
5. 성과 이름 중간에 나오는 것은 대부분 관직명과 서열을 나타내는 것인데, 그 당시의 관습에 따라 이름과 혼용하여 쓰이는 경우도 있다. 각 관청 및 관직에 대해서는 부록에서 설명하였다.
   ex) 히라테 나카츠카사노타유 마사히데→히라테 마사히데(이름)+나카츠카사노타유(나카츠카사의 장관), 아마노 아키노카미 카게츠라→아마노 카게츠라(이름)+아키노카미(아키 지방의 장관)
6. 시간과 도량형은 아즈치 · 모모야마 시대에 쓰던 것을 그대로 따랐으며, 역시 부록에서 설명하였다.

차례

《 미노 · 오와리 · 이세의 주요 지도 》

작은 욕심, 큰 욕심

1

이에야스家康•는 근시를 물러가게 하고 챠야 시로지로茶屋四郎次郎이기도 한 마츠모토 키요노부松本晴延와 단둘이 모닥불을 사이에 두고 마주앉아 있었다.

이미 밤이 되어, 여러 첩자들이 알려온 정보가 양쪽 진영의 위치만은 분명하게 확인시켜주고 있었다. 히데요시秀吉•는 호소카와 타다오키細川忠興와 호리오 요시하루堀尾吉晴를 류센 사龍泉寺에 머물게 하고, 자신은 이나바 잇테츠稻葉一鐵, 가모 우지사토蒲生氏鄕 등과 함께 카미죠上條로 철수해 야영하고 있었다.

"그럼, 성주님은 혼다本多, 미즈노水野 두 장수가 야습하겠다는 청을 허락하지 않으셨군요."

키요노부가 목소리를 낮추고 이렇게 물었다.

이에야스는 고개를 끄덕이면서 짧은 목을 빼고 눈을 깜박거렸다.

"카즈마사數正가 무어라고 하던가?"

"그전에 어째서 야습을 허락하지 않으셨는지 그 이유부터 여쭙고 싶습니다."

"왜? 그대는 내 생각을 모르고는 카즈마사의 의견을 말할 수 없다는 말인가?"

"그렇지는 않으나…… 말씀을 듣고 나면 이시카와石川 님의 생각을 말씀 드리기가 한결 쉬울 것 같습니다."

"그만큼 카즈마사의 심정이 복잡하다는 말이로군."

"그렇습니다."

"좋아, 그럼 말하겠네. 나는 노부나가信長나 치쿠젠筑前과는 다른 방법으로 천하를 손에 넣을 생각을 하고 있네."

"다른 방법으로 천하를……?"

"그래. 노부나가도 치쿠젠도…… 그리고 타케다武田도 아케치明智도 모두 힘을 믿고 너무 일을 서둘렀어. 무슨 말인지 알겠나……?"

"알 것 같기는 합니다."

"바로 그 성급한 데에 큰 허점이 있었어. 신겐信玄도 노부나가도 미츠히데光秀도 그 허점 때문에 쓰러진 것일세. 치쿠젠은 어딘지 모르게 그 사람들을 닮은 것만 같아."

"그런 것 같습니다……"

"나는 서두르지 않아. 오늘 밤 조급하게 야습을 허락하여 사소한 승리를 거둔다 한들 그것이 얼마나 큰 이익이 되겠는가. 만일 공격에 실패해 타다카츠忠勝나 타다시게忠重를 잃기라도 한다면 그야말로 큰 손실일세. 큰 손실을 무릅쓰고 작은 이익을 얻는다…… 계산에 맞지 않는 일이야."

"그 반면에 말입니다, 히데요시의 목을 벨 수 있게 된다면……"

"그 경우에는 모든 어려움을 혼자 짊어지게 되지. 따라서 그것도 계산에 맞지 않아."

이에야스는 목소리를 낮추고 빙긋이 웃었다.

"키요노부, 떠오르는 태양은 끌어내릴 수 없는 것일세. 히데요시를 지금까지 지켜준 신불神佛이 갑자기 등을 돌릴 것이라고는 생각지 말게. 이겨도 이익이 없고 패하는 날에는 큰 손해를 볼 야습을 왜 내가 허락하겠나?"

"한 가지 더 여쭙겠습니다. 그 떠오르는 태양인 히데요시가 내일 새벽에 사만의 대군으로 이 성에 쳐들어온다면 어떻게 하시겠습니까?"

"키요노부!"

"예."

"걱정하지 마라. 전투는 벌어지지 않을 테니까."

"예…… 전투가 일어나지…… 않는다고 하시면?"

"나는 내일 아침까지 여기 있지 않아. 오늘 밤 자시子時(오전 1시), 달이 뜨기를 기다렸다가 철수할 것이다. 아무리 치쿠젠이라도 상대가 없는데 어떻게 싸우겠나…… 그러다 보면 서둘러 무리한 일을 하려는 치쿠젠으로부터 좀더 젊고 무리를 하지 않는 나에게로 신불의 뜻이 옮겨올 것이야. 사람이란 말일세, 인간이 일부러 손을 대어 죽이지 않더라도 신불이 생명을 거두실 때가 있게 마련. 신불의 뜻을 어기지 않기 위해 부하도 죽이지 않고 치쿠젠도 죽이지 않겠네…… 이것이 내가 천하를 손에 넣는 방법일세."

마츠모토 키요노부는 무릎을 탁 치고 몸을 앞으로 내밀었다.

2

"참으로 놀라우십니다."

키요노부가 얼굴 가득 감동의 빛을 띠는 것을 보고 이에야스는 다시 천연덕스러운 표정으로 고개를 끄덕였다.

“카즈마사도 전투는 피해야 한다. 시급히 이 성에서 철수하는 것이 좋다……고 말했을 테지?”

“그렇습니다!”

키요노부는 벅찬 감정을 눌렀다.

“장수들 중에는 이기고 있는 전쟁이라 반대하는 사람이 많을 것이다. 그러나 지금 치쿠젠에게 도전해서는 안 돼. 그 점을 잘 납득하시도록 말씀 드리라고……”

여기까지 말하고 더 이상 참을 수 없다는 듯 키요노부는 고개를 돌려 눈물을 닦았다.

“저는 기쁩니다, 주군! 이번 일에 대해 저도 이시카와 님과 같은 의견이었습니다.”

“그래? 그 말을 듣고 나도 자신감이 생기는 것 같네.”

“바로 그 말씀입니다. 이시카와 님은…… 진정으로 천하를 손에 넣으려는 자는 눈앞에 있는 사람을 상대할 것이 아니라 하늘을 상대해야 한다고……”

“카즈마사가 그런 말을 하던가?”

“예. 치쿠젠은 눈앞에 있는 사람…… 주군은 그 위에 서서 신불의 안목을 가지시도록…… 신불은 언제나 백성들의 편. 치쿠젠이 백성의 행복과 통하는 일을 하는 한 주군은 이를 칭찬하시고 도울 수 있는 넓은 마음을 가지시기를…… 예, 이시카와 님과 주군의 심경은 부합되고 있습니다.”

이에야스는 무뚝뚝한 표정으로 키요노부를 바라본 채 몇 번이나 고개를 끄덕였다.

“그래, 카즈마사는 이 이에야스에게 치쿠젠을 칭찬하고 도와주라고 했다는 말이지.”

“예. 그래야만 주군은 치쿠젠보다 더 큰 그릇…… 양보하는 것이 이번 경우에는 승리라고 했습니다."

"알겠네. 나는 양보한다고는 생각지 않아. 이번 일도 말하자면 전략, 어디까지나 싸우고 있는 것일세."

그러면서 비로소 이에야스는 부드러운 표정을 지었다.

"키요노부, 지금부터 헤이하치로平八郎의 진지에 가서 오늘의 공로는 그대가 제일이었다고 말하고 오게."

"알겠습니다."

"헤이하치로가 히데요시의 진출을 반 각(1시간)•이나 지연시켰어. 그 사이에 나는 얼른 이 성으로 물러나 치쿠젠의 콧대를 꺾어놓을 수 있었던 것일세. 남의 콧대를 꺾는 일은 한 번으로는 안 돼. 그러므로 제이의 행동을 할 수 있도록 준비하라고……"

"제이의 행동……?"

"그래. 오늘 밤의 야습도 그중의 하나가 될 수 있겠지. 그러나 이것은 상대도 어느 정도 예상하고 있을 테니까 별로 상책은 되지 못해. 그보다는 날이 새면 총공격을…… 하며 기를 쓰고 달려왔더니 그 성은 텅 비어 있더라…… 하하하…… 이 방법이 훨씬 더 콧대를 크게 꺾는 일이 될 게야…… 따라서 자시(오전 1시)를 기하여 코마키小牧로 철수한다고 하면 그 멧돼지 같은 무사도 납득할 것일세. 피를 흘리며 싸워서 이기는 일은 낮의 전투만으로 충분하니 나머지는 지략으로 승리를 거두라고 말하게."

"알겠습니다! 과연 이것이야말로 신출귀몰. 미카와三河 군의 야전의 신묘함이 여기에 있다고 말하겠습니다."

"좋아, 어서 서두르게."

이에야스는 키요노부와 함께 걸상에서 일어났다.

"마사노부正信, 마사노부……"

큰 소리로 혼다 마사노부本多正信를 불러 퇴각준비를 명했다.

3

그날 밤, 날이 밝을 때까지 하늘을 물들이는 모닥불이 활활 타오르고 있었다. 하시바羽柴 군 진영에서나 도쿠가와德川 군의 오바타 성小幡城에서도—

부근의 마을사람들은 어느 쪽에서든 반드시 야습을 감행할 것이라 여기며 공포에 떨면서 숨을 죽이고 있었다. 그러나 끝내 큰 충돌은 일어나지 않았다.

이윽고 날이 밝아왔다.

하시바 군 쪽에서 먼저 인마가 움직이기 시작했다.

히데요시는 이날 아침에도 아직 해가 뜨지 않은 동쪽 하늘을 향해 카시와데柏手°를 한 뒤 그가 자랑하는 공작꼬리 진바오리陣羽織°를 걸치고 말에 올랐다.

사기를 돋우기 위해 히데요시는 하타모토旗本들의 여러 부대를 말없이 돌아보았는데, 그 곁에는 언제나 이시다 미츠나리石田三成가 그림자처럼 따라다녔다.

측근에 있는 거친 무사들은 무공을 세우는 데만 급급하여 국면을 크게 내다보는 눈이 없었다. 그러나 이시다 미츠나리는 지혜로 완력에 대항하여 공을 다투고 있었기 때문에 그 안목은 때때로 히데요시를 능가하기도 했다. 히데요시가 그를 곁에서 떠나지 않게 하는 것은 이 때문이었다.

아직 날이 밝지 않은 어스름 속에서 출격준비를 서두르는 병졸들 사이를 지나 카미죠에서 호리오, 히토츠야나기一柳, 키무라木村 등이 야영 중인 류센 사가 바라보이는 언덕에 이르러 히데요시는 말을 세웠다. 이미 오바타 성 공격을 명하고 있었기 때문에 류센 사에서는 병력의 이동이 시작되고 있었다.

"사키치佐吉……"

"예."

"그대가 이에야스라면 오늘 전투를 어떻게 하겠나?"

미츠나리는 그 의미를 미처 깨닫지 못하고 되물었다.

"어떻게 하다니, 그게 무슨 말씀입니까?"

"어제 전투에서는 어쨌거나 이에야스가 이겼어…… 그러나 이 때문에 모처럼 고생해서 쌓은 코마키야마小牧山도 아니고 견고한 키요스성清洲城도 아닌 곳에서 나와 결전을 벌이지 않을 수 없게 되었어…… 사키치, 이기고도 진다는 것은 바로 이런 경우를 두고 하는 말이라 생각지 않나?"

"그렇습니다…… 결국 작은 오바타 성에서 결전을 벌이지 않을 수 없게 되었군요."

"따라서 그대가 이에야스라면 어떻게 하겠느냐 묻고 있는 것일세."

미츠나리는 흘끗 히데요시의 옆얼굴을 바라보았다.

"저는 전투에 대해서는 잘 알지 못합니다. 성주님이라면 어떻게 하시겠습니까?"

"뭣이, 전투에 대해서는 모른다고?"

"예."

"뻔뻔스런 소리를 하는군. 전투를 모른다면 다이묘大名°가 되지 못해. 나의 지혜만 빨아들이려 하다니."

"예. 그런데……"

"그런데, 어떻다는 말인가?"

"성주님은 이에야스를 오바타 성에서 공격하시렵니까?"

"그래. 이번에는 용서하지 않겠어. 모리毛利에게도 우에스기上杉에게도 반드시 궤멸시키겠다고 했어. 그렇게 하지 못하면 나는 거짓말을 한 것이 돼."

"이에야스도 그것을 알고 있겠지요?"

"암, 물론 알고 있을 테지."

"그러기에 만일 성주님이 이에야스라면 어떻게 하시겠느냐고 여쭙는 것입니다."

"하하하…… 내가 이에야스라면 어젯밤 안으로 얼른 오바타 성을 버렸을 것일세."

히데요시는 별로 생각도 하지 않고 대답했다.

4

"그렇군요……"

이시다 미츠나리는 흰 이마에 주름을 잡으면서 감탄한 듯 말했다.

"그러나 이렇게 많은 대군이 뒤에서 대기하고 있습니다. 그런 가운데 과연 무사히 철수할 수 있겠습니까?"

"물론 할 수 있지."

히데요시는 다시 한 번 거침없이 웃었다.

"세상에는 작은 욕심과 큰 욕심의 구별이 있는 게야. 큰 욕심을 가진 자라면 어떤 궁지에 빠지더라도 정확하게 주판을 놓게 마련이지."

"……예, 그럴 것 같습니다."

"이에야스에게는 훌륭한 부하가 있어. 그 혼다 헤이하치로本多平八郎 같은 자에게 야습을 시켜 우리 눈을 그쪽으로 돌리게 하고는 그동안에 얼른 철수한다. 그러면 혼다 군만 희생할 뿐 대세에는 변화가 없어. 다시 코마키에서 대진하게 되면 불리한 것은 이에야스가 아니라 이 히데요시니까."

"성주님!"

"왜 그러나? 남의 의견을 듣고 짜내는 지혜는 진정한 지혜가 되지 못하는 거야, 사키치."

"하급자의 지혜는 언제나 나중에야 나오게 마련입니다만, 약간 마음에 걸리는 것이 있습니다."

"그게 뭐란 말이냐?"

"이에야스가 그 정도의 계산도 하지 못하는 사람일까요?"

"뭣이……!"

순간 히데요시의 표정이 무섭게 굳어지는 것처럼 보였다.

솔직히 말해서 히데요시는 어젯밤 그 일에 대해 잘못 생각하고 있었다. 그의 가장 큰 장점이기도 했으나, 이케다池田 부자의 전사는 인정 많은 그의 가슴을 너무도 아프게 찢어놓았다.

'끝까지 나를 믿고 의리를 지킨 착하디착한 쇼뉴勝入……'

그의 실력과 결점을 잘 알고 있으면서도 그만 조카 히데츠구秀次를 총대장으로 딸려주고 말았다……

'히데츠구가 맨 먼저 공격당하지만 않았다면, 혹시 쇼뉴 부자가 패하기는 했을지언정 전사까지는 하지 않았을 게 아닌가……'

미워할 데가 전혀 없는 쇼뉴였던 만큼 그의 얼굴이 눈앞에 아른거리고, 또 붉은 갑옷에 머리 모양의 투구, 허리에는 붉게 물들인 야크° 모피를 두르고 역시 야크의 꼬리로 만든 지휘채를 든 키이노카미 모토스케紀伊守元助의 늠름한 모습이 자꾸 떠올라 이에야스에 대한 검토와 대책이 부족했다.

"저는 이에야스가 치밀하게 계산하여 나가쿠테長久手에서 재빨리 철수했다는 생각을 떨쳐버릴 수 없습니다…… 아니, 사실은 성주님이 지금 하신 말씀을 듣고 문득 깨달은 일이기는 합니다마는."

"사키치!"

"예."

“이에야스를 큰 욕심을 가진 인물……이라고 보는 모양이구나.”

“예. 물론 성주님만은 못합니다마는……”

“그래? 잘 말했다! 잘 말했어, 사키치!”

“하지만 그 말씀만으로는 알지 못하겠습니다. 어떻게 하시려는지.”

“이에야스를 구해주려고 한다!”

히데요시는 눈을 부릅뜨고 무릎을 탁 쳤다.

“나는 큰 욕심을 가지고 있어. 일본을 모두 휩쓸고는 명明나라까지 평정할 생각이야. 그때 이에야스는 큰 힘이 될 녀석이야. 그것을 내가 깜빡 잊고 있었어. 와하하하……”

5

히데요시는 큰 소리로 웃으면서도 자신의 얼굴이 진심으로 웃는 표정이 아니라는 것을 잘 알고 있었다.

‘아차!’

마음속으로 당황해하고, 그 당황스러움을 얼버무리기 위한 웃음이었다. 아니…… 그 웃음이 단지 측근에 있는 자들 앞에서만 겉치레하려는 것이었다면 이처럼 당황하지는 않았을 터. 그는 자신의 생각이 미치지 못했던 실책에 대해 —

‘이 정도의 일로 당황해서는 안 된다!’

강하게 반발했다. 그리고는 치솟으려는 불만을 짓눌러버려야만 속이 풀리는 성격이었다.

“사키치, 따라오너라!”

얼른 말머리를 돌리고 나서 다시 한 번 빠른 소리로 말했다.

“츄고쿠中國 정벌 때의 일인데, 우다이진右大臣° 님이 무사히 큰 임무를 완수하면 츄고쿠와 시코쿠四國를 고스란히 나에게 주겠다고 하셨어…… 그때 나는 필요치 않습니다! 분명히 대답했지. 저는 앞으로 조선朝鮮과 명나라까지 얻겠습니다, 좁은 일본의 영토 같은 것은 안중에도 없습니다, 이렇게……"

사키치는 어안이 벙벙한 얼굴이었다. 히데요시가 말한 의미를 몰라서가 아니었다. 이 경우 멍청한 것처럼 보이지 않으면 히데요시의 굳어진 얼굴이 풀리지 않는다는 점을 알고 있었기 때문이다.

"알아듣지 못하겠느냐?"

"예…… 저어, 조선과 명나라 말씀입니까?"

"그렇다!"

히데요시는 큰 몸짓으로 가슴을 두드리고는 웃었다. 그러나 이번에는 아까보다 약간 덜 웃는 얼굴이었다.

"하하하, 이것이 히데요시의 뜻이야. 그렇게 되면 사람의 손이 부족하게 될 것이다. 이에야스도 살려두었다가 수족처럼 부릴 때가 온다. 그것을 깜빡 잊을 뻔했어. 이에야스를 살려주고 나는 곧 가쿠덴樂田으로 철수하겠어."

"예, 잘 알겠습니다."

"머리가 둔한 자들에게는, 내가 이케다 부자의 죽음에 넋을 잃고 오바타 성 따위는 안중에도 없으니 어서 철수하라고 명했다고 말하도록. 서둘러. 이나바, 가모에게 그대가 속히 알리고 오게."

사키치 미츠나리는 웃음을 참고 진지한 표정으로 고개를 끄덕이면서 등을 돌렸다.

일단 등을 돌린 사키치는 웃음이 치솟았다. 이에야스가 철수하려 한다는 것을 깨달은 히데요시.

"아차!"

뒤늦은 탄식 대신 조선과 명나라까지 들먹이다니……

'그러나, 뜻밖에도 이 모두는 나중에 사실이 될지도 모른다……'

문득 이런 생각이 떠오른 것은, 미츠나리가 히데요시의 기질을 너무나 잘 알고 있는 탓이었다.

히데요시의 발상은 언제나 천진난만했다. 보통 사람이라면 감히 생각할 수도 없는 망상이어서 그대로 구름이나 안개처럼 사라져버릴 경우까지도 히데요시는 그 발상을 집요하게 다듬어 반드시 살리는 천부적인 재능이 있었다.

날이 밝았다.

히데요시의 군사 중에서 호리오, 히토츠야나기, 키무라 등의 선봉이 이에야스가 버리고 간 오바타 성에 들어가 어리둥절해하고 있을 무렵이었다. 히데요시는 이들 부대는 상관하지 않고 그대로 진군을 서둘러 북상했다.

6

카미죠에서 가쿠덴으로 돌아오기까지 히데요시의 심정은 남을 깔보는 큰 웃음과는 거리가 먼 것이었다. 그는 이에야스의 놀라운 용병술을 직접 경험하고, 그 실력을 비로소 절감했다.

'이에야스는 내가 생각했던 것보다 훨씬 더 유능한 사나이다.'

이전부터 뛰어난 무장이라는 것은 알고 있었다. 그러나 고작 모리, 우에스기, 호죠北條보다 조금 더 나을 정도라고 생각하고 있었다. 그런데 이번 전투에서는 당당하게 어깨를 겨루었고, 오히려 자기를 앞지른 행동을 보여주었다. 아무리 합리화시킨다 해도 오늘까지는 완전히 히데요시 자신의 참패였다.

'재빨리 철수하여 완전히 비어 있는 작은 성인 줄도 모르고 히데요

시나 되는 대장이 기세를 올리며 공격했더라면……'

생각만 해도 식은땀이 겨드랑이로 흘러내렸다. 이에야스는 그러한 자신의 모습을 비웃으려고 아무 미련도 없이 선뜻 철수했을 터.

'고약한 녀석……'

이에야스가 한발 먼저 코마키에 돌아가 히데요시가 없는 틈을 타서 가쿠덴에서 이누야마에 이르는 지역의 허를 찔렀더라면 그 승부는 예측할 수 없었다.

'역시 나는 쇼뉴의 죽음에 너무 구애되었던 모양이야……'

가쿠덴에 도착하여 본진本陣이 무사하다는 것을 알았을 때는 계속해서 한숨이 나왔다.

'예사 전법으로는 결말이 나지 않겠다.'

가쿠덴에 돌아온 히데요시, 그로서는 쇼뉴 부자와 모리 나가요시森長可를 잃었을 뿐 다시 이전 그대로의 대진이 있을 뿐이었다. 이쪽에서 공격하지 않는 한 이에야스는 움직이지 않을 것이고, 이에야스가 움직이지 않으면 히데요시도 움직일 수 없다. 그대로 있게 된다면 손해를 보는 것은 이에야스가 아니라 히데요시였다.

'이에야스 놈, 치밀하게 그런 계산을 하고 여유만만하게 산 위에서 나를 내려다보고 있다……'

히데요시가 가쿠덴의 본진에 돌아왔을 때 그를 기다리고 있는 것은 하쿠산린白山林에서 구사일생으로 돌아온 조카 미요시 히데츠구三好秀次였다. 히데츠구가 키노시타 토시나오木下利直와 함께 임시막사에서 처분만 기다리고 있다는 말을 들었을 때 히데요시는 크게 혀를 차며 미츠나리를 꾸짖었다.

"나중에 만나겠다. 지금은 바쁘다……"

당장 만난다면 때가 때인 만큼 반드시 자결을 명하게 될 것 같아 스스로가 두려웠다.

'이에야스 놈……'

그를 어떻게 할 것인가 하는 대책을 마련하지 않고는 못 견딜 것만 같은 마음이었다.

조선이나 명나라를 친다는 큰 배포도 당장에는 전국戰局에 대처하는 수단이 되지 못했다.

'내가 어려움에 처했으니 이에야스 놈도 어려움을 겪고 있을 것이 틀림없지만……'

이렇게 생각되었지만 타개책은 찾을 수 없었다.

본진으로 돌아온 히데요시는 유코幽古에게 차를 끓이게 하여 마시면서 잠시 동안 혼자 벽을 바라보고 있었다.

'이에야스를…… 이에야스 놈을……'

그러다가 느닷없이 큰 소리로 외쳤다.

"배가 고프다. 밥상을 차려오너라!"

그때는 이미 사위가 완전히 어두워 있었다.

7

밥상이 나왔을 때 히데요시는 언짢은 듯 말했다.

"척후가 돌아오거든 직접 이리 들라고 해라."

그리고는 젓가락을 들었다. 젓가락을 들었으나 평소와 같은 익살스런 말은 나오지 않았다. 쫑긋한 귀에 쌍꺼풀 밑에서 빛나는 눈, 불거진 광대뼈와 바싹 마른 얼굴…… 이것이 잔뜩 표정을 굳히면 그대로 살기殺氣와 이어졌다.

출입하는 코쇼小姓°들은 저도 모르게 발소리를 죽이고, 근시들도 숨을 죽이고 있었다.

히데요시의 등뒤에서 쇼뉴 부자를 추모하는 한 줄기 향불 연기가 피어 오르고 있지 않았다면 그들은 히데요시의 심중을 꿰뚫어볼 수 있었을지도 모른다. 그는 지금 쇼뉴 부자의 죽음을 애도하는 것처럼 보이면서, 실은 50대를 앞두고 맞닥뜨린 커다란 벽을 전력을 다해 무너뜨리려 하고 있었다.

오사카大坂에서 키슈紀州에 이르는 방면의 일도 마음에 걸렸고, 우에스기나 쵸소카베長曾我部의 거취도 안심할 수 없었다.

만약 전쟁이 장기전에 돌입하고, 히데요시 군이 패배했다는 소문이 세상에 퍼진다면 그의 공적은 단숨에 무너져버릴 터.

'이에야스 놈이 그런 큰 장애로 내 앞을 가로막을 줄이야……'

식사하는 도중에 척후 두 사람이 돌아왔다. 그들은 모두 코마키야마의 적이 전혀 움직이는 기색이 없다고 보고했다.

'생각했던 대로야……'

식사를 끝내고 상을 물린 뒤 비로소 히데요시는 잔뜩 움츠리고 있는 오무라 유코大村幽古에게 말을 걸었다.

"유코……"

"예."

"이번에는 우리 쪽이 좀 패한 것 같아."

"예."

"이럴 때 그 군사軍師 양반이 살아 있었다면 무어라고 했을까?"

"군사……라면 타케나카 님 말씀입니까?"

"그래, 타케나카 한베에 시게하루竹中半兵衛重治 말이다."

"글쎄요……"

유코는 생각에 잠기듯이 시선을 내리깔았다.

"역시 쿠로다 칸베에黒田官兵衛 님과 상의를…… 이렇게 말씀하시지 않을까요?"

조심스럽게 대답하고 나서 슬쩍 덧붙였다.

"타케나카 님이 츄고쿠의 진중에서 돌아가시기 전에 하셨다는 말을 들었습니다마는, 성주님은……"

"뭐, 한베에가 한 말……? 자기가 죽은 뒤에는 쿠로다와 상의하라고 했다는 말인가?"

"아닙니다. 제아무리 타케나카 님이라도 돌아가신 우다이진 님이나 성주님에게는 맞설 수 없다고 마음속을 털어놓았다고 합니다."

"뭣이, 한베에가 그런 말을 했다고?"

"예. 나는 결국 우다이진 님과 주군에게 혹사만 당하고 죽게 되었다. 안타깝게도 두 사람은 나보다 월등히 뛰어난 인물, 그래서 도리가 없는 일이기는 하나, 왜 좀더 어리석은 자로 태어나지 못했는지…… 그랬더라면 나도 좀더 큰 다이묘는 되었을 것인데, 한스럽다…… 이렇게 털어놓았다는 것입니다."

히데요시는 저도 모르게 몸을 앞으로 내밀었다.

"사실이냐, 그것이……?"

8

"한베에가 나에게…… 혹사당했다고?"

유코한테 뜻밖의 말을 들은 히데요시는 숨을 죽이고 눈을 부릅떴다. 노부나가는 어떤지 몰라도 히데요시만은 어디까지나 한베에를 다시는 얻기 어려운 군사로 알고 예우를 다했다고 믿고 있었다. 그 타케나카 한베에 시게하루가 죽음을 앞두고 어리석게 태어나지 못한 것을 한탄했다고 한다……

"예. 자기가 좀더 어리석은 인간으로 태어났더라면 우다이진 님이나 성주님은 오천이나 팔천의 군사를 맡겨 마음껏 공을 세우게 했을 것인데, 조금은 앞을 내다볼 수 있고 전투에 능하다고 하여 군사란 이름으로 곁에 두시고 한 사람의 군사도 거느리지 못하게 하셨다. 말하자면 위험시하여 우리에 가두어놓은 것과도 같다. 그러므로 나보다 못한 자는 다이묘가 되었는데도 나는 언제까지나 성주님에게 끌려만 다니는 망이나 보는 개와도 같으니…… 앞일은 뻔하다. 이쯤이 내가 죽을 때라고 병상에서 말했다고 합니다."

"으음."

히데요시는 뱃속에서 나오는 소리로 크게 신음했다. 아닌 게 아니라 한베에가 기발한 의견을 제시해올 때마다—

'이 자가 적이었다면……'

문득 공포와 비슷한 것을 느낀 일은 분명히 있었다.

"그렇구나, 한베에는 그런 심정으로 죽어갔구나."

"예, 인간이 처한 위치의 차이란 무서운 것입니다. 이번 일만 해도 이에야스는 도리어 이기고도 무서워하고 있지 않을까 합니다."

"그렇구나, 한베에가 그런 말을……"

히데요시는 더 이상 유코의 말을 듣고 있지 않았다.

한베에의 자리에 그대로 이에야스를 앉혀놓고 자신의 벽과 대하고 있었다.

'한베에 정도나 되는 자가 그런 지나친 생각을……'

"유코!"

"예."

"잘 말해주었어! 그래, 한베에가 나에게 끌려만 다니는 망보는 개와 같다고 했다는 말이지?"

"가지고 태어난 위상의 차이입니다."

"그래, 알겠다! 이에야스도 마찬가질 게야. 적으로 돌리지 않고 우리편으로 끌어들인다면……"

"예……?"

"아니, 그만 됐어. 이것으로 결심이 섰어! 하하하…… 인간은 때때로 자기가 만든 호리병박 속에 갇히는 경우가 있어. 그것을 깨뜨리고 나오면 바깥은 무한한 창공이야. 알겠다! 사키치!"

히데요시는 옆방에 있는 미츠나리를 큰 소리로 불렀다.

"코마키야마의 이시카와 호키石川伯耆(카즈마사)에게 밀사를 보낼 테다. 그 준비를 하라."

이렇게 명하고 밝은 낯으로 유코를 돌아보았다.

"유코, 붓과 종이를!"

"예, 알겠습니다."

"알겠나, 이에야스가 노리는 것은 고작 일본의 천하일 뿐이야. 그러나 나는 명나라와 천축天竺까지 노리고 있어…… 다 같이 노린다고 해도 천하에는 그릇의 크고 작음이 있게 마련. 자, 준비됐겠지?"

히데요시는 촛대를 끌어당기듯이 하고 빤히 허공을 노려보았다.

화평의 제물

1

마츠모토 시로지로 키요노부松本四郎次郎清延는 다시 이전의 챠야 시로지로로 돌아왔다. 그는 두 사람의 종자從者를 데리고 하마마츠浜松에서 쿄토京都로 돌아오는 도중이었다.

벌써 계절은 11월 하순. 오카자키岡崎로 통하는 가도에 서 있는 잎 떨어진 느티나무 가로수에 초겨울 바람이 몰아치고 있었다.

시로지로는 이따금 걸음을 멈추고는 짚신끈을 고쳐 매면서 왠지 모르게 눈시울을 붉혔다.

봄부터 이달 초까지 1년 가까이 계속된 전쟁은 끝나고, 지금은 이에야스와 히데요시 사이에 강화가 성립되려 하고 있었다. 아니, 성립되리라 믿고 다시 상인으로 돌아갈 것을 허락받은 챠야였다.

"예전에는 말일세……"

챠야는 걸음을 멈추고 기다리는 종자에게 말했다.

"상인이 되려고 하면서도 때때로 무사 생활을 잊을 수가 없더군…… 그러나 이번에는 완전히 인연을 끊을 수 있을 것 같아."

종자는 주인이 무슨 말을 하려는가 싶어 삿갓 밑에서 얼굴을 마주보고 애매하게 고개를 끄덕였다.

"무사란 여간 죄가 많지 않아……"

"전쟁을 하기 때문인가요?"

"그래, 전쟁도 하고……"

시로지로는 굳이 그 말을 두 사람에게 일깨워주려고 한 것은 아닌 듯, 허리를 펴고 잔뜩 흐린 하늘을 쳐다보며 한숨을 쉬었다.

"무사는 눈에 보이지 않는 의리라는 밧줄에 꽁꽁 묶여 있어 제 몸이지만 자유롭게 움직이지도 못해…… 주위 사람들도 너무 단순하고."

"과연 그럴까요?"

"그래. 내가 왜 이런 말을 하는지 자네들은 모를 것이야."

"예."

"하하하…… 알 리가 없지. 내가 알아들을 수 있도록 설명하지 않았으니까."

"그렇습니다."

"실은 말이지, 나는 지금 오카자키에서 어떤 사람을 만나고 갈까 그만둘까 그 일로 망설이고 있는 중이야."

"오카자키의…… 어느 분을 말씀입니까?"

"하기야 말해도 소용없는 일이지만……"

자기 자신에게 말하듯 중얼거렸다.

"성주 대리인 이시카와 카즈마사石川數正• 님일세."

종자들은 흘끗 서로 마주보았을 뿐 그대로 묵묵히 걸었다. 그들로서는 성주 대리라면 훌륭한 대장이라는 정도만 알고 있을 뿐, 그 이상의 관심은 없었다.

챠야는 이것을 알아차린 듯 다시 쓸쓸하게 웃었다.

"이시카와 님은 이번 전투에서 얼마나 많은 부하들의 목숨을 건졌는지 모를 큰 은인일세."

"부하들의 생명을……?"

"그래. 코마키에 있으면서 아군에게 무모한 싸움을 절대로 하지 못하도록 한 것은 바로 그분이야. 그런데 지금 그분은 부하들로부터 생명을 위협받고 있네."

"큰 은인이…… 말씀입니까?"

"그렇다니까!"

챠야는 목을 움츠렸다.

"아, 추워지는군. 진눈깨비가 내릴 모양이야."

"예."

"좋아, 역시 만나고 가야겠어. 상인으로 돌아왔으니 다시 만날 기회도 쉽지 않을 거야."

2

비가 내리기 시작하고 챠야 시로지로는 삿갓을 눌러쓴 채 걸음을 재촉하였다.

지금 이시카와 카즈마사를 찾아간다 해도 아무 할말도 없었다. 이미 화평의 조건이 결정되어 있었던 터라 챠야의 의견이 받아들여질 여지는 전혀 없다.

그러면서도 오카자키를 그대로 지나쳐갈 수 없는 것은 어째서일까? 카즈마사의 괴로운 입장을 정확히 알고 있는 것은 이에야스와 자신뿐…… 아니 또 한 사람, 혹시 혼다 사쿠자에몬本多作左衛門•이 알고 있을지…… 이런 생각과 함께 자신만이라도 잠자코 카즈마사 편이 되어줄 마음이 들었다.

'카즈마사가 내 앞에서 한마디라도 불평을 털어놓는다면……'

그런 경우라 해도 손을 붙잡고 울기나 하는 것이 고작일 테지만, 그러나 역시 찾아가지 않을 수 없었다.

원래 이번 전투는 처음부터 복잡하기 짝이 없는 아주 기묘한 것이었다. 이겨서는 안 되고, 그렇다고 패배하면 일족의 파멸.

나가쿠테 전투에서 대승을 거두었을 때, 이에야스의 가신家臣들 사이에서는 주장이 완전히 둘로 갈렸다. 아니, 그보다도 이에야스와 카즈마사를 제외하고는 모두 주전론主戰論으로 굳어졌다고 해도 과언이 아니었다.

'히데요시 따위는 두려워할 것 없다!'

원래 용맹스럽기는 하나 단순한 것이 미카와 무사의 특징이었다. 이러한 그들이 히데요시가 멈칫 하는 틈을 노려 일거에 공격하여 숨통을 끊어놓는 결전을 바라는 것은 당연한 일이었다.

이에야스가 지금은 히데요시를 공격할 때가 아니라고 설득하면 할수록 그들은 기세를 올렸다. 다른 뜻이 있어서는 아니었다. 이에야스가 자기들의 목숨을 우려한 나머지 중요한 일을 앞에 놓고 주저한다고 순수하게 생각했다.

이에야스를 제외하고는 그들의 이와 같은 강경한 주전론에 반론을 펴는 것은 카즈마사 혼자였다. 혼다 마사노부가 끼여들어도 아무도 상대를 하지 않았다.

"주군의 기를 죽인 것은 카즈마사일세."

"맞아, 옳은 말이야. 카즈마사에게는 히데요시의 손길이 뻗쳐 있는 것 같아."

"그게 틀림없어. 히데요시에게 사자로 갔다가 포섭되어 돌아온 모양이야. 틀림없어!"

이에야스는 이렇게 말하는 사람들을 제지하고 히데요시와의 결전을 피했다.

히데요시 또한 나가쿠테에서 가쿠덴으로 철수한 뒤 본진을 코마츠지야마小松寺山로 옮기고 당장 공격할 듯이 보이면서도 대치전對峙戰으로 들어갔다. 나중에 들은 바에 따르면, 히데요시는 코마츠지야마의 본진에서 바둑만 두고 있었다고 했다.

"적의 움직임이 수상합니다."

전선에서 보고가 들어와도 돌아보지도 않고 대답만 했다.

"그쪽에서 나오면 싸우겠다. 그러나 나오지 않으면……"

히데요시는 이에야스 쪽에서 공격하지 않을 것을 잘 알고 있었다.

'이러한 양쪽의 태도 때문에 쌍방 모두 얼마나 많은 생명을 헛되이 잃지 않아도 되었는가……'

물론 그동안 이에야스의 뜻을 받든 이시카와 카즈마사가 히데요시 쪽과 연락을 한 것은 사실이지만……

오카자키 성안에 들어선 챠야 시로지로는 다시 생각난 듯 한숨을 쉬었다. 그리고는 그 무렵 긴장한 나머지 창백하게 굳어 있던 카즈마사의 얼굴을 머릿속에 떠올렸다. 자칫 한 걸음만 잘못 내디디면 어떤 파탄에 빠져들지 모르는 카즈마사의 위험한 도박이었다……

3

상대는 지장智將으로 이름난 히데요시. 그 히데요시를 상대로 하여 호각互角의 지모를 짜내야만 하는 카즈마사의 입장. 만일 히데요시의 속셈을 잘못 읽고 허점을 드러내기라도 한다면, 히데요시 군은 당장 성난 파도처럼 코마키야마를 휩쓸게 될 것이다.

카즈마사로서는 아군도 공격하지 않게 해야 했지만, 적에게도 절대로 공격을 하게 해서는 안 되었다. 이에야스의 속셈이라 칭하고 히데요시에게 밀고한다는 것은, 사실은 이에야스의 의사이고 동시에 히데요시 쪽의 이익이 되기도 한다는 치밀한 계산 아래 짜낸 유일한 해답이 아니어서는 안 되었다.

조금이라도 차질이 생기면 민감한 히데요시는 카즈마사가 이에야스의 뜻을 받아 움직인다는 사실을 당장 간파했을 터. 그렇게 되면 히데요시로부터 어떤 보복을 당했을지 짐작조차 할 수 없었다.

양쪽 모두에게 전쟁의 불리함을 인식시키면서 정확하게 히데요시군의 동향을 파악하여 아군의 포진을 대응시켜나가게 한 그 전공은 어느 누구와도 비교할 수 없을 정도로 컸다.

히데요시는 4월 내내 코마츠지야마에 있었다. 그러면서 카즈마사의 밀고가 충분히 신뢰할 수 있다는 것을 확인했다.

그런 다음 비로소 배로 다리를 놓고 키소가와木曾川를 건넜으며, 이어 카카미가하라各務ヶ原를 거쳐 미노美濃의 오우라大浦로 들어갔다.

전선의 교착상태를 타개하기 위해 미노에 있는 동군東軍의 여러 성을 공격하는 것처럼 보이면서 행동을 개시하여 카가노이 성加賀野井城과 타케가하나 성竹ヶ鼻城을 공격했다. 이러한 과정을 거쳐 히데요시군이 오사카로 철수한 것이 6월 28일이었다.

이때 히데요시는 이세伊勢 방면에서도 활발하게 군사를 움직였다. 마츠가시마松ヶ島, 미네峯 등의 여러 성과 칸베神戸, 코쿠후國府, 치쿠사千草, 하마다浜田, 쿠스노키楠 등을 함락시켰다. 그러나 이것 역시 이에야스의 항복을 받으려는 것과는 전혀 다른 목적에서였다. 이에야스와 화의를 성립시키기 위해서는 우선 노부오信雄와 강화를 맺지 않으면 안 된다――이런 생각에서 나온 작전이었다. 그렇게 하도록 만든 것은 카즈마사였다.

이에야스는 의리를 지키기 위해 출병했다. 따라서 당사자인 노부오가 히데요시와 강화를 맺으면 도쿠가와 군도 철수하는 것이 도리였다.

그 후에도 소규모의 전투는 있었다. 그러나 이미 양쪽의 방침은 결정되어 있었다. 히데요시나 이에야스도 각자 체면을 손상하는 일 없이 노부오와 히데요시가 강화할 수 있도록 유도하는 함축성을 지닌 움직임들이었다.

8월 28일 다시 오사카에서 나온 히데요시와 코마키 주변에서 정찰전偵察戰이 벌어졌다. 이것을 마지막으로 양군은 휴전상태에 들어갔다.

이에야스는 9월 27일에 키요스로, 10월 17일에는 미카와로 철수하여, 그때부터 강화의 교섭이 시작되었다.

지금 히데요시와의 교섭을 전적으로 위임받고 처리해온 이시카와 카즈마사가 당면한 문제는, 히데요시가 이에야스에게 요구한 인질에 관한 것이었다. 이에야스의 아들 하나에 이시카와 카즈마사와 혼다 사쿠자에몬 두 중신의 아들을 딸려 오사카에 보내라고 제의해왔다. 이 일로 가문이 모두 분노를 터뜨리고 있었다.

"카즈마사는 대관절 어느 편이란 말인가."

"이긴 쪽에서 인질을 보낸다…… 이건 지금까지 들어보지도 못한 일이야. 왜, 안 돼! 호통을 치고 돌아오지 못했을까."

카즈마사가 있는 오카자키 성의 셋째 성에 챠야 시로지로가 도착했을 때는 본격적으로 진눈깨비가 내리고 있었다.

4

손님을 맞으러 나왔던 젊은 무사는 곧바로 안에 들어가기는 했으나, 예상과는 달리 좀처럼 돌아오지 않았다.

챠야는 고개를 갸웃거렸다.

자기가 찾아왔다는 것을 알면 직접 마중 나올지도 모른다…… 그 정도로 지금 깊은 고립에 빠졌을 카즈마사일 것이라 예상했는데 전혀 뜻밖이었다.

이윽고 젊은 무사가 돌아왔다.

"잠깐 동안이라면 괜찮다고 하십니다마는."

긴말은 필요없다는, 노골적으로 복선을 깐 느낌의 전갈이었다.

챠야는 고개를 갸웃했다.

"물론…… 바쁘신 줄은 알지만, 쿄토에 가면 언제 다시 뵙게 될지 모릅니다. 그래서 잠시 인사라도 드리고 갈까 하여."

종자 두 사람을 대기실에서 기다리게 한 뒤 챠야는 발을 씻고 현관으로 향했다.

"호키노카미伯耆守 님은 별고 없으시겠지요?"

서원書院으로 통하는 복도에서 다시 한 번 안내하는 젊은 무사에게 물었다.

"예…… 예."

젊은 무사는 잠시 말을 더듬다가 말꼬리를 흐렸다.

"워낙 걱정이 많으셔서……"

어쩌면 카즈마사의 꾸중을 듣고 왔는지도 몰랐다.

서원에 들어갔을 때 카즈마사는 이미 촛대를 준비해놓고 기다리고 있었다.

'여위었구나!'

챠야는 생각했다. 유난히 불거져나온 광대뼈가 우울한 그림자를 드리우고 바른 자세로 앉아 있는 어깨도 굳어 있는 것처럼 보였다.

"바쁘실 텐데 방해를 하게 되어 죄송합니다."

챠야는 머리를 조아렸다.

"무슨 용무인가? 자네는 이미 자유로운 몸이 되었다고 하던데, 그렇다면 더 이상 가신도 아니고 동료도 아닐세. 그러니 일부러 찾아올 것까지도 없지 않은가?"

카즈마사는 근엄한 목소리로 말했다.

"모두 물러가거라."

그리고는 두 사람의 젊은 무사에게 명했다.

젊은 무사들보다 챠야가 더 놀랐다. 뜻밖이기도 했다. 얼마 전까지만 해도 이에야스를 측근에서 모시던 사이이고, 자기가 무엇 때문에 측근에서 물러나고 무엇 때문에 상인이 되려고 하는지도 잘 알고 있을 카즈마사가 아니란 말인가……

젊은 무사들이 물러간 뒤에도 카즈마사는 얼마 동안 챠야를 바라보지 않았다.

"이시카와 님, 얼마나 심려가 많으십니까. 저는 잘 알고 있습니다."

"그런 걱정은 하지 말게!"

"예……?"

"이 이시카와 카즈마사는 상인이 된 자네에게 동정을 받고 기뻐할 정도로 약하지는 않아."

챠야는 저도 모르게 숨을 죽이고 카즈마사를 바라보았다.

카즈마사가 이런 말을 하는 것은 챠야가 상상한 이상으로 그 주위에 강한 바람이 불고 있다는 증거였다.

"참고삼아 말해두겠네. 지금 이 카즈마사를 찾아오는 사람에게는 누구를 막론하고 가신들이 눈을 번뜩이고 있네."

"아니, 찾아오는 사람에게……?"

"인사를 차리다가 의심을 받아 목숨을 잃는다면 억울한 일이야. 특히 자네는 쿄토로 가는 몸…… 쿄토는 히데요시의 세력 아래 있다는 것을 모르는가?"

'아차!'

그 말을 듣고 챠야는 비로소 깨달았다.

'카즈마사는 이 챠야의 신상을 걱정하고 있구나……'

5

챠야 시로지로는 가슴이 뭉클했다.

가신 중에서도 제일로 꼽는 충신이, 자기를 찾아오는 사람의 목숨을 걱정해야 할 정도로 큰 오해를 받고 있다……

"이시카와 님, 이 챠야는 무사와 인연을 끊게 된 이번 여행에서 용기를 내어 여쭙고 싶은 말씀이 있어서 찾아왔습니다."

카즈마사는 여전히 고개를 돌린 채 말했다.

"말해보게. 대답할 수 있는 것이라면 옛정을 봐서라도 말해주겠네."

"감사합니다……"

챠야는 공손히 고개를 숙였다.

"히데요시의 인질 요구를 주군께서는 승낙하셨습니까?"

"그것에 대해서는……"

카즈마사는 크게 한숨을 쉬고 비로소 챠야를 똑바로 바라보았다. 불쾌해하던 처음의 표정과는 다른 슬프고 맑은 응시였다.

"가까운 장래에 그 일로 이 카즈마사가 다시 히데요시를 찾아가게 되어 있어."

"승낙한다는 말씀을 전하시려고 말입니까?"

"아니, 거절하기 위해서."

"예? 하지만 주군의 뜻은……"

"가장 크게 반대하는 장본인은 오센阿仙(센치요仙千代)을 지명하며 인질로 보내라고 요구받은 혼다 사쿠자에몬일세…… 사쿠자에몬은 자기 눈에 흙이 들어가기 전에는 아들을 히데요시 따위에게 인질로 보낼 수 없다, 굳이 강요한다면 오센을 데리고 떠돌이무사가 되겠다고 여러 사람 앞에서 단호하게 선언했어."

챠야는 잠자코 고개를 끄덕였다.

사쿠자에몬이 한 말이라면 구태여 신경 쓸 필요가 없었다. 사쿠자에몬과 카즈마사는 처음부터 이에야스와 상의가 있었을 것…… 이렇게 생각했기 때문이다.

"챠야."

"예."

"자네는 사카이堺에 아는 사람이 있겠지?"

"예. 나야 쇼안納屋蕉庵, 츠다 소큐津田宗及, 모즈야 소안万代屋宗安, 스미요시야 소무住吉屋宗無 등을 알고 있습니다."

"소에키宗易(리큐利休)는 어떤가, 면식이 없나?"

"있습니다. ……지금은 히데요시가 특별히 우대하고 있는 것 같습니다마는."

카즈마사는 고개를 끄덕이고 화제를 돌렸다.

"이번의 인질 문제는 히데요시가 너무 지나쳤어."

"예……"

"노부오 님과 히데요시의 화의에 주군이 전혀 방해하지 않으신 것은 끝까지 의리를 지키시려는 훌륭한 마음가짐…… 이긴 싸움에 아무런 보상도 요구하지 않고 잠자코 군사를 철수시킨 그런 무장이 지금까지 과연 있었을까?"

"그야 있었을 리가 없지요."

"그러한 주군에게 인질을 요구하다니 이것은 언어도단. 노부오 님에게라면 어떤 조건을 내걸든 우리가 알 바 없는 일이지만…… 도쿠가와 가문에까지 그런 요구를 하다니, 그래 군사를 철수케 하고 나서 우리를 속인 것이다…… 이런 말이 나오고 있네. 이 카즈마사가 다시 사자로 다녀오지 않을 수 없는 것은 당연한 일일세."

차야 시로지로는 빨려들 것 같은 강력한 눈길로 뚫어지게 카즈마사를 바라보았다.

카즈마사도 차야를 응시한 채 어느 틈에 눈시울을 붉히고 있었다. 아마도 이런 상황에 처한 카즈마사의 고충을 막후에서 히데요시에게 알릴 수단이 없을까 하고 질문을 던지고 있는 것이 분명했다.

6

차야가 알고 있는 한 이에야스나 사쿠자에몬, 카즈마사도 인질을 보내는 문제는 불가피한 일로 보고 받아들일 결심일 터였다. 그런데도 가신들의 강경론이 이를 용납하지 않는 모양이었다.

사실 이 강경론에는 확실히 일리가 있었다. 이에야스는 어디까지나 이번 전투를 노부오의 전투로만 간주했다. 간청을 해와 도와주기는 했으나, 화의는 노부오의 의사에 맡기고 깨끗이 군사를 철수시킨 것으로 되어 있었다.

그런데 인질을 보내게 된다면 이에야스도 또한 노부오와 함께 히데요시에게 패한 것으로 간주될 터. 만일 이에야스가 의리 때문에 노부오를 돕고, 화의는 내가 알 바 아니라고 군사를 철수시켰더라면 이에야스와 히데요시는 무승부가 되었다.

새로 양자간의 제휴를 도모하려면 히데요시 쪽에서도 인질에 필적할 만한 그 무엇을 이에야스에게 보내야 했다. 그러나 이것은 표면적인 구실 — 카즈마사도 모르지 않을 것이었다.

그런 것을 잘 알면서도 인질에 관한 일을 주선하지 않을 수 없었던 카즈마사.

"그대는 이에야스의 힘과 내 힘이 같다고 생각하는가."

히데요시로부터, 이런 막무가내의 호통을 들었기 때문이다. 물론 이에야스 자신도 잘 알고 있는 사실이었다. 가신들이 강경론을 펴지 않았다면 그대로 이행될 가능성은 충분했던 것이지만……

"이시카와 님, 그러면 주군도 강경론에 찬성하시고 인질은 안 된다고 하시는 겁니까……?"

"이치에 맞는 일이라면 주군도 가신들이지만 승복하지 않으실 수 없지. 그래서 나는 거절하기 위해 사자로 가려고 하는데……"

챠야 시로지로는 마른침을 꿀꺽 삼키고 몸을 앞으로 내밀었다.

"그러시면…… 그러시면 혹시 제가 도와드릴 일이 없을까요? 인질을 거절했다가 만일 쌍방간에 다시 싸움이 일어나면…… 히데요시도 큰 손해가 될 것……"

"바로 그것일세!"

"예?"

"자네는 상인이니 손실과 이득을 잘 알고 있을 것일세. 히데요시에게 그 수지타산을 제대로 전할 수 있는 연줄이 필요하네."

"그러면 이미…… 그러시면 이시카와 님의 마지막 결심은…… 이걸 여쭙는다면 너무 당돌한 일일까요?"

카즈마사는 눈길을 돌리고 촛대의 불똥을 떼어냈다. 주위가 확 밝아지고 하얀 화로의 재가 눈에 띄었다.

"마지막에는 말일세, 챠야, 모든 것을 버릴 생각이야. 나도 사쿠자에몬도……"

"황송합니다. 그 뜻을 잘 알겠습니다."

"히데요시가 무어라 말할지는 모르겠네만, 나에게 한 가지 생각이 있는데……"

“어떤 생각이십니까?”

“히데요시에게는 친아들이 없어.”

“그렇습니다마는……”

“그래서 오기마루於義丸* 님을 양자로 삼게 할 생각이야. 결코 인질은 아닐세! 그 양자에게 내 아들과 사쿠자에몬의 아들을 딸려 보낸다…… 이 일이 성사되면 오다 가문과 도쿠가와 가문처럼 양가는 인척이 되는 것일세.”

그러면서 카즈마사는 엄숙하게 웃었다.

“이 일이 성사되지 않으면 가신들을 납득시킬 힘이 내게는 없어. 할복할 수밖에 없네. 오사카 성의 장지문에 카즈마사의 창자로 미카와 무사의 그림을 그릴 따름이야.”

7

챠야 시로지로는 얼어붙은 표정으로 이시카와 카즈마사를 바라보았다. 이것으로 카즈마사의 속셈은 분명히 알았다.

카즈마사는— 인질은 승복할 수 없다. 그러나 만일에 양자로 받아들인다면 히데요시의 요구를 그대로 수용하여 오만お万이 낳은 이에야스의 둘째아들 오기마루에게 카즈마사의 아들 야스나가康長와 혼다 사쿠자에몬의 아들 센치요를 측근의 코쇼로 딸려 보내겠다.

“이런 선에서 납득하시지 않는다면 저는 주군인 이에야스를 설득시킬 수 없습니다.”

명분을 취할 것인가 실리를 취할 것인가, 히데요시에게 마지막 조건을 내걸고 담판할 생각인 듯했다. 그러나……

‘과연 이 제안을 히데요시가 순순히 받아들일 수 있을 것인가……?’

이 점에 이르러서는 카즈마사도 자신이 없는 모양이었다.

챠야가 생각하기에도 그랬다. 히데요시는 이번 전투에서 명분에 몹시 신경을 썼기 때문이다.

그 즈음 세상의 평판은 이에야스가 강하다는 것을 인정하고 있었다.

"이번 전투만은 치쿠젠 님의 패배였어."

오사카 성 안까지 이런 소문이 은밀히 퍼지고 있었다. 그러므로 히데요시가 양자에 대한 것을 순순히 승낙할 리 없다는 생각이었다.

"한 가지 더 여쭙겠습니다."

"물어보게, 이왕 말이 나왔으니."

"이시카와 님은 히데요시가 그 제안을 받아들이는 대신 다른 조건을 제시했을 때는 어떻게 하시겠습니까?"

"뭐, 받아들이는 대신 다른 조건을?"

"예. 저는 그럴 것 같은 생각이 듭니다. 지금은 비록 인척이라는 명목으로라도 화의를 성사시키는 것이 히데요시에게도 유리합니다. 그러므로 강력하게 나가면 혹시 승낙할지도……"

"그럼, 그 대신 무엇을 요구할 것이라고 생각하나?"

"예, 이 챠야의 생각으로는……"

시로지로는 신중하게 고개를 갸웃하고 카즈마사의 표정을 살폈다.

"이에야스 자신이 직접 오기마루를 데리고 오사카 성으로 오라…… 이런 말을 할 것만 같은 생각이 듭니다마는."

"뭐, 주군이 직접……?"

순간 카즈마사의 얼굴이 곤혹스러운 빛으로 흐려졌다. 챠야의 말을 듣는 순간 카즈마사로서도 그런 생각이 들었다.

'문제는 히데요시의 체면을 세워주는 일……'

아량을 베풀어 이에야스의 아들 오기마루를 양자로 삼은 것처럼 보이고, 이에야스를 오사카 성으로 불러들여 많은 다이묘들 앞에서 부하

취급을 한다. 그렇게 해서 자신의 지위와 실력을 과시할 수만 있다면 히데요시의 체면이 서고 그의 직성은 풀릴지 몰랐다.

“으음, 있을 수 있는 일이군……”

“저는 다분히 그럴 줄로 알고 있습니다마는, 그럴 경우에는 받아들이시겠습니까?”

카즈마사는 조용히 고개를 저으면서 한숨을 쉬었다.

“주군이 승낙하신다 해도 가신들이 납득하지 않을 것일세. 어떻게 주군을 오사카에 보낸단 말인가. 기만하여 시해할 속셈이라고 점점 더 깊은 의혹을 살 뿐이야.”

이번에는 챠야 시로지로가 몇 번이나 고개를 끄덕였다. 그 역시 어려운 일……이라고 처음부터 알고 있었다.

8

“이시카와 님의 말씀을 듣고 저는 저 나름으로 방법을 강구해보려고 합니다마는.”

챠야는 카즈마사의 얼굴을 그 이상 더 보고 있을 수가 없어 그만 자리를 뜨려고 했다.

“그래, 그렇게들 말할 것이 분명해! 그런 생각이 드는군.”

카즈마사는 다시 한 번 허공을 바라보며 중얼거렸다.

“이대로 돌아갈 생각인가?”

“예. 사정을 알고 보니 무리하게 묵고 가겠다는 부탁을 드릴 수도 없군요. 그냥 인사만 여쭙고 성밖에서 숙소를 마련할 생각입니다.”

“챠야.”

“예.”

"성을 나갈 때는 조심하게. 자네가 생각하는 것보다 훨씬 더 가신들의 분노는 심하니까."

"……이시카와 님의 진심을 모르다니, 이것이 미카와 사람들의 결점입니다."

"아니, 그 단순하고 완강한 기질은 더할 나위 없는 장점일세. 그들이 이 카즈마사만을 얼빠진 놈이라 매도하고 분노하는 한 주군은 안전하실 것이야."

"참으로 감복했습니다. 이시카와 님은 가문의 기둥이십니다. 그러면 부디 몸조심하시고 대임大任을 완수해주십시오."

"고맙네, 그럼 자네도……"

카즈마사는 손뼉을 쳐서 아까 그 젊은 무사를 불렀다.

"손님이 돌아가시니 현관까지 배웅하도록 하라."

"알겠습니다."

챠야는 더 이상 카즈마사에게 말은 하지 않고 정중히 인사하고 복도로 나왔다.

'이상한 충성도 다 있구나……'

그러면서 카즈마사의 곤혹스러운 처지를 절실하게 느꼈다.

히데요시라는 폭넓은 인간은, 미카와 가신들이 남을 재는 잣대를 훨씬 벗어난 재능을 가지고 있었다. 그런 만큼 히데요시의 모든 언행이 소박한 미카와 무사들에게는 믿을 수 없는 사기와 모략으로 보이는 모양이었다.

어쩌면 히데요시는 대장으로서는 경박하고 변덕이 심한 기질인지도 모른다. 그러나 히데요시에게 사자로 가서 인질에 대한 말을 듣고 돌아왔다고 해서 카즈마사를 찾는 자에게까지 의심의 눈길을 돌린다면 지나치게 편협하다고 하지 않을 수 없었다.

'혹시 이시카와 님도 좀 과민해진 것이 아닐까……'

이런 생각을 하면서 성의 옆문을 향해 걷다가, 따라오는 두 종자에게 말을 걸려고 돌아보았을 때였다.

"섰거라!"

해자垓子 옆 소나무 숲에서 복면을 한 두 무사가 뛰어나와 챠야의 앞을 가로막았다. 이미 주위는 완전히 어두워져 남녀를 겨우 구별할 수 있을 정도였다.

"예, 왜 그러시오?"

챠야는 내심 한심하게 여기면서 걸음을 멈추었다.

'과연 망을 보고 있었구나. 원, 이럴 수가.'

"이름을 말하라."

"챠야라고 하는데, 무슨 일로……?"

"챠야라면 마츠모토 키요노부로군."

"그렇소. 얼마 전까지는 그런 이름을 가진 무사였소…… 그러나 지금은 무사를 그만두고 포목상을 하는 챠야로 돌아왔소."

그러면서 시로지로는 상대가 칼집에 손을 가져가는 것을 보고 더욱 어이가 없었다.

9

"좋아. 챠야이건 마츠모토이건 그건 중요치 않아."

검은 그림자는 조심스럽게 일정한 거리를 유지했다.

"그대는 누구를 만나러 성에 왔었나?"

챠야는 유치하다는 생각과 함께 버럭 화가 치밀어올랐다.

"대답하지 않으면 어떻게 하겠나?"

"죽이겠다!"

대쪽을 자르는 듯한 짤막한 대답이었다.

"허어…… 반가운 말을 듣게 되는군."

챠야에게도 아직 미카와 무사의 피는 흐르고 있었다. 말끝에 웃음을 섞은 것은 그나마 자제한 결과라 할 수 있었다.

"성에 인사 드리러 왔다가 살해당한다면 그건 두고두고 이야깃거리가 될 거야. 이 챠야에게 무슨 잘못이라도 있다는 말인가?"

"있다."

"그 말만으로는 납득이 되지 않아. 무엇이 미심쩍다는 말인가?"

"지금부터 그대는 쿄토로 돌아갈 테지?"

"당연하지. 나는 도쿠가와 가문의 옷감을 조달하는 쿄토의 상인 챠야니까."

"그대가 치쿠젠과 자주 만나며 특별히 친하게 지낸다는 것은 알고 있다. 너를 코마키 진중에 숨어든 치쿠젠의 첩자라고 말하는 사람도 있지만 거기까지는 믿지 않는다."

"원, 이런."

챠야는 놀랐다는 듯이 한숨을 쉬었다.

"그런 소문까지 돌고 있나? 하지만 믿지 않는 편이 좋아. 이 챠야가 정말 첩자라면 주군을 진작에 살해했을 거야. 그런데 내가 다녀온 곳을 말한다면……?"

"말하라, 분명하게."

"하하하, 알고 있을 텐데, 성주 대리인 이시카와 님에게 작별 인사를 드리러 왔다는 것을?"

챠야가 거침없이 대답하는 순간 두 그림자는 잠시 서로의 얼굴을 마주보았다. 처음의 성급했던 태도가 차차 침착함을 되찾고 있었다.

"말해라, 성주 대리가 네게 한 말을."

"당치도 않은 소리. 이야기를 나눈 것은 단순히 세상살이에 대한 것뿐일세."

"그것을 말해라."

"말하지 않으면 나를 죽이겠나?"

"그렇다, 죽이겠다!"

"원, 이런. 그렇다면 말하지 않을 수 없군. 지금 죽으면 아무런 의미도 없으니까."

치밀어오르는 분노를 참고 챠야는 다시 웃었다.

"치쿠젠이 인질을 보내라고 했다면서 몹시 노하고 계셨어."

"노했다고?"

"거듭 그런 요구를 한다면 배를 갈라 오사카 성의 장지문에 피를 뿌리시겠다며 여간 분개하고 계시지 않았어……"

"거짓말은 아니겠지?"

"거짓말…… 거짓말이라니. 당치도 않은 소리. 이 챠야도 예전에는 미카와의 무사, 칼이 무서워 거짓말을 하는 겁쟁이는 아니야. 그래서 나는 분명히 말씀 드렸지. 그처럼 진노하시면 손해라고……"

"뭐, 손해?"

상대는 다시 얼굴을 마주보고 고개를 끄덕였다.

종자 두 사람은 어떻게 될 것인가 싶어 나무 그늘에 숨어 벌벌 떨면서 대화에 귀를 기울이고 있었다.

10

"뭐가 손해라는 말이냐? 납득할 수 없는 소리를 지껄이는군. 말해라, 손해가 되는 이유를……"

상대는 어느 틈에 칼집에서 손을 떼고 이상할 정도로 순순히 챠야의 의견을 듣는 태도가 되어 있었다.

'으음, 과연 이시카와 님이 말했듯이, 무어라 말할 수 없는 장점이 바로 여기에 있군……'

챠야의 마음도 점점 누그러졌다.

"손해가 되는 그 까닭을 설명하겠네. 상대가 인질을 요구하는 것이 무엇 때문인지 잘 생각해보게. 그것은 치쿠젠이 자기 체면을 세워달라는 애절한 소원일세. 인질도 잡지 않고 화의를 맺었다……고 하면 세상 사람들이 웃을 것이라는 어린아이 같은 조바심 때문 아니겠나. 그러니 화는 내지 말고, 그것은 안 될 말……이라고 한마디로 거절하면 된다고 내가 말했네. 내 말이 옳지 않은가? 그런데 이시카와 님은 일단 사자로 가야 할 것이므로 주군에게 그런 말씀을 드려야만 해. 말씀 드리고 나서 거절한다고 해도 아무 지장이 없을 것 아닌가?"

"으음."

상대는 신음하듯 되물었다.

"그랬더니, 성주 대리의 대답은?"

"과연 그렇다, 이런 일로 화를 냈던 내가 크게 잘못했다고 머리를 끄덕이시더군."

"크게 잘못했다고……?"

"그래, 굳이 오사카 성의 장지문에 창자를 뿌릴 것까지는 없다, 그것은 안 될 말이라고 깨끗이 거절하면 그쪽에서 꺾이고 다른 말을 꺼낼 것이다, 그때는 다시 이 말을 전하면 된다, 체통이 서지 않는 것은 이쪽이 아니라 치쿠젠 쪽……이라며 웃으셨네."

"과연 그렇기는 하군."

"그래서 나도 쿄토로 돌아가거든 조금은 성주 대리님의 도움이 될 일을 하겠다고 했네."

"무슨 일을 하려는가?"

"미카와 무사의 각오가 어떤 것인지 치쿠젠의 귀에 약간은 들어갈 수 있도록, 오사카 성에 출입하는 상인들에게도 통하지 않을 억지는 쓰지 말아야 한다는 소문을 퍼뜨릴 생각일세. 이시카와 님의 부탁을 받은 것은 아니지만, 담판을 벌일 때는 이러한 세상의 소문이 크게 영향을 미치는 것일세."

챠야는 하마터면 웃음을 터뜨릴 뻔했다. 조금 전까지만 해도 당장 칼을 빼어들고 덤빌 것 같던 두 사람이 멋쩍은 듯이 가슴을 펴고 걷기 시작했기 때문이다.

"잠깐, 아직 내 이야기는 끝나지 않았네."

"그것으로 됐어."

"그쪽에서는 됐는지 몰라도 나는 아직 용무가 남아 있어."

"뭐, 용무가 있다고?"

"암, 나는 이제부터 숙소를 정해야 할 텐데 또다시 자네들과 같은 자가 나타나면 성가신 일이거든."

"안내해달라는 말인가?"

"안내하는 것만으로는 마음이 놓이지 않아. 안심하고 잘 수 있도록 오늘 밤엔 내 숙소 주위를 경비해주는 것이 친절한 일이 아닌가 생각하는데?"

"하긴 그렇군."

상대는 크게 고개를 끄덕였다.

"그렇게 하세."

동료에게 말했다.

상대 역시 고개를 끄덕였다.

"따라오시오."

챠야는 겁에 질려 있는 종자를 재촉하여 걸음을 옮기면서 왠지 모르게 울고 싶은 마음이었다.

11

그야말로 어린아이처럼 단순한 순수함을 지닌 미카와 무사. 이 순진함이 있는 한, 지금은 장남을 잃은 이에야스의 맏아들이 되어 있는 오기마루를 인질로 보내겠다고 하면 받아들일 리 없었다.

카즈마사가 분명히 거절할 결심이라는 챠야의 말을 듣고 두 무사는 깨끗이 살의殺意를 버리고 안내자로 변해버렸다. 대쪽 같다는 옛말은 이런 것을 가리켜 하는 말일 터. 그런 만큼 다음 일이 걱정되었다.

과연 히데요시는 무어라 할 것인가?

카즈마사가 다음에 전해올 말이 다시 그들을 분노의 도가니로 몰아넣지 않으리라 단언할 수는 없었다……

"아니, 이거 정말 고맙네."

챠야는 부지런히 가도를 향해 걷기 시작한 두 사람의 뒤에서 다시 말을 걸었다.

"이제는 미카와 사람들도 확고하게 마음을 정해놓지 않으면 안 될 것일세."

"물론이오."

"어느 정도까지는 히데요시의 제안을 받아들이되 이 이상은 절대로 안 된다는 그 한계 말일세."

"그것은 이미 정해져 있소."

한 사람이 무뚝뚝하게 대꾸했다.

"싸움에 이기고도 아무 조건도 제시하지 않았소. 나중 일은 모두 노부오 님에게 맡기고 철수했소. 이것이 최대한의 양보, 그 이상은 절대 안 되오!"

"당연한 일이지. 그러나 히데요시 쪽에서는 졌다고는 생각지 않고 있네. 그것이 어려운 점일세. 좀더 싸웠더라면 반드시 이긴다……고 생각하고 있을 것이 틀림없네. 이러한 히데요시의 생각에 대해서도 조금은 고려할 필요가 있지 않을까?"

"그럴 필요는 없소."

"그럼, 다시 전쟁이 벌어지게 되면……?"

"그때는 매운 맛을 보여줄 뿐이오."

챠야는 더 이상 말하지 않았다. 전혀 진다는 생각은 하지 않고 있었다. 바로 이러한 태도에 미카와 무사의 중요한 강점이 있었다. 그러므로 이에야스나 카즈마사가 그들을 설득하는 데 얼마나 고충이 많을지 상상하고도 남음이 있었다.

무리하게 아군의 약점을 설명하여 그들의 확고한 자신감을 흔들어 놓는다면 그야말로 교각살우矯角殺牛와도 같은 일, 다시는 이 용맹스런 사기를 되찾지 못할지도 모른다.

'그렇다. 이 때문에 똑같은 생각을 하고 있으면서도 혼다 사쿠자에몬은 강경일변도로 나오는 것이로구나.'

그날 밤 챠야와 종자는 두 무사가 안내해준 에치젠야越前屋라는 숙소에서 묵었다.

집주인은 두 사람을 잘 알고 있는 모양이었다. 챠야는 굳이 그들의 이름은 묻지 않았다. 그들은 밤이 되어 함께 탁주 한 사발씩을 들이켜고 자리에 누웠다. 차야는 밤중에 용변을 보기 위해 일어났다가 깜짝 놀랐다.

이렇게도 의리가 굳을 수 있는 것일까. 그들은 밤중인데도 그 집을 은밀히 둘러싸고 챠야 일행을 경호해주고 있었다. 저 모퉁이, 이 처마 밑…… 세어보니 그림자가 네댓 명으로 늘어나 있었다.

챠야 시로지로는 그 그림자들을 보았기 때문에 도리어 그날 밤 잠을 설쳤다.

우직하다고는 생각하고 싶지 않았다. 역시 철벽같은 의리. 이처럼 성실하고 강직한 기풍이 또 있을 것인가……?

그런 만큼 두렵다고 느끼는 것은 모순이면서도 모순이 아니었다.

'과연 이렇기 때문에 카즈마사 님은 이들을 위한 제물이 되려고 생각하시는구나……'

이튿날 아침 챠야는 날이 채 밝기도 전에 오카자키를 떠나 쿄토로 향했다. 그 역시 평화의 제물이 되어야겠다고 깊이 결심한 바 있었다.

다도 삼략茶道三略

1

오사카 성 안, 히데요시가 차를 마시기 위해 지은, 그가 자랑하는 산간의 정자였다. 오늘도 이 정자에서 조회朝會가 열리고 있었다.

뜰 가득히 서리가 내리고, 이것이 동쪽 하늘의 붉은 빛을 받아 몹시 장엄하게 보였다. 그곳에 모인 사람들이 내쉬는 입김마저 하얗게 보이는 맑은 날씨였다.

이 산간의 정자에 있는 방은 다다미疊° 석 장이 깔리는 작은 규모였는데, 센노 소에키千宗易가 귤나무로 울타리를 친 문까지 나와 다도茶道의 예법에 따라 사람들을 안내하고 있었다.

히데요시는 전쟁터에서와는 달리 아주 점잖은 태도로 츠다 소큐, 나야 쇼안, 모즈야 소안, 스미요시야 소무 등의 사카이 사람들과 같이 자리에 앉아 있었다. 그렇다고 해서 그가 마음을 비우고 오로지 다도에 몰두하려 하고 있다고 생각하면 큰 오산이었다. 그는 지금 이 다실茶室에서 앞으로 천하의 다이묘들을 계속 당황하게 만들 연극의 연출을 연습해보고 있는 것이었다.

우선 9층의 광대한 성곽을 보여주어 위세를 마음껏 과시하고, 그 뒤 조용한 미풍에도 흔들릴 것 같은 이 정자로 안내한다. 그리고 히데요시 자신이 근엄한 얼굴로 차를 끓여 내놓는다면 대부분의 무장들은 자신의 연기에 말려들고 말 것이다.

따로 마련한 화려한 다실에서 금으로 된 차 주전자를 과시하는 기분과, 점잖게 이곳에 앉아 있는 것과는 오십보백보, 결국 그것은 남을 무시하는 히데요시의 한 면에 지나지 않았다.

다실에 모이는 사람들도 물론 그것을 알고 있었다. 아니, 아는 것 이상이었다. 그들은 그들 나름으로 히데요시를 사카이 사람들의 상점 지배인이나 경호원 정도로 여기고 있을지도 몰랐다.

어쨌든 차 도구는 모두 명품들이었다.

소로리曾呂利가 만든 꽃병, 물을 끓이기 위한 죠오紹鷗의 솥, 흰 텐모쿠天目°, 거북이 등딱지로 만든 차통茶筒, 뚜껑이 달린 미즈코보시水翻し°……

솔직하게 말해서 이것들이 모두 가짜라 해도 지금의 히데요시로서는 아직 그것을 알 수 없었다. 그렇다고 그가 취미를 모른다거나 인간 됨됨이가 저속하다고는 할 수 없었다. 다만 그의 인생에는 지금까지 이런 것을 즐길 시간의 여유가 전혀 없었다.

히데요시는 사카이 사람들이나 다른 사람들을 모두 첩자로 알고 있고 돈벌이에 눈이 어두운 자들이라 생각하고 있었다.

이 양자가 엄숙한 표정으로 모여 회식을 하고 난 뒤 소에키가 다도의 예법에 따라 차를 따랐다.

그동안 히데요시는 예법을 모르는 농부가 신분에 어울리지 않는 곳으로 초대받은 것 같은 모습으로 소에키의 손놀림을 바라보기도 하고 소에키의 목을 바라보기도 하였다. 그러한 모습에는 무언가 상쾌하면서도 엄숙한 분위기가 있어, 왠지 모르게 감미롭고 쓸쓸하며 안타깝기도 한 마음을 자아내고 있었다.

마지막 차를 소에키가 마셨다.

"다도가 어떤 것인지 대강은 알고 있으나……"

그것을 기다렸다가 히데요시가 말했다.

"이런 자리에서 천하에 대한 이야기는 하지 않아야 한다는 규율을 나한테만은 적용시키지 말았으며 하네. 여기는 나와 그대들이 밀담을 나누기에 아주 적합한 곳이니까……"

"하하하하."

맨 먼저 쇼안이 웃었다.

"설마 소에키 님도 그것을 안 된다고 하시지는 않겠지요. 실은 저희도 드릴 말씀이 있으니까요."

2

쇼안이 주저 없이 말했으나, 소에키는 결코 웃거나 머리를 끄덕이지 않았다. 표면적으로는 그런 일에는 상관하지 않겠다……는 듯이 조용히 찻잔을 닦고 있었다. 그런데도—

"소에키."

자신의 이름이 불렸을 때는 순순히 대답했다.

"예."

"우선 알고 싶은 것은 이에야스에 대한 것인데, 그 후 자네에게 아무 소식도 없었나?"

"예, 아베阿部 아무개라는 자가 총포를 구입하러 왔다고 했지요, 소무 님?"

"그렇습니다. 코슈甲州의 금으로 이백 자루 남짓 구입해갔다고 합니다만."

"흥, 우리와 싸울 용의가 있다는 뜻을 보여주기 위해서인 모양일세. 그러니까 사카이 사람에게도 이에야스의 손길이 뻗쳤다는 말이군."

"그야 물론 그럴 수도 있을 것입니다."

"그런데, 내가 인질을 보내라고 한 데 대한 반응은 어떤지 알아보지 않았나?"

"치쿠젠 님."

다시 쇼안이 웃는 낯으로 말했다.

"다도의 예법을 치쿠젠 님이 먼저 어기셨으므로 우리도 그렇게 하겠습니다. 사실은 그런 사소한 일보다도 더 중요한 것이 있습니다."

"더 중요한 일?"

"그렇습니다. 이미 일본의 평정은 거의 마무리된 것과 다름없습니다. 좀더 시야를 넓혀 대국大局으로 눈을 돌리심이 좋을 듯합니다."

"대국……이라면 천하를 말하는가?"

"그렇습니다."

쇼안은 무릎 위에 얹은 손을 비비면서 말했다.

"천하는 일본의 육십여 주州 따위의 작은 것이 아닙니다. 조선과 명나라를 위시하여 천축天竺, 남방의 섬, 유럽까지를 모두 포함하고 있습니다."

"음. 물론 그것이…… 천하일 테지."

"그러합니다. 이것은 모두 하나의 태양 밑에 있는 나라들, 천하를 육십여 주라고 생각하던 시대는 지났습니다. 그 증거로 사카이의 항구에는 아시다시피 남만南蠻의 배들이 드나들고 있습니다."

"바로 그것일세!"

히데요시가 말했다.

"나도 츄고쿠를 정벌할 때 노부나가 공이 시코쿠와 츄고쿠를 주시겠다고 했을 때 거절한 일이 있네."

"허어, 그것은 금시초문입니다."

"시코쿠와 츄고쿠는 필요치 않습니다, 머지않아 명나라의 사백여 주를 얻고자 합니다…… 이렇게."

히데요시는 이미 그곳이 좁은 다실이라는 것도 잊어버리고 지붕이 떠나갈 듯이 큰 소리로 웃었다.

"원 이런, 너무도 다도의 예절에서 벗어나는군요."

소에키가 쓴웃음을 지었다.

"미안하네, 용서하게."

히데요시는 솔직하게 머리를 긁으면서 목을 움츠렸다.

"그 천하에 무슨 일이라도 일어났다는 말인가?"

"예, 그렇습니다. 명나라 관리들이 우리를 왜구倭寇라 칭하면서 일본과의 교역을 거부하고 있는 동안 에스파냐, 포르투갈 외에 이게레스(영국), 오란다(네덜란드)라 일컫는 새로 일어난 나라들이 천축으로부터 명나라를 향해 속속 배를 보내고 있습니다. 그냥 내버려두면 사백여 주에 달하는 명나라도, 그리고 조선도 모두 그들 차지가 될 것입니다. 도쿠가와를 상대로 고양이 얼굴만한 이 좁은 땅에서 싸우고 있을 때가 아닙니다."

쇼안의 말에 히데요시는 씁쓸한 표정으로 다시 한 번 머리를 긁었다.

3

"쇼안, 자네는 나를 부추겨 이에야스를 위해 무언가를 도모하려 하고 있는 것 같군."

눈을 치뜨고 나무랐으나 쇼안은 태연한 얼굴로 대답했다.

"그렇습니다."

"뭐, 그렇다고……?"

"예. 저는 비단 이에야스만이 아니라 사카이 사람과 일본의 모든 백성을 위해, 동시에 치쿠젠 님을 위해 도움이 되는 일…… 이것을 생각하고 싶습니다."

"응, 그건 분명히 그렇겠군."

"이제 치쿠젠 님과 돌아가신 우다이진 님의 차이가 나타나기 시작해야만 할 때…… 우다이진 님의 시대에는 우선 일본의 통일이 그 목적의 전부였습니다. 그러나 치쿠젠 님도 그것으로 만족하신다면 후세 사람들이 무어라 하겠습니까? 히데요시는 결국 노부나가의 흉내를 내고 있던 것에 지나지 않았다……고 할 것입니다."

"쇼안."

"예."

"자네는 서슴없이 과감한 말을 하는 사나이로군."

"예. 그런 일 정도로 화를 내실 분이 아니라는 것을 알고 있기 때문에 별로 주저하지 않습니다."

"치켜세우지 말게."

히데요시는 쏘아붙이듯이 말했으나, 별로 싫지는 않은 듯 눈을 가늘게 떴다.

"그래, 쇼안의 말이 옳아. 후세 사람들은 나를 우다이진 님의 유지를 이어받아 우다이진 님의 흉내만 내는 사나이라고 할 것이 틀림없어. 가령 지금 이렇게 차를 즐기고 있는 것까지도 우다이진 님의 흉내라고 한다면 흉내일 수 있으니까. 그렇지 않은가, 소에키?"

소에키는 대답을 않고 설설 끓는 솥의 뚜껑을 닦고 있었다.

"치쿠젠 님, 좁은 일본 땅에서 나는 쌀만 생각하고 백성을 괴롭히던 시대는 이미 지났습니다."

"그건 그래. 나도 항상 그 일을 생각해왔네."

"부富는 즉 쌀이라고밖에는 생각지 못하고 한치의 땅이라도 더 빼앗으려고 싸우는, 그런 무장은 이제 치쿠젠 님에 의해 평정되었다……고 해도 지나친 말이 아닙니다."

"또 치켜세우는군."

"치켜세우는 것과 큰 뜻과는 다릅니다. 이제는 흙에서 얻는 벼만이 부력富力은 아니라는 것을 모든 사람들에게 확실히 알려주지 않으면 안 됩니다. 사카이 사람들이나 그들과 손을 잡고 일하는 호상豪商들의 생각은 그보다 훨씬 더 앞서 있습니다."

"그렇겠군."

"큐슈九州의 카라츠唐津에 사는 카미야神屋는 산에서 무한한 부를 캐내려고 아들과 함께 멀리 마카오까지 가서 채광採鑛, 야금冶金에 대한 학문을 공부하고 있고, 또 부젠豊前의 나카츠中津에 사는 오가大賀 아무개라는 사람은 남만철南蠻鐵을 구입하여 칼을 만들고 이것을 다시 해외로 내다 팔아 큰 이익을 내고 있습니다. 이제부터 불법을 일삼는 해적들을 엄히 다스리고 새로운 천지에 눈을 돌려 바다로 진출한다면 해야 할 일은 무한히 많습니다."

쇼안이 열심히 설명하는 데 따라 히데요시는 순순히 고개를 끄덕이고 다시 말했다.

"알겠네, 알겠어. 그래서 이에야스를 어떻게 하라는 말인가, 쇼안?"

4

히데요시가 급소를 찔렀다. 그러나 쇼안은 전혀 두려워하지도 망설이지도 않았다.

"치쿠젠 님은 성질이 급하시군요."

밝게 웃고는 말했다.

"모처럼 화제가 크게 꽃피고 있으니, 이에야스에 대한 일은 뒤로 미루어도 되지 않겠습니까?"

"여보게, 아마도 자네는 누구한테 부탁을 받고 나에게 그런 말을 하는 것이겠지?"

"그렇습니다."

"자네한테 부탁한 그 사람의 이름을 말하게. 그러면 나도 그대들의 말처럼 이 눈을 세계로 돌릴 수도 있네."

"예. 그토록 마음에 걸리신다면 말씀 드리지요. 챠야 시로지로라는 자한테 부탁을 받았습니다."

"뭐, 챠야한테……?"

"예. 그 역시 앞으로는 큰 배를 만들어 세계로 진출할 사나이……라고, 이 쇼안은 물론 소큐 님도 소에키 님도 예상하고 있는 제법 장래가 촉망되는 사나이입니다."

"그 사나이가 무어라고 말했는가? 그 사나이가 이에야스를 괴롭히지 말라고 하던가?"

"그런 것이 아니라, 이시카와 카즈마사를 아프게 만들지 않았으면 하는 부탁을 했습니다."

"음, 이시카와 호키노카미를 말이지……"

"치쿠젠 님!"

"왜 그러나, 새삼스럽게?"

"이쯤에서 해외에 관한 대책을 확실히 세우십시오."

"또 이야기를 허풍 쪽으로 돌릴 셈인가?"

"허풍이 아닙니다. 그 일이 일 년 늦어지면 그만큼 더 남만인들에게 사방의 땅을 빼앗기게 됩니다. 그들은 천축, 샴(타이), 안남安南(베트

남), 자카르타, 루손(필리핀), 명나라 등으로 시시각각 발판을 넓혀 그 곳에 가서 벌이를 하고 있는 일본인들을 방해하고 있습니다. 그 일본인들의 방패가 되어주시는 것만으로도 우다이진 님을 능가하는 일이 되지 않겠습니까?"

"알겠네. 그렇게 되면 가장 득을 보는 것은 사카이 사람들이겠군. 사카이 사람들은 나를 마치 자기네 상점의 지배인쯤으로 알고 있어. 안 그런가? 그러나 좋아, 이것이 새로운 방향이라면 잘 생각하고 연구해 보아야 할 테지."

"그렇습니다. 그 일에 비하면 일본 국내의 군비軍費 따위는 문제도 되지 않습니다. 시야를 세계로 돌려 우다이진 님이 하시지 못한 일을 착착 진행시킨다…… 이렇게 되면 치쿠젠 님의 사람을 보는 눈도 저절로 달라질 겝니다."

"뭣이, 사람을 보는 눈이라고……?"

"예. 좁은 땅에서 싸울 때는 제거해야 할 귀찮은 자도 넓은 세계에서는 용서하고 어딘가에 쓸 수 있을 것입니다. 우다이진 님의 결점은 너무 사람을 많이 죽인 데 있다고 뜻 있는 사람들은 한결같이 말하고 있습니다."

"으음."

히데요시는 나직하게 신음했다. 그러나 그 눈은 다시 별처럼 빛나기 시작했다.

"쇼안."

"예."

"그대는 나에게 눈을 해외로 돌려라, 그리고 큰 뜻을 이루기 위해 필요한 인간인지 아닌지 그 인간의 가치를 정하는 기준을 거기에 두라……고 하는 것이로군."

"황송합니다마는, 바로 그렇습니다."

"알겠네! 그렇게 되면 이에야스는 다시는 구하기 어려운 나의 부하가 될 사나이……라는 말일 테지."

히데요시는 다시 거침없이 웃기 시작했다.

5

웃으면서도 히데요시는 은근히 화를 내고 있었다.

'이 사카이의 장사치들은 내 속셈을 읽고 있다……'

사실 요즘 히데요시의 가슴에 오가고 있는 생각은 어떻게 하면 자기가 노부나가보다 월등한 인간이라는 증거를 세상사람들에게 알릴 수 있을까 하는 것이었다.

그렇지 않으면 히데요시는 노부나가가 거의 평정한 천하를, 유지를 받든다느니 원수를 갚는다느니 하며 빼앗은 자……라는 말을 듣게 될지 모른다. 인재를 등용하는 방법도, 질풍노도 같은 전법도, 사카이에 대한 주목도, 오사카에 성을 쌓은 것도, 그런 관점에서 본다면 어느 것 하나 노부나가를 흉내내지 않은 것이 없었다.

'이래서는 안 된다……'

계속 이런 생각을 하고 있다는 것을 사카이의 상인들은 민감하게 간파하고 그 급소를 찌르고 있었다. 오늘 쇼안이 한 말을 종합해보면 이것은 모두 이에야스를 위한 계책인 것만 같았다.

"하하하……"

히데요시는 거침없이 웃고 나서 말했다.

"과연 이에야스란 사나이는 제법 수완이 있는 것 같아. 그대들을 완전히 포섭하여 나를 상대하도록 만들어놓았어."

비아냥거린다기보다는 그런 정도의 속셈도 읽지 못하는 히데요시가 아니라는 자부심에서였다. 그 말을 들은 나야 쇼안의 안색이 갑자기 굳어졌다.

"치쿠젠 님!"

"왜 그러나, 내가 한 말이 비위에 거슬린다는 것인가?"

"마음에 들지 않습니다."

"허어, 어떤 점이 마음에 들지 않나?"

"치쿠젠 님은 우리가 이에야스의 사주를 받고 치쿠젠 님을 대하는 그런 유치한 자들이라고 생각하십니까?"

"그렇지 않다는 말인가?"

"우리는 이에야스와 치쿠젠 님을 양쪽에 놓고 저울질해본 적이 없습니다. 우리가 생각하는 것은 일본이라는 나라의 발전, 오로지 이것 하나뿐입니다."

"으음, 거창하게 나오는군, 쇼안이……"

"그렇습니다. 사소한 일을 따지다 보면 일본은 더 뻗어나가지 못합니다. 일본의 평정이 끝나시면 즉시 실지 조사를 통해 국내에서 산출되는 쌀의 총생산고를 조사하십시오. 그러면 분명한 답이 나올 것입니다. 가령……"

말하다 말고 쇼안은 자기 말이 지나치게 과격하지 않았는가 싶어 소에키와 소큐를 흘끗 돌아보았다. 두 사람 모두 눈을 끔벅거릴 뿐 태연하게 앉아 있었다. 그 눈짓은 계속 대담하게 나가야 한다는 의미인 듯했다.

"가령…… 일본은 육십여 지역으로 나뉘어 있는데, 치쿠젠 님이 이것을 모두 평정하시면 그것을 한 지역씩 분배하겠다고 생각하시는 가신은 고작 60여 명에 불과하지 않습니다. 그러면 논공행상부터 벽에 부딪치게 됩니다. 앞서 난보쿠쵸南北朝 시대에 켄무建武° 연간(1334~1336)의 중흥이 좌절된 것도 이 때문이었습니다. 넓게 세계로 눈을 돌려 거기에서 땅을 대신할 수 있는 부富를 거두어들인다⋯⋯ 이런 큰일을 할 수 있는 분은 치쿠젠 님뿐이라 생각되어 국내 일은 되도록 온건하게 속히 처리하셨으면 하는 마음입니다. 이에야스 문제 따위는 그 과정에 발생한 사소한 일⋯⋯ 그러나 치쿠젠 님이 살려둘 수 없다, 몇 년이 걸린다 해도 때려부수고야 말겠다⋯⋯고 하신다면 우리로서는 더 할말이 없습니다."

히데요시는 다시 한 번 웃고 얼른 손을 내저었다.

6

"그만! 알겠으니, 그만두게!"

히데요시가 제지했다.

"하하하⋯⋯"

쇼안도 멋쩍은 듯이 웃었다.

"이거, 이상한 다도가 되었습니다. 용서하십시오."

"사과할 것 없네. 자네가 사과를 하면, 이번에는 또 무슨 말이 나올까 하고 소름이 끼치네. 그렇지 않은가, 소에키?"

"예⋯⋯"

소에키는 대답하려 하지 않았으나, 옆에 있던 소무가 자못 감탄했다는 듯이, 그러나 좌중의 분위기를 충분히 의식하면서 입을 열었다.

"쇼안 님에게는 놀랄 수밖에 없군요."

"무엇에 놀랐다는 말씀이오?"

"치쿠젠 님 앞에서 우리가 생각하는 것은 오직 일본의 발전, 이것 하나뿐이라고⋯⋯ 과감하게 말씀하실 수 있는 분은 아마 쇼안 님뿐일 것입니다."

"하하하…… 사카이 사람의 발전을 위해……라고 하는 편이 좋았을까요, 소무 님? 그러나 일본의 발전 없이는 사카이의 발전이 있을 리 없습니다. 남만의 여러 나라는 모두 국왕에서 승려, 선원 등 마음이 하나가 되어 나라 밖으로 진출하고 있는데, 일본만은 제각각입니다. 나라 안부터 하나로 뭉치지 않으면 해외로 나간다 해도 아무 소용없습니다. 단순한 유민流民. 유민으로는 번영할 수 없습니다."

"동감입니다."

소무는 웃는 낯을 지우고 진지한 표정으로 고개를 끄덕였다.

"현재 일본에서 명나라, 안남, 캄보디아, 루손 등 세계의 바다로 진출해 있는 배는 백 척이 넘는다고 합니다. 그들이 모두 똑같은 일본의 깃발을 내걸고 나갈 수 있게 되어야 합니다. 이것을 치쿠젠 님에게 부탁 드립니다."

히데요시는 그때 이미 일동으로부터 시선을 돌리고 일어설 자세를 취하고 있었다.

"참, 중요한 일을 잊어버리고 있었군. 그럼, 잡담은 이 정도로 끝내기로 하세."

"예."

히데요시가 일어나자 모두 따라 일어섰다.

이미 밖에는 아침해가 비치기 시작하여 하얀 서리가 더욱 희게 빛나고 있었다.

히데요시는 그 빛 속을, 전과는 전혀 달리 엄한 표정으로 잠시 걷다가 문득 걸음을 멈추고 그가 자랑하는 텐슈카쿠天守閣°를 쳐다보았다. 지하를 포함하여 9층으로 이루어진 텐슈카쿠는 지나칠 정도로 푸른 아침 하늘에 우뚝 솟아 점점 도시다워지고 있는 나니와難波(오사카) 거리를 내려다보고 있었다. 아마 오늘 아침에도 강어귀에는 수많은 배들이 드나들면서 이 텐슈카쿠의 위용을 우러러볼 것이다.

이 고장의 발전을 예상하고 사카이에서도 속속 이주해오는 사람이 줄을 잇고 있었다. 그래서 오사카는 주민의 수에서 벌써 쿄토를 능가하려 하고 있었다……

히데요시는 한참 눈도 깜박거리지 않고 텐슈카쿠를 노려보았다.

"일본의 번영이라……"

불쑥 한마디 내뱉고는 정원을 바라보는 일행 따위는 잊어버렸다는 듯이 곧장 본성에 있는 자기 거실 쪽으로 걸음을 옮겼다.

"사키치, 속히 토미타 사콘富田左近과 츠다 하야토津田隼人를 불러오도록 해라."

100간이나 되는 복도를 성큼성큼 건너가면서 그를 마중 나온 이시다 미츠나리에게 이렇게 명했다. 히데요시는 이미 다도에 대한 것도 사카이 사람에 대한 것도 깨끗이 잊어버리고 있었다.

"그렇다, 이에야스 문제부터 정리해야겠다."

7

히데요시의 가신 츠다 하야토와 토미타 사콘이 온 것은 그로부터 반각(1시간) 정도 지나서였다. 히데요시는 두 사람이 자리에 앉기가 무섭게 몸을 앞으로 내밀면서 말했다.

"그대들이 다시 한 번 하마마츠의 이에야스에게 다녀와야겠어."

두 사람은 잠시 얼굴을 마주보았다.

"그러시다면, 이시카와 호키노카미가 인질을 보내지 않겠다는 회답이라도……?"

토미타 사콘이 머리를 조아린 채 물었다. 두 사람은 앞서 오카자키로 이에야스를 찾아갔던 일이 있었다.

노부오와 히데요시 사이에 화의가 이루어졌다는 것을 알리기 위해 노부오의 중신 타키가와 사부로베에 카츠토시瀧川三郎兵衛雄利와 히지카타 칸베에 카츠히사土方勘兵衛雄久가 이에야스에게 갈 때 히데요시의 사자로 역시 화의를 알리러 동행했다.

이시카와 카즈마사가 오사카에 와서 인질에 관한 이야기를 듣고 당황하여 돌아간 것은, 표면적으로는 두 사람에 대한 답례로 오사카에 왔을 때의 일이었다.

"아니, 카즈마사한테 대답이 오기 전에 가야 한다."

"그럼, 인질을 독촉하기 위해 가는 것이 아닙니까?"

"후후후."

히데요시는 웃었다.

"자네들도 그렇게 생각하고 있다는 말인가?"

"예……?"

"내가 이시카와에게 인질을 보내라……고 한 것으로 알고 있었느냐는 말일세."

두 사람은 다시 얼굴을 마주보고 눈을 깜박거렸다.

인질을 내놓으라고 말했다……고 생각하건 아니하건, 내놓지 않으면 그냥 두지 않겠다고 카즈마사를 윽박지른 것은 바로 히데요시 자신이 아니었던가.

"으음."

히데요시는 다시 한 번 크게 고개를 끄덕였다.

"자네들까지 그렇게 생각한다면 카즈마사도 착각하고 있을지 몰라. 바로 그래서 카즈마사가 오기 전에 다녀와야 해."

"그러시면, 성주님은 인질을 보내라는 말을 하지 않으셨습니까?"

"물론이야."

히데요시는 이미 작성해놓은 서신을 두 사람 앞에 내놓았다.

"어쩌면 내 설명이 좀 부족했는지도 모른다고 생각하기 때문에 그 뜻을 여기 적었는데, 그대들도 가서 잘 설명하도록."

"예."

"여느 때 같으면 인질을 받지 않고는 용서할 수 없는 일이라고 말했던 거야. 이에야스의 맏아들과 중신의 아들 두 사람을. 그러나 지금은 일본을 위해 사사로운 감정을 버리고 속히 천하통일을 이루지 않으면 안 될 때. 이름없는 작은 다이묘라면 몰라도 이에야스 정도나 되는 자라면 도리를 알고 있을 거야. 따라서 이에야스의 아들을 내 양자로 삼아 키우면서 함께 힘을 합쳐 통일의 시기를 앞당기고 싶다. 또 양자가 될 자의 오른팔이 되도록 두 중신의 아들을 함께 보내라…… 이렇게 말한 것인데도, 카즈마사 놈이 당황한 나머지 인질로 알아들은 것 같은 생각이 든다. 알겠나, 절대로 인질이 아니야. 히데요시의 소중한 양자로 삼겠다고 한 것이야. 오해가 있으면 안 되니 다시 한 번 다짐을 하고 오게. 알겠나?"

두 사람은 여우에게 홀린 듯 다시 얼굴을 마주보고 눈을 깜박거렸다.

8

히데요시는 더욱 시치미를 떼었다.

"모르겠나, 두 사람 모두? 아니, 좋아. 두 사람 모두 착각하고 있었다면 이시카와 카즈마사도 착각했을 것이 분명해."

"황송합니다마는……"

견디다 못해 토미타 사콘이 입을 열었다.

"그러면, 이시카와 님에게 인질을 보내라고 하신 그 말씀을 취소하시는 것입니까?"

"뭣이, 취소?"

"예. 저도 그 자리에 있었습니다마는, 성주님은 분명히 그렇게 말씀하신 것으로…… 기억하고 있습니다."

"사콘!"

"예."

"그대는 귀를 어디에 달고 다니는가!"

토미타 사콘은 화가 치민 듯이 말했다.

"보시다시피 얼굴 양쪽에 남보다 약간 큰 것을 달고 있습니다만."

"그것이 장식품이 아니라면 똑똑히 들어. 나는 인질을 내놓으라고 해야 마땅할 것이지만 그런 유치한 소리는 하지 않는다……고 했을 뿐이야. 인질이 아니라 양자로 달라……고 했어. 그 마지막 말을 그대가 잘못 들었을 정도이니 이시카와 카즈마사도 잘못 들었을 게야. 좌우간 이것은 어디까지나 양자, 그런 줄 알고 가서 그렇게 전하도록."

이번에는 겨우 사콘도 납득되었는지 츠다 하야토와 함께 고개를 끄덕였다.

"그러면, 한 가지만 더 여쭙겠습니다."

"말귀가 어두운 자로군. 뭔가?"

"황송합니다마는, 저쪽에서는 인질로 알고 있을지도 모릅니다. 이시카와 님의 귀는 분명히 제 귀보다 작기 때문에."

"응, 그래서 어떻다는 말이냐?"

"상대방이 지레짐작하고 노발대발하여, 이제 와서 타협을 제안한다 해도 절대로 승복할 수 없다고 하면 어떻게 할까요? 그때는 우리는 모르는 일이라면서 서신만 전하고 얼른 돌아와도 되겠습니까?"

"사콘!"

"예."

"그러고도 불알을 달고 있는 사내냐, 그대는!"

"염려하지 마십시오. 그것도 남들보다는 약간……"

"크다는 말이지. 단지 크기만 해도 너구리의 것과 같다면 아무 소용도 없어. 그때는 태도를 바꿔야 해."

"어떻게 바꾸라는 말씀입니까?"

"이시카와 카즈마사를 할복케 하고 오라는 말이다. 나는 편지에도 공을 들여 혹시 착각하고 있지 않느냐고 다짐을 주었어. 자네도 그 자리에서 분명히 듣고 있었어. 그것을 카즈마사 혼자만이 잘못 듣고 일부러 이에야스와 나 사이에 풍파를 일으키려고 한다면 용서할 수 없는 일이라고 생각지 않나?"

"과연 그렇습니다……"

"그대의 주군 히데요시는 그런 인색한 인간이 아니야. 그런 것을 타협이니 어쩌니 하면서 트집을 잡는다면 이대로 돌아갈 수 없다, 이시카와의 목을 가져가야겠다고 말하도록 하라."

"한 가지 더 여쭙겠습니다."

"끈질긴 녀석이로군. 또 물을 것이 있느냐?"

토미타 사콘은 공손히 머리를 숙이고 다시 한 번 츠다 하야토와 눈짓을 나누었다.

9

"만일 저희들이 그 말을 했을 때 이시카와 님이 좋다면서 할복하는 경우에는 그 목을 가져와도 되겠습니까?"

"뭣이……"

"성주님! 이 일은 성주님 말씀처럼 그렇게 간단한 일이 아니라고 생각합니다. 상대방이 어떤 결정을 내렸는지는 알 수 없으나, 인질이거나 양자이거나 내놓는 쪽으로서는 오십보백보입니다. 거절당했을 경우도 충분히 고려하지 않으면 안 된다고 생각합니다."

토미타 사콘이 이렇게 말하자 츠다 하야토도 옆에서 고개를 끄덕였다. 두 사람 모두 이 일로 이시카와 카즈마사가 얼마나 곤경에 처해 있는지 잘 알고 있었다.

갑자기 히데요시가 큰 소리로 꾸짖었다.

"멍청한 것!"

"예?"

"너희들은 이 히데요시를 무엇으로 알고 있는 거냐! 너희들에게는 고분고분한 주인이라도 이에야스에게는 세상에서 가장 무서운 인물이 이 히데요시인 게야. 내가 한 말 그대로를 가서 전하라. 이에야스는 감히 거절할 수 없을 것이다."

"예…… 그 점은 잘 알고 있습니다마는, 그러나 사자로서는 만일의 경우도 생각하지 않으면, 그로 하여 주군을 욕되게 하지 않을까 그것이 두렵습니다."

"두려워할 것 없어!"

히데요시는 다시 소리질렀다.

"만일 거절하기라도 한다면 큰 소리로 웃어주어라. 이에야스가 우리 주군인 히데요시의 대화 상대가 될 것이라 생각한 우리가 큰 잘못이었다. 그런 멍청이라면 대화의 상대가 되기는커녕 짐이 될 뿐. 주군이 양자를 삼겠다고 해도 우리가 용납할 수 없다. 이렇게 말하면서 자리를 박차고 돌아와라. 알겠나?"

토미타 사콘은 빙긋이 웃고 츠다 하야토를 돌아보았다.

"아시겠소, 이 말씀을?"

"잘 알겠습니다. 그러나 이 하야토에게도 한 가지 질문을 하도록 허락해주십시오."

"그대도 말인가? 좋아, 말해보게."

"다름이 아니오라, 상대방이 두말없이 승낙했을 경우 말씀입니다. 저희들은 어떻게 해야 할까요?"

"허어, 그대는 두말없이 승낙했을 경우에 대해 묻고 있는가?"

"예. 그랬을 경우 이에야스의 아들을 저희더러 데려가라……고 하면 그대로 해도 좋을지……"

츠다 하야토의 질문에 히데요시는 찌푸린 얼굴로 고개를 돌렸다.

"그때는 거절하게."

"예? 무어라고 하면서 거절할까요?"

"적어도 이에야스의 아들을 이 히데요시가 일본에서 제일가는 오사카로 맞이하여 양자로 삼는 것. 세상의 이목도 있고 하므로 만반의 준비를 갖추고 데려올 것이다. 언제 데리고 올지 그것만을 알고 돌아가 즉시 준비를…… 이렇게 말하고 돌아오게."

"그러면 다시 한 가지……"

"귀찮다, 또 뭐냐?"

"그때는 이에야스가 직접 데리고 오라……고는 말하지 않아도 되겠습니까?"

히데요시는 움찔 하고 다시 고개를 돌렸다.

10

츠다 하야토의 질문은 가장 예리하게 히데요시의 가슴을 찔렀다.

인질……이라 했던 것을 양자라는 선에서 양보하고 절충할 생각을 하게 된 것은 물론 이에야스를 오사카 성으로 부르려는 속셈이 있기 때문이었다.

이에야스만 오사카 성에 와서 히데요시에게 인사를 한다면 비록 '양자' 로 명목은 바뀌었으나 제후들은 이를 '인질' 로 여길 것이 분명했다. 그렇게만 된다면 전혀 히데요시의 권위는 손상되지 않을 터. 그러나 히데요시가 '인질' 을 '양자' 로 양보했는데도 불구하고 이에야스가 여전히 오사카에 오지 않는다면 인질을 거절당한 것과 큰 차이 없이 체면은 손상될 뿐이었다.

지금 츠다 하야토에게 "그렇다"고 대답하면, 하야토는 즉시 "직접 데려오지 않겠다고 하면?" 하고 반문할 것이 분명했다.

"하야토……"

히데요시는 재빨리 머릿속으로 그런 계산을 하면서 말했다.

"그대 생각으로는 이에야스가 순순히 직접 데려올 것이라고 생각하느냐?"

마음과는 반대되는 말을 했다.

"황송합니다마는, 그것까지는……"

"모를 것이다. 그대들이 알 리가 없어. 이에야스는 마음속으로 고마운 배려라고 나에게 감사하겠지만, 가신 중에는 그것은 조심성이 없는 일, 만일 오사카 성에 가셨다가 그대로 시해라도 당하면 어떻게 하겠는가 하며 반대하는 자가 틀림없이 있다. 따라서 그쪽에서 거절했을 경우에는 이렇게 하도록 하라. 이에야스는 병 때문에 오지 못한다고. 그것도 큰 병으로. 병이 낫거든 반드시 올 것이니 양자의 행렬을 소홀히 하지 않기 바란다고."

"잘 알겠습니다."

"더 묻고 싶은 것은 없느냐?"

"여쭙고 싶었던 일은 모두 알게 되었습니다."

"좋아, 그럼 어서 떠나도록 하게."

이렇게 말하고는 무슨 생각을 했는지 두 사람을 자리에서 일어나지 못하게 했다.

"잠시 기다리게. 술잔을 내릴 것이니."

그리고는 옆에 있는 이시다 미츠나리를 돌아보았다.

"어떠냐, 이번 일에 내 처사가 너무 관대하다고 생각지 않느냐?"

환한 미소를 띠면서 두 사람을 바라보았다. 이런 것이 히데요시가 가장 장기로 여기는 선전전宣傳戰이었다. 두 사람이 하마마츠에 가면 공식적인 대면이 있은 뒤 반드시 음식과 술의 향응이 있을 것이니, 그때 잡담할 재료를 두 사람에게 한껏 일러주려는 속셈이었다.

"이에야스는 천성적으로 훌륭한 사람. 이에야스의 가신들에게 내가 진심으로 칭찬하더라고 전하게. 이에야스는 코마키 전투에 추호의 빈틈도 없었어. 이것이 첫째야. 둘째는 전혀 당황한 흔적이 없어. 이것은 예사 인물이 할 수 있는 일이 아니야. 셋째는 앞을 잘 내다보고 세상일에도 밝아. 만일 그가 미츠히데나 카츠이에였다면 틀림없이 시코쿠의 쵸소카베나 사가미相模 호죠의 선동을 받아 무익한 싸움을 시도했을 테지만 그 무모함에 놀아나지 않았어. 천하를 내다볼 줄 알았던 거야. 내가 이에야스의 맏아들 오기마루를 양자로 삼을 생각을 하게 된 것은 여기에 그 이유가 있어. 이에야스의 피를 받은 오기마루, 내 손으로 키우면 어떤 명장이 될지 그것이 견딜 수 없는 즐거움이야!"

히데요시는 정말 즐겁다는 듯 눈을 가늘게 뜨고 껄껄 웃었다.

11

"나는 말이지……"

히데요시는 미츠나리의 지시로 시동들이 술상을 가져오자 두 사람에게 술을 따라주며 다시 말을 계속했다.

"지금은 발군의 기량을 가진 자식을 키우는 것이 나의 가장 큰 목적이 되었네. 알겠나, 그 의미를?"

"예…… 자식을 키우시는 일이?"

"그래. 앞으로의 일본은 과거의 일본과는 달라."

"그러시면……?"

"지금까지 일본의 목표는 어떻게 하면 국내를 평정하느냐였어."

"그렇습니다마는……"

"그런데 돌아가신 우다이진 님과 이 히데요시의 손에 의해 국내의 평정은 앞으로 일, 이 년 안에 이루어진다. 그러면 이번에는 넓은 세계로 눈을 돌려야 하는 일본이야."

츠다 하야토와 토미타 사콘은 다시 흘끗 얼굴을 마주보고 고개를 끄덕였다.

"그렇게 되면 모든 것이 옛날 그대로는 전혀 도움이 되지 않아. 사람도, 사물도, 사고방식도, 무사도武士道도 모두. 알겠나, 고작 육십여 지역밖에 되지 않는 일본 따위는 문제가 되지 않아. 그런데 인간만은 하루아침에 키울 수 없어. 지금부터 세계를 겨냥할 수 있는 큰 인물을 양성하지 않으면 안 돼."

"과연 그렇습니다."

하야토는 다시 사콘을 돌아보았다.

"이제야 오기마루 님을 원하시는 참뜻을 확실히 알았습니다."

"하하하…… 이에야스의 가신들에게 잘 설명하게. 나는 앞으로 작은 산만한 군선軍船을 만들어 히데카츠秀勝, 오기마루와 함께 세계의 바다를 향해 나갈 것인데, 그 준비를 하는 것이라고 말이야. 그러기 위해서는 국내를 튼튼히 지킬 장수도 필요해. 그러므로 유능한 자가 있으면 옛날의 적과 아군 같은 것은 문제가 되지 않아. 새로운 일본을 위해 많은 사람을 추천해달라고 부탁하게."

"알겠습니다."

"좋아, 그럼 술은 이만하고 이시카와 카즈마사가 안심하도록 빨리 떠나는 것이 좋겠어."

두 사람은 명령대로 잔을 놓고 물러갔다. 이미 여러 차례 사자로 갔었기 때문에 그들은 히데요시의 깊은 뜻을 잘 안다고 여기고 사자로서의 역할을 다하기 위해 서두르고 있었다.

두 사람이 물러간 뒤 히데요시는 잠시 허공을 묵묵히 쳐다보았다.

"성주님, 왜 그러십니까?"

미츠나리가 시동들에게 상을 치우게 하면서 의아하다는 듯 물었다.

"사키치, 나는 이에야스가 미워!"

느닷없이 말했다.

"그 무슨 성주님답지 않으신 말씀을……"

"녀석은 자기 아들을 양자로 빼앗겨도 이 성에는 인사하러 오지 않을지도 몰라."

"오지 않을 때는 어떻게 하시겠습니까?"

"오지 않을 때는……"

히데요시는 순간 두 눈에 살기를 띠었으나 얼른 다시 웃었다.

"하하하…… 오지 않을 수 없어. 반드시 오게 만들고 말겠어! 그러나 어쨌든 가증스런 놈이야."

그리고 다시 음성을 낮추었다.

"사키치, 지금 그 이야기는 아무에게도 하면 안 돼."

또다시 그 눈에 날카로운 빛을 띠고 속삭였다……

오해의 바다

1

토미타 사콘과 츠다 하야토가 하마마츠에 도착한 것은 12월 2일.

두 사람은 도중에 오카자키에 들러 이시카와 카즈마사와 대담한 뒤 하마마츠로 가서 혼다 사쿠자에몬의 집을 찾아갔다. 카즈마사 역시 두 사람을 뒤쫓듯이 하마마츠 성으로 왔다.

이에야스가 사자를 접견하기 전에 만나 상의할 필요가 있었기 때문이다. 이 일을 두고 가신들 사이에는 기묘한 소문이 퍼지기 시작했다. 이번 오기마루의 양자 문제는 모두 카즈마사의 획책에서 나왔다는 소문이었다.

"소문을 들었나, 오기마루 님의 인질 문제에 대해?"

"응. 인질을 보내라면 반대할 사람이 많을 것 아닌가. 그래 이번에는 양자라는 명목으로 보내라고 요구해왔다고 하더군."

"아니, 그 이야기가 아니라, 이번 사자는 먼저 오카자키에 들러 모든 일을 이시카와 님과 사전에 상의하고 왔다고 해."

"그 말도 들었어. 도대체 이시카와 님은 도쿠가와 가문의 가신인지 아니면 하시바 가문의 가신인지 모르겠다니까."

"옳은 말이야. 하지만 우리가 그런 이야기를 하면 온당치 못해. 좌우간 하시바 치쿠젠이 아주 신임하는 것만은 사실이야. 대관절 우리 주군은 무어라 하실까."

"거절하시겠지. 노부야스信康 님이 돌아가신 후에는 서자이기는 하나 오기마루 님이 장남. 아직 후계자로 결정되지는 않았지만 당연히 첫째로 꼽히는 분 아닌가. 그런 분을, 인질이 싫다면 양자로 보내라…… 이런 구실로 요구하는 것을 순순히 받아들이실 리가 없어."

"내가 말하는 것은 그런 게 아니야. 만일 주군께서 오기마루 님을 히데요시의 양자로 보내시겠다고 했을 때…… 그랬을 경우 우리가 가만히 있어도 될 것인가 하는 점일세."

"나는 분명히 반대하겠네."

"나도 반대일세. 지난번 예도 있지 않는가. 노부야스 님이 할복하셨을 때와 같은."

"으음. 그때 우리가 노부나가 공에게 보낸 사자는 오쿠보 타다요大久保忠世와 사카이 사에몬노죠酒井左衛門尉 님이었는데, 아직도 우리 주군은 그 일로 가슴에 응어리가 맺혀 있을 것일세."

"어쨌든 우리가 다 같이 이시카와 님에게 자세한 설명을 요구해보는 것이 어떨까?"

"하지만 이시카와 님은 솔직하게 우리에게 속을 털어놓을 사람이 아니라서……"

문제는 히데요시의 제의가 그들의 마음에 들지 않는다는 점에 있었다. 그것이 어느 틈에 히데요시의 신뢰를 받고 있는 이시카와 카즈마사에게 비난의 초점이 모이게 되었다.

오늘도 본성의 중신 대기실에 모인 사람들은 이 일을 화제의 중심으로 삼아, 카즈마사에 대한 의혹을 증폭시켜나갔다. 물론 카즈마사가 그런 것을 모르고 있을 리 없었다.

오카자키에서 진눈깨비를 맞으며 달려온 카즈마사는, 옆방에서 옷을 갈아입고는 중신들이 있는 대기실에는 발도 들여놓지 않고 곧바로 이에야스의 거실로 들어갔다.

이에야스의 거실에는 여덟 점 반(오후 3시)에 사자를 접견하기 위해 혼다 마사노부와 사쿠자에몬 시게츠구作左衛門重次가 동석해 있다가, 카즈마사가 들어오자 얼른 이야기를 중단하고 그를 맞이했다.

카즈마사는 그 자리의 싸늘한 분위기를 온몸으로 느꼈다.

"진땀을 흘렸습니다. 접견하시기 전에 달려오느라고."

시각은 아홉 점 반(오후 1시)이 되려 하고 있었다.

2

"수고가 많으십니다."

카즈마사가 이에야스에게 절을 했다. 그러고 나서 혼다 마사노부가 입을 열었다.

"사자의 의향을 대강 알았기 때문에, 그 회답에 대해 여러모로 상의하여 지금 막 결정을 내리는 참입니다."

카즈마사는 그 말에 당장에는 대답하지 않았다. 일단 집어넣었던 수건을 다시 꺼내 목 언저리를 닦았다.

"몹시 날씨가 쌀쌀하여 땀이 났던 자리가 오싹해지는군요."

사쿠자에몬에게도 이에야스에게도 아닌 말을 했다.

"어떤 결정을 내렸습니까?"

이에야스 역시 그 물음에는 직접 대답하지 않았다.

"오카자키에 들렀다면서, 사자 두 사람이?"

"예. 그래서 부랴부랴 이렇게 달려왔습니다. 제가 들은 것과 여기서 한 말이 달라서는 큰일이기 때문에."

이에야스는 고개를 끄덕였다.

"마사노부, 결정된 일을 카즈마사에게 말해주게."

"알겠습니다. 어쨌거나 새해도 눈앞에 닥쳤고 하니 지금 즉각적인 대답은 하지 않고, 내년 초봄에 이쪽에서 대답을 드리겠다……고 하여 오늘은 우선 주연을 베풀고 선물을 주어 일단 그대로 돌려보내기로 했습니다."

카즈마사는 그 말을 듣고 세차게 머리를 저었다.

"그것은 안 될 말이오!"

"그렇다면 무언가 특별히 들으신 말이라도……?"

"귀로 들은 것이 아니라 마음에 걸리는 것이 있소."

카즈마사는 단호하게 마사노부의 말문을 막았다. 그리고는 이에야스 쪽으로 향했다.

"치쿠젠의 기질은 주군도 잘 알고 계시겠지요?"

이에야스는 상대의 어조가 날카로운 것을 지켜보다가 가만히 고개를 돌렸다.

"알고는 있지만…… 그러나 즉각적인 대답은 피하는 것이 좋아."

"즉각적인 대답이 아닙니다. 인질을 보내라고 한 것에 대한 대답을 오늘날까지 미루어왔습니다…… 그 다음 일이 문제입니다."

"으음, 그렇다면 어떻게 하자는 말인가?"

"즉시 승낙하시고 정월을 오사카 성에서 맞이하도록 하십시오."

"으음."

신음하듯 짧게 말했을 뿐, 이에야스는 입을 다물고 좋다 나쁘다는 말을 하지 않았다.

"카즈마사……"

사쿠자에몬이 늙은이답게 상반신을 구부정하게 앞으로 내밀고 말을 이어나갔다.

"이 자리에는 네 사람밖에 없으니 굳이 말을 꾸밀 필요는 없겠지. 주군은 지금 오기마루 님에게 아버지로서의 책임을 느끼고 계신다네."

"책임을……?"

"아, 그래. 주군은 지금까지 오기마루 님이나 그 모친에게도 무엇 하나 가족다운 일을 하신 적이 없으셔. 그래서 불안해지신 것일세. 오기마루 님이 오사카에 가셔서 히데요시에게 마음으로부터 사랑을 받는다면 친아버지의 냉담함을 깨닫고 도리어 친아버지를 원망하게 되시지 않을까 하고…… 그렇지 않습니까, 주군? 그러므로 정월이 지날 때까지 같이 보내시며 나도 이렇게 사랑하고 있다는 것을 알리고 싶다…… 말하자면 박정했던 아드님을 감싸주시지 않고는 보낼 수 없다는 것이 아버지로서의 애틋한 심정이기 때문에."

이렇게 말하면서 어깨를 들먹이며 짓궂게 웃었다.

"후후후."

3

이에야스는 낯을 찌푸리며 혀를 찼다.

혼다 사쿠자에몬의 말처럼 그는 오기마루와 그의 생모 오만에게 무척 냉담했다. 적자嫡子였던 노부야스가 애써 부자간의 간격을 좁혀주려고 노력했으나, 사쿠자에몬의 손을 거쳐 나카무라中村의 집에서 데려온 뒤 다시 치리유池鯉鮒의 신관神官에게 맡기는 등, 오아이お愛 부인이 낳은 아이들처럼은 사랑하지 않았다.

가신들 사이에는 묘한 소문이 나돌기까지 했다. 이에야스가 오만 부인의 정조를 의심하고 있지 않나 하는 것이었다.

물론 그렇지는 않았다. 다만 이에야스가 걱정하는 것은 노부야스의 경우처럼 자기 손으로 키우지 못한 데 대한 우려였다.

'자식은 천성보다도 가르침이 더 중요하다……'

자기와 떨어져 자란 오기마루에게는 이에야스의 마음이 통하지 않는 면이 있어, 이것이 또한 노부야스의 경우와 같은 뜻밖의 실패를 초래하게 되지는 않을까 하고……

이러한 오기마루를 히데요시에게 보내지 않을 수 없게 되었다……

이렇게 되자 아버지로서의 책임을 다하지 못한 것이 갑자기 큰 자책감의 씨앗이 되었다.

사쿠자에몬은 그것을 알고 야유하듯 웃고 있었다.

"주군의 마음은 말일세, 카즈마사……"

사쿠자에몬은 여전히 빈정대는 어조였다.

"정월을 이 성에서 보내시기만 하면 오기마루 님이 주군의 뜻에 합당한 인간이 될 줄로 생각하고 계셔. 우스운 일이야, 카즈마사."

카즈마사는 조용히 사쿠자에몬 쪽으로 향했다.

"그렇다면, 사쿠자에몬은 나와 마찬가지로 즉시 오기마루 님을 오사카로 보내야 한다는 말인가?"

"원, 당치도 않은 소리!"

사쿠자에몬은 고개를 내저었다.

"나는 이번 일에 분노를 금할 수 없네. 인질이 양자로 바뀌었다는 것 정도로 찬성할 문제가 아닐세. 말도 안 되는 소리라고 당장 사자를 쫓아보내고 일전을 불사할 준비를 하자…… 이것이 나의 변함 없는 입장일세."

사쿠자에몬은 빙긋이 웃었다.

"우리가 아무리 일전을 벌이자고 주장해도 주군이 그것은 안 된다,

히데요시와는 도저히 대적할 수 없다. 오기마루를 양자로 보내 비위를 맞추자고 하신다면 이 늙은이로서도 도리가 없는 일이지만……"

"알겠네!"

카즈마사는 사쿠자에몬의 말을 가로막았다.

"자네는 앞으로 이 카즈마사를 얼빠진 자라고 저주할 생각이지?"

"암. 이 사쿠자에몬의 눈에 흙이 들어가기 전에는 히데요시 따위에게 고개를 숙일 수 없어."

"주군!"

카즈마사는 다시 한 번 사쿠자에몬에게 크게 고개를 끄덕이고 나서 이에야스에게로 눈길을 돌렸다.

"이 카즈마사가 부탁 드립니다. 상대가 한발 물러나 양자로 삼겠다고 했으니…… 그 선에서 결단을 내리십시오."

"해를 넘기면 좋지 않다는 말인가?"

"예. 그것은 가문의 손실입니다."

"손실…… 손실이 되는 이유는? 알 수가 없군."

이에야스의 말에 카즈마사는 잔뜩 가슴을 펴고 노려보듯 하며 불쑥 말했다.

"해를 넘기면 가신들의 분한 마음이 반감된다는 것을 모르십니까?"

4

"뭣이, 가신들의 분한 마음이?"

이에야스가 깜짝 놀라 반문했다.

"그렇습니다!"

카즈마사는 대들기라도 하려는 듯 다시 무릎걸음으로 한 걸음 앞으로 나갔다.

"오기마루 님을 오사카로 보내시는 일의 첫째 효용은 가신들에게 분한 마음을 뼈저리게 느끼도록 하는 것…… 바로 그것입니다."

"으음."

"그 분한 마음이 도쿠가와 가문의 단결을 더욱 공고하게 하는 기초가 된다고 판단하십시오. 우리가 상대방의 억지를 그대로 받아들일 수밖에 없었다…… 이렇게 분한 일도 다시없을 것이라고 말씀하시면 사쿠자에몬도 웃지는 않을 것입니다."

"여보게, 카즈마사……"

이번에는 사쿠자에몬이 당황하여 말했다.

"그런 일에 내 이름은 넣지 말게."

"아니, 그렇지 않아!"

카즈마사는 쏘아붙이듯이 말했다.

"주군, 오기마루 님을 즉시 보내신다고 해도 물론 히데요시의 목적은 달성되지 않습니다. 오기마루 님과의 관계를 내세워, 주군을 오사카에 오라고 다시 사자를 보낼 것입니다. 상대의 속셈은 제후들이 모인 성에서 주군에게 고개를 숙이도록 하는 일…… 따라서 이번의 양자 문제로 일이 복잡해지면 히데요시의 두번째 사자의 태도는 더욱 강경해질 것입니다."

"카즈마사."

이에야스는 짐짓 태연한 체하고 말했다.

"그렇다면 양자 문제를 순순히 받아들이면 오사카에는 가지 않아도 된다…… 거절할 수 있다는 말인가?"

"그렇습니다."

카즈마사는 두 눈을 무섭게 빛내며 대답했다.

"우리에게 다른 마음은 없다, 그래서 오기마루도 두말없이 보냈다,

물론 오기마루를 만나고는 싶으나, 가신들은 인질을 보낸데다 호출까지 한다면서 납득하지 않는다, 그러므로 잠시 만나고 싶은 마음을 억누르고 시기를 기다리겠다…… 이렇게 대답하시면 히데요시도 강력하게 오라는 말은 하지 못할 것입니다. 이것이 오기마루 님을 올해 안으로 보내시는 일의 두번째 효용입니다."

"으음!"

다시 사쿠자에몬이 입을 열었다.

"카즈마사는 과연 대단한 책략가야! 자네는 그 능란한 언변으로 히데요시까지 구슬리고 왔나?"

"뭣이, 히데요시를 구슬리다니……"

"화내지 말게. 자네가 도쿠가와의 가신인지 하시바의 가신인지 모르겠다는 소문이 나돌고 있네."

"그런 말도 안 되는……"

카즈마사는 말하다 말고 얼른 입을 다물었다. 사쿠자에몬과는 서로 마음을 털어놓고 양쪽이 각자의 입장에서 이에야스를 위해 목숨을 버리자고 맹세한 사이였다.

'아마도 사쿠자에몬은 그 맹세를 이에야스도 깨닫지 못하게 하려는 것이 분명하다……'

"주군!"

카즈마사는 또다시 이에야스를 향했다.

"결단을 내리십시오. 시각이 촉박합니다."

이에야스는 화로의 부젓가락을 꼭 쥔 채 눈을 감고 있었다.

"이것은 좀 이상한 말입니다마는, 히데요시는 오기마루 님의 얼굴을 알고 있을까요?"

혼다 마사노부가 더 이상 잠자코 있을 수 없다는 듯이 조용히 입을 열었다.

5

"뭐, 오기마루 님의 얼굴을 알고 있느냐고……?"

사쿠자에몬이 마사노부의 말을 가로막았다.

"만일에 모른다면 어떻게 하겠다는 말인가, 마사노부?"

"전혀 모르고 있다면, 예컨대 다른 사람을 보내도 어쩌면……"

조심스럽게 말했다.

"잠자코 있게!"

사쿠자에몬이 무섭게 쏘아붙였다.

"그런 잔재주는 안 돼, 자네는 가만히 있게. 이런 일은 자네 주판으로는 해결할 수 없어. 쓸데없는 소리는 하지 말게."

그러면서 사쿠자에몬도 몸을 내밀듯이 하고 말했다.

"주군! 결정을 내리십시오. 이 사쿠자에몬의 말대로 단호히 거절하시고 일전을 벌일 준비를 하시거나, 아니면 카즈마사의 주장처럼 순순히 오기마루 님을 올해 안에 보내시거나."

이 말을 듣고 있는 카즈마사는 가슴이 뜨거워졌다.

사쿠자에몬은 어디까지나 카즈마사의 의견에는 반대하는 체하면서, 사실은 옆에서 조언하고 있다……고 생각되었다.

"으음."

이에야스는 다시 한 번 나직이 신음하고, 이번에는 성급하게 화로의 불을 뒤적거리기 시작했다.

"사쿠자에몬……"

"왜 그러십니까?"

"내가 카즈마사의 말을 받아들여 즉시 오기마루를 오사카에 보내면 그대도 오센을 자진하여 내놓겠는가?"

"이상한 말씀을 하시는군요! 자진해서 보내다니요. 주군의 명이시라면 마지못해 보낼 수밖에 없겠지요. 그 대신 저는 오센에게 분명히 말하겠습니다."

"으음, 무어라고 말하겠나?"

"원래 히데요시는 도쿠가와 가문과는 원수 사이이므로 기회를 보아 히데요시의 목을 베어오라고 하겠습니다."

사쿠자에몬은 다시 한 번 엷은 웃음을 띠고 카즈마사와 이에야스를 번갈아 바라보았다.

"주군! 이 자리에서 제 의견을 받아들이시건 카즈마사의 의견을 받아들이시건, 가신들에게는 뿌리깊은 불만이 남게 되리라는 점을 생각하십시오. 카즈마사의 의견을 채용하시면 강경론자들이 이를 갈며 분개할 것이고, 제 의견을 채용하시면 카즈마사와 같은 생각을 가진 자들이 무익한 싸움을 하려 한다고 마음속의 불만을 지우지 않을 것입니다. 이 모두를 감안해 결단을 내리는 것이 주군이 하실 일, 때때로 이런 고통도 맛보시지 않으면 대장이라 할 수 없습니다."

"알겠네!"

이에야스는 비로소 부젓가락을 놓았다.

"카즈마사의 의견을 받아들이겠어."

무겁게 말했다.

"카즈마사의 의견을 받아들여 사자를 돌려보낸 뒤 곧 오기마루를 오사카에 보내겠네. 이런 결정을 한 이상 내가 직접 데려가는 편이 좋을 것일세…… 따라서 내가 갈 생각이야. 그런데…… 실은 나는 요즘에 목에 종기가 생겨 자꾸 깊이 파고들고 있네. 혹시 이것이 심해진다면 여행을 하지 못하게 될지도 몰라. 그러니 만약의 경우에는 나를 대신하여 카즈마사를 보낼 생각일세. 또 오기마루에게 딸려 보낼 코쇼로는 사쿠자에몬의 아들 센치요와 카즈마사의 차남 카츠치요勝千代로 정하겠네. 여기에 대해 이의를 제기하면 안 돼."

이렇게 단숨에 말하고 혼다 마사노부를 돌아보았다.

"이것으로 결정은 났다. 큰방에 준비가 되었거든 히데요시의 사자를 부르러 보내도록."

6

카즈마사는 머리를 숙인 채 가만히 눈두덩을 눌렀다.

그는 이에야스가 틀림없이 자기 의견을 받아들이리라고 생각은 했으나, 설마 내가 직접 데려가겠다……고 할 줄은 몰랐다.

이에야스로서는 이번 일이 도저히 견딜 수 없을 만큼 분할 것이었다. 전투에 이기고도 권력의 차이 때문에 눌린다. 입으로는 '천하를 위해서' 라 하고, '히데요시가 우리를 대신하여 여러 다이묘를 맡아줄 것' 이라는 등의 말은 하지만, 힘으로 압박당하는 불쾌감을 이성으로는 지울 수 없다는 것을 그는 잘 알고 있었다.

그러한 입장에 있는 이에야스가 카즈마사의 의견을 그대로 받아들였다. 그뿐만이 아니었다.

"내가 직접 데리고 갈 생각……"

카즈마사보다 한발 앞서 조심스럽게 말했다.

그리고 카즈마사 자신은 장남 야스나가를 오기마루에 딸려 보낼 작정이었고, 히데요시도 그러기를 바라고 있었다. 이에야스는 차남인 카츠치요를 보내라고 지시했다.

이것은 생각하면 할수록 의미가 깊은 말이었다.

'장남을 빼앗기면 그대는 앞으로 히데요시 앞에서 더욱 괴로움을 당할 것이다.'

이러한 은밀한 암시가 그 지시의 이면에 숨어 있었다.

"고마우신 분부입니다……"

카즈마사가 감정을 억제하고 고개를 들었다.

"카즈마사!"

사쿠자에몬은 자리에서 일어났다.

"이번에는 자네 의견이 받아들여졌군. 이것으로 우리의 불만이 해소되지는 않았어. 자네는 온건파일세. 도쿠가와 문중에는 강경파들이 자네 태도에 주먹을 쥐고 분노하고 있다는 사실을 잊지 말게."

이렇게 내뱉고 어깨를 흔들며 나가버렸다. 카즈마사로서는 사쿠자에몬의 이러한 태도가 괴로우면서도 고마웠다.

'사쿠자에몬은 이처럼 스스로 강경파임을 자처하며 모든 불편을 막아주는 둑이 되려 하고 있다……'

본성의 큰방에 히데요시의 사자 토미타 사콘과 츠다 하야토 두 사람이 정식으로 안내되어 히데요시의 서신과 말이 전해진 것은 이미 주위가 어두워지기 시작했을 때였다.

처음 사신들로부터 서신 등을 전달받은 것은 혼다 사쿠자에몬 시게츠구本多作左衛門重次와 사카이 사에몬노죠 타다츠구酒井左衛門尉忠次, 그리고 부관으로 이시카와 호키노카미 카즈마사도 동석했다.

그런 뒤 이에야스가 나와 주연을 베풀기 전에 직접 회답하는 서신과 말을 전했다.

거의 즉답卽答이나 다름없는 이 처사에 히데요시의 사자는 깜짝 놀라 서로 얼굴을 마주보았다. 인질이 아니라 양자라는 궤변에 두말없이 응했다.

"그 호의에 보답하기 위해 이 이에야스가 직접 올해 안으로 오기마루를 데리고 가겠으니 그렇게 전하시오."

뿐만 아니라, 이렇게 선수를 치는 바람에 더 할말이 없었다. 그날 밤은 다섯 점 반(오후 9시)이 지날 때까지 주객 사이에 화기애애하게 술자리가 이어졌다.

히데요시의 사자는 이튿날인 4일 이른 아침 오랜만에 활짝 갠 하늘을 쳐다보며 의기양양하게 하마마츠를 떠났다.

카즈마사가 오기마루의 출발을 협의하기 위해 혼다 사쿠자에몬의 집을 찾아갔을 때는 이미 오기마루도 그곳에 불려와 있었다.

7

혼다 사쿠자에몬은 카즈마사에게 말했다.

"지금 오기마루 님에게 오사카에 가셔서 유의할 점을 말씀 드리고 있던 중일세. 자네도 들어오게."

카즈마사는 그의 말대로 서원으로 들어갔다. 그때 사쿠자에몬은 오기마루와 센치요를 나란히 앞에 앉히고 꾸짖는 어조로 한창 설교를 하고 있던 중이었다.

오기마루는 앞으로 두 달 정도만 지나면 열두 살. 나이에 비해 몸집이 커서 관례冠禮를 올려도 될 정도였다. 모습은 생모 오만 부인을 점점 더 닮아가고 있었다. 이에야스나 죽은 형 노부야스보다는 약간 얼굴이 길고, 그 눈은 어린 매를 연상시키는 갈색으로 빛나고 있었다.

'상당히 성격이 과격할 것 같다……'

어려서부터 계속 꾸중만 들어왔기 때문에 오기마루는 사쿠자에몬을 몹시 두려워하는 것 같았다.

"인간이란……"

사쿠자에몬은 카즈마사가 앉자 하던 말을 계속했다.

"잘난 체하고 얼굴에 위엄을 띠고 있지만, 마음속으로는 여간 세상을 두려워하지 않는 속물이라는 것을 깨달아야 합니다."

"예, 세상 같은 것은 두렵지 않아요."

"히데요시도 공경대부公卿大夫들도 모두 입으로 밥을 먹고 항문으로 대변을 봅니다. 가신을 보면 배신하지 않을까 걱정하고, 잠이 들면 무서운 꿈을 꾸면서 잠꼬대를 하게 마련……"

"흥."

"그런 자들이 자기만은 두려움을 모르는 척하고 거들먹거리는 것이 세상이라고 생각하십시오. 그렇다고 나만이 강하다고 생각하면 큰 잘못. 오기마루 님도 지금은 겁쟁이, 두려움이 많을 것입니다."

카즈마사는 어이가 없어 오기마루와 센치요를 번갈아 바라보았다. 센치요는 열네 살이 되어 있었다. 그러나 아버지보다 골격이 작고 신경질적이며, 오기마루와 별로 체격에서는 차이가 나지 않았다.

그런 두 사람이 굳어진 몸으로 심각한 표정을 하고 앉아, 사부師傅이고 아버지인 사람의 상식에 벗어난 말에 귀를 기울이고 있었다.

"그러므로 두려운 것은 나 하나가 아니라 모두가 두렵다……고 생각하는 데서부터 수양을 시작해야 합니다. 그리고 히데요시나 그 부하가 무서워 보인다거나 자면서 무서운 꿈을 꾸거나 하면, 이래서는 안 된다고 자기 머리를 주먹으로 때리십시오. 알겠습니까? 그래서 빨리 두려움을 없애는 것…… 그게 중요한 일입니다."

사쿠자에몬은 점점 몸을 앞으로 내밀고 더욱 눈을 빛내었다.

"가령 말입니다, 히데요시와 처음 대면할 때, 오기마루입니다, 잘 부탁합니다…… 이렇게 말하면 수업修業이 되지 않습니다. 나는 아버님이 가라고 하셔서 마지못해 왔습니다, 정직하게 말해야 합니다."

"정직하게?"

"그래요. 따라서 아직 히데요시 님을 아버지라고는 생각지 않는다, 그런 생각이 들면 효도를 하게 될지 모르나, 그렇게 되지 않으면 목을 잘라 도망칠지도 모르니 그리 알라고 말해야 합니다. 잘 부탁한다고 말하거나, 정직하게 말하거나 별 차이가 없어요. 빨리 두려움에서 벗어나는 비결은 여기 있어요. 기꺼이 남의 미움을 받도록 하세요. 미움을 받으면서 태연함을 가장한다…… 이렇게 하면 약간은 남보다 나은 수업이 될 것입니다."

"여보게!"

참다못해 카즈마사가 끼어들었다.

8

"오기마루 님은 아직 어린 분, 말이 좀 과하다고 생각지 않나, 사쿠자에몬?"

카즈마사에게 말을 중단당하자 사쿠자에몬은 당황하여 한쪽 눈을 가늘게 뜨고 잠자코 있으라는 신호를 보냈다.

"아니, 오기마루 님의 기량이 남달리 뛰어나시기 때문에 하는 말일세. 알겠습니까, 오기마루 님? 자기가 두려울 때는 반드시 상대도 두려운 것입니다. 그러나 기량이 뛰어난 사람은 그 두려움을 남에게 보이지 않는 법. 그러므로 상대는 이쪽의 두려움을 깨닫지 못하고, 자기보다 훨씬 더 대담하고 훌륭한 자라 생각하여 감탄도 하고 신뢰도 하게 되는 것입니다. 수업을 쌓아 아무것도 두려워하지 않게 되기까지 인생이란 말하자면 인내심을 겨루는 일입니다. 그 인내심이 강한 자가 결국 일찍 두려움에서 벗어나 뛰어난 대장이 되는 것입니다. 알겠습니까. 어떤 경우에도 히데요시의 가신들에게 겁쟁이로 보여 조롱을 받는 일이 있어서는 안 됩니다."

참으로 기묘한 훈계였으나, 이 사부의 훈계는 이미 오기마루의 마음에서 싹이 돋기 시작한 모양이었다.

"결코 조롱당하지는 않아요!"

오기마루는 정색을 하고 대답했다. 그리고는 물었다.

"그런데, 이것은 참고로 묻는 것인데, 아버님과 히데요시와는 어느 쪽이 더 대담할까요?"

"뭐, 아버님과 히데요시……?"

사쿠자에몬은 입술을 일그러뜨리고 씨익 웃었다.

"비교가 되지 않지!"

내뱉듯이 말했다.

"아버님이 총대장이라면 히데요시는 고작 아시가루足輕° 대장밖에 안 됩니다."

"여보게, 사쿠자에몬……"

"쉿…… 자네는 가만히 있게. 이 늙은이는 진실을 말하고 있는 것일세. 히데요시는 노부나가 공 덕분에 잘난 체하고 있지만, 아버님과는 비교가 안 되는 겁쟁이요. 그래서 오기마루 님을 옆에 두었다가 만일의 경우에는 인질로 삼지 않으면 안심하지 못하겠다는 좁은 생각을 하고 있어요. 그러는 게 불쌍하여 아버님은 오기마루 님을 오사카로 보내시려는 것입니다. 담력의 크기가 전혀 다릅니다. 알겠습니까?"

"과연 그렇군요."

오기마루는 다시 얌전히 고개를 끄덕였다. 그리고는 불쑥 물었다.

"그럼, 히데요시와 이 오기마루는 어떨까요?"

"하하하……"

사쿠자에몬은 험상궂은 얼굴에 잔뜩 주름을 잡고 유쾌하게 웃었다.

"글쎄요, 자칫하면 오기마루 님이 지실지도 모릅니다."

"그렇다면, 나는 아시가루 대장 정도인가요?"

"하하하, 그래서 지면 안 된다고 한 것입니다. 히데요시의 가신 따위는 그보다 훨씬 더 못합니다. 행여 두려워하기라도 한다면 지게 됩니다."

"알았어요, 지지 않겠어요. 나는 아버님의 아들이니까."

"그렇습니다! 그러므로 처음 대면할 때가 중요합니다. 얘, 센치요."

"예."

"너도 들었을 것이다. 너는 오기마루 님의 중요한 시동, 전국에 귀신이란 이름을 떨치고 있는 사쿠자에몬의 아들이다. 오사카 성에서 무례한 짓을 하는 자가 있거든 누구를 막론하고 꾸짖어주도록 하라."

"예."

카즈마사는 비로소 얼굴에 미소를 떠올렸다. 사쿠자에몬의 엉뚱한 얘기가 슬프게 가슴을 찔러왔다……

9

사쿠자에몬은 가신들의 울분을 그대로 오기마루와 센치요에게 짊어지워 오사카 성에 보내려 하고 있었다.

이러한 방식이 과연 좋은 결과를 낳을 것인가는 차치하고라도—

'나는 나의 아들 카츠치요에게 이토록 과격한 말을 해서 보낼 수 있을까……'

생각만으로도 카즈마사는 숨이 막힐 것만 같았다.

오기마루가 누군가에게 무례한 일을 당하기라도 하면 용서하지 말라고 가르치고는 있었다. 그러나 누구에게도 사랑을 받을 생각은 말고 미움을 받으라니, 이 얼마나 사쿠자에몬다운 단호한 말인가.

히데요시도 다루기 힘들어 애를 먹을 수밖에. 오기마루와 센치요가 그렇게 하면 카즈마사의 아들 카츠치요 역시 아버지가 말하지 않아도 차차 동화되어갈 터. 히데요시로서는 폭탄을 셋이나 떠맡는 셈이 된다…… 이런 생각이 들며, 묘하게 안타까우면서도 우습기도 했다.

"알겠느냐?"

사쿠자에몬은 다시 한 번 다짐했다.

"만일 히데요시의 가신들이 쓸데없는 소리를 하거든, 도쿠가와의 가신들 중에는 사쿠자에몬 같은 사람들이 강가의 돌멩이처럼 많다. 오기마루 님에게 무례한 짓을 하면, 그 돌멩이들이 분개하여 일본의 어디에라도 밀고 들어갈 것이라고 해라."

"예, 그렇게 하겠습니다."

"오기마루 님도 아셨습니까?"

"예, 알았어요! 히데요시가 얼마나 무서워하는지 두고 보겠어요."

"하하하…… 그리고 각각 자기가 무섭다고 생각될 때는 참아야 합니다. 이래서는 안 된다고 자기 머리에 주먹질을 해야 하는 것이오."

"알았어요. 참을성 겨루기에서 지지 않으면 될 것 아니오."

"그래요! 그럼, 센치요와 같이 거실에서 식사하십시오. 카자코시토게風越峠에서 잡은 멧돼지 고깃국이오. 누가 더 많이 먹는지 허리띠를 풀어놓고 경쟁하십시오."

"알겠어요. 센치요, 나를 따라와."

"예."

두 사람이 나간 뒤 사쿠자에몬은 잠시 동안 멍한 표정으로 잠자코 있었다. 카즈마사 역시 당장에는 말을 걸 수가 없어 잎이 떨어진 정원의 단풍나무에 조용히 시선을 던지고 있었다.

새 울음소리가 요란하게 들리는 것은 여기에도 남천촉南天燭과 감탕나무 열매가 잘 익었기 때문이다.

"카즈마사, 언제 떠나기로 했나?"

"십이일에."

카즈마사는 짧게 대답하고 사쿠자에몬에게 미소를 보냈다.

"이제 자네도 쓸쓸해지겠군."

"어째서?"

"오기마루 님만 아니라 하나뿐인 아들 센치요도 보지 못하게 되니까 말일세. 자네에 비해 이 카즈마사에게는 아이가 많아. 카츠치요 하나쯤 없다고 해도……"

여기까지 말했을 때였다.

"흥!"

사쿠자에몬은 코끝으로 비웃고 일어났다.

"멧돼지 고깃국을 이리 가져오라고 하겠네. 그것을 먹고 자네도 좀 더 강해지게."

"뭐, 강해지라고……?"

"그래. 자네는 책략은 뛰어나지만, 점점 나약해지고 있어. 잠시 기다리게, 술을 준비시킬 테니."

카즈마사는 어이가 없어 그의 뒷모습을 바라보며, 사쿠자에몬이 여위었다……는 것을 절감했다.

10

아니, 사쿠자에몬만 여윈 것이 아니었다. 이번 일로 하여 카즈마사 자신도 눈에 띌 정도로 여위어 있었다.

그러나저러나 이 얼마나 입에 독을 품은 사나이란 말인가.

멧돼지 고깃국과 술을 대접할 정도라면—

"이번 일에 정말 수고가 많네."

이런 말을 한다고 해서 아무도 사쿠자에몬의 마음이 약해졌다고는 생각지 않을 텐데……

"카즈마사."

잠시 후 사쿠자에몬은 직접 굽이 높은 소반에 술병을 얹어가지고 들어왔다.

"국은 좀 있다가 여자들이 가져올 거야…… 그런데, 자네는 내 마음을 잘못 알고 있는 것 같네."

"뭐, 이 카즈마사가 혼다 사쿠자에몬의 마음을 잘못 알고 있다니?"

"그래. 잘못 알지 않았다면 아까 그런 말은 하지 않았을 것일세."

"외아들을 보내게 되어 자네가 쓸쓸할 것이라고 했어…… 그 말이 아직 마음에 걸리나?"

"어떻게 마음에 걸리지 않겠나…… 쓸쓸할 것이라는 말은 대관절 무슨 뜻이지?"

"강한 체하지 말게!"

카즈마사는 어이가 없어 언성을 높였다.

"이보게, 쓸쓸할 때 쓸쓸하다고 해서 그게 사나이의 수치라도 된다는 말인가?"

"카즈마사!"

"왜 그러나?"

"자, 어서 한잔 들게…… 내가 자네와 뜻이 맞아서 오기마루 님이나 내 아들을 오사카에 보내려 하는 줄 알면 큰 잘못이야."

"허어, 그럼 무슨 마음으로 보내려는가?"

"자네의 그 나약한 태도에 부아가 나서 견딜 수가 없네. 그러나…… 주군이 결단을 내리셨으니 분노를 참고 따르기로 했네. 나는 자네처럼 충신인 체하고 책략을 꾸미고 있는 것은 아니니까 오해하지 말게."

"아니, 참 이상한 말을 하는군."

카즈마사는 사쿠자에몬이 따라주는 술을 한 모금 마시고 부르르 어깨를 떨었다.

"어쨌든 좋아. 그렇다고 해두세."

그러나 곧 한발 양보했다. 쓸쓸하지 않다고 하면서도 쓸쓸함을 이기지 못해 과민해진 것이라 판단했기 때문이다.

그런데 사쿠자에몬은 이러한 겸양을 코끝으로 웃어넘겼다.

"자네는 근성과는 자못 다른 말을 하고 있어. 앞으로 자네는 평생 내 마음을 알지 못할 거야."

"또 묘한 소리를 하는군. 도대체 뭐가 다르다는 말인가?"

"자네는 아까 쓸쓸할 때 쓸쓸해하는 것이 뭐가 나쁘냐고 했지?"

"그래. 억지로 강한 체하거나 무리하게 눈물을 억제하거나 하는 것은, 마지못해 머리를 숙여 상대의 비위를 맞추려는 것과 마찬가지로 눈가림에 지나지 않아. 젊은 나이라면 또 몰라도 이 나이가 되면 서로 솔직하게 마음을 털어놓을 수 있어야 해."

"그것이 자네의 깨달음인가, 카즈마사?"

"그래. 자네는 지나치게 거들먹거리는 면이 있어."

"흥!"

"흥이라니 불만이란 말인가?"

"불만이 아니라, 너무 깨달음이 가볍기 때문에 경멸하는 것일세. 잘난 체하지 말게."

"뭣이, 경멸한다고?"

드디어 카즈마사의 안색이 변했다.

11

"자네는 단지 강한 체하는 줄만 알았는데, 내 깨달음마저 모독할 생각인가, 사쿠자에몬?"

화를 누르지 못하는 카즈마사의 모습에 사쿠자에몬은 빙긋 웃었다.

"하하하, 약간은 속으로 짚이는 것이 있는 모양이군."

사쿠자에몬은 가볍게 일축했다.

"여보게 카즈마사, 자네 말처럼 쓸쓸해할 때는 쓸쓸해하고 울고 싶을 때는 운다……고 하면 그럴듯하게는 들리지만, 사실은 험악한 상황에서 몸을 피하려는 일종의 도피일세. 당당히 세상 돌아가는 일에 분노하면서 살지 못하는 약자의 비명, 약자의 체념일세."

"뭣이!"

"그것 보게, 그렇게 화를 터뜨리며 살아가는 편이 얼마나 더 큰 용기가 필요한지 생각해보게. 흥, 그런 용기도 없는 자가 깨달음 운운하며 작은 일로 자신을 속이고 나도 속이려 하다니. 카즈마사! 그것은 깨달음이 아니라 처량한 체념이야. 이 사쿠자에몬은 그런 거짓에는 안주하지 않아. 좀더 마음이 강하고 담력도 커. 자, 한잔 마시게."

사쿠자에몬은 굳은 표정으로 눈에 노기를 띤 채 카즈마사의 잔에 술을 따랐다.

"참된 사나이라면 아직은 분노를 거두고 은둔자인 양 체념하며 세상으로부터 도피할 때가 아닐세. 주군에게도 종종 이런 면이 보여 그럴 때마다 이 사쿠자에몬은 무섭게 꾸짖곤 하네."

카즈마사는 부들부들 떨면서 잔을 받았다.

'못 말릴 사나이야, 사쿠자에몬은……'

이런 식으로 세상을 살아가면 누구라 할 것 없이 모두 적으로 돌려야 할 것이다. 분노가 폭발하려는 것을 억지로 참았다.

"그럼…… 히데요시와는 끝까지 증오하고 싸울 작정인 모양이군, 사쿠자에몬."

카즈마사가 단정하듯 말했다.

"물론일세!"

사쿠자에몬은 생각해보지도 않고 대답했다.

"주군이 살아 있는 동안은, 어떻게 하면 히데요시 놈을 쓰러뜨릴까 그 일만 생각하라는 말일세. 히데요시 하나도 쓰러뜨리지 못하고 천하를 바란다는 것은 우스운 일이야. 힘으로도 히데요시를 앞서야 해. 그렇지 않으면 누군가에게 멸망당해 평화를 찾는다는 것은 꿈도 꾸지 못할 일……이라는 말일세…… 알겠나, 카즈마사?"

"……"

"이번 인질만 해도 히데요시의 비위를 맞추기 위해 보내는 것은 아니야. 어떻게 히데요시를 노하게 만들어 그를 쓰러뜨릴 것인가, 그러기 위해 던지는 귀중한 포석이야. 자네도 그렇게 알고 아들에게도 잘 일깨워주게. 그런데도……"

다시 입에 빈정대는 경멸의 미소를 떠올렸다.

"그런데도 벌거숭이가 되라느니, 울고 싶을 때는 울라느니…… 흥, 자네는 웃기는 사나이야."

이시카와 카즈마사는 이상하게도 자신의 격분이 차차 가라앉는 것을 깨달았다.

그가 생각했던 것보다도 사쿠자에몬의 각오는 훨씬 더 철저히 '히데요시에 대한 증오'로 뭉쳐 있었다. 이런 때 이에야스와 히데요시를 싸우게 해서는 이에야스가 불리하다고 여겨, 그 때문에 노심초사하는 카즈마사와는 달리 표리가 없는 외곬이라는 것을 알았다.

'아마도 그것은 사쿠자에몬 혼자가 아니라 가신들 모두의 뜻이기도 할 터……'

카즈마사는 가만히 잔을 비웠다.

"사쿠자에몬, 잔 받게."

잔을 건네면서, 이것이 자기와 사쿠자에몬이 친밀하게 잔을 나누는 마지막 기회가 아닌가 하고 문득 생각했다.

12

과연 카즈마사와 사쿠자에몬의 사고방식에는 큰 차이가 있었다. 하지만 깨달음에 차이가 있다고는 생각되지 않았다.

사쿠자에몬은 히데요시를 결코 '천하인天下人'으로 생각하지 않았다. 그런 히데요시가 힘으로 이에야스를 압박해오는 것이므로 철저하게 반발해야 하며, 그렇게 하지 않으면 어찌 이에야스가 천하를 바랄 수 있느냐고 했다.

카즈마사도 히데요시에 대해서는 같은 생각을 가지고 있어 그 점에서는 양자간에 별로 차이가 없었다.

그러나 지금 힘으로 밀어붙이는 히데요시에게 힘으로 반발해서는 안 된다고 카즈마사는 생각했다. 그렇게 되면 자멸을 초래할 뿐이었다. 그러므로 때로는 반발하고 때로는 타협도 하면서 때를 기다려야 한다고 믿고 있었다. 이에야스 역시 그럴 것이라고 카즈마사는 확신하고 있었다.

어쨌든 사쿠자에몬의 철저한 반발, 또 자신의 의지를 관철시키려는 사나운 투지를 안 것만으로도 오늘의 방문은 의미가 있었다.

'이것으로 내가 갈 길도 확실히 정해졌다!'

카즈마사는 사쿠자에몬의 잔에 찰찰 넘치도록 술을 따랐다.

"……사쿠자에몬, 돌이켜보면 우리는 정말 오랫동안 친분을 나눈 사이로군."

사쿠자에몬은 대답 대신 노려보는 눈으로 흘끗 카즈마사의 얼굴을 바라보고 잔을 입으로 가져갔다.

"나는 아까 한 말을 취소하겠어. 자네는 평생토록 화를 내며 지내게. 쓸쓸할 것이라는 말, 다시는 하지 않겠어."

"그래, 천하가 정말로 평정될 때까지는 화를 거두지 않겠네."

"그 대신 나도 내 아들 카츠치요에게 자네가 한 말 같은 것은 하지 않겠네."

"으음. 그럼 주군과 히데요시 사이의 쐐기가 되라는 말이라도 하겠다는 건가?"

"그래. 그것이 내가 살아가는 방법이니까!"

"너무 나약해……"

사쿠자에몬은 내뱉듯이 말했다.

"이쪽이 굽실거릴수록 히데요시는 기고만장해지는 사람이야. 자네는 평생 굽실거리면서 살도록 하게."

"이건 좀 듣기 거북한 말이로군…… 하지만 자네가 알아준다면 그것으로 좋아. 나는 내 소신을 관철시키겠네."

"흐흐흐……"

"뭐가 우스운가, 사쿠자에몬?"

"그 말이 우습군. 나약한 소신을 관철시키겠다니……"

이때 사쿠자에몬의 아내가 멧돼지 고깃국을 가져온 터라 카즈마사는 입을 다물었다.

"이시카와 님, 센치요가 카자코시토게에서 잡은 멧돼지입니다. 오늘은 천천히 말씀을 나누십시오."

사쿠자에몬의 아내는 두 사람 사이에 감도는 어색한 분위기를 깨닫지 못하고, 아직도 말먹이는 직접 자기가 준다는 굵은 손을 짚고 아무런 허식도 없이 카즈마사에게 인사했다.

카즈마사는 당황하여 미소를 띠었다.

"이번에 센치요도 제 자식과 함께 오기마루 님의 시동으로 오사카에 갑니다. 저도 같이 가기로 했으니 과히 염려 마십시오."

"예. 그렇다는 말씀을 듣고 남편도 저도 기뻐하고 있습니다. 그런데, 출발은?"

"십이일에는 하마마츠를 떠날 것입니다. 그렇게 아시고 간단하게 준비해주십시오."

그러면서 카즈마사는 문득 이 부인을 놀려주고 싶은 생각이 들었다.

13

"참, 부인께 여쭙고 싶은 것이 있습니다. 사쿠자에몬 님과 부인은 자식을 보시는 눈이 다를 것입니다. 센치요에 대해 제가 알아두어야 할 무슨 특별한 버릇은 없을까요?"

카즈마사의 질문을 받고 그녀는 흘끗 남편을 바라보았다.

엄하게 입막음을 당하고 있는 아내는 남편의 눈치를 살폈다. 40대 여자의 둥근 얼굴에 당황하는 빛이 떠오른다는 것을 느낄 수 있었다.

사쿠자에몬은 일부러 그 시선을 피하며 무뚝뚝한 표정으로 옆을 보고 있었다.

"예…… 버릇이라고 하면 역시 아버지를 많이 닮아 가끔은 성급해질 때가 있습니다마는……"

"허어, 그것은 좋지 않은 버릇이군요."

"하지만 분별 없이 남에게 대들거나 하지는 않습니다. 다만……"

"다만, 무엇입니까?"

"다만……"

다시 한 번 구원을 청하듯 남편에게 눈길을 보냈다. 그러나 여전히 외면하고 있는 사쿠자에몬을 보고는 결심한 듯이 말했다.

"오기마루 님이 모욕이라도 당할 경우에는 상대를 용서하지 않을 것이라 생각합니다."

카즈마사는 고개를 끄덕였다.

'듣지 않았어야 할 말을 들었어……'
속으로 쓴웃음을 지었다.
'사쿠자에몬의 아내가 남편과 다른 대답을 할 리 없지……'
"이시카와 님."
이번에는 그쪽에서 술병을 들고 무릎걸음으로 다가앉았다.
"센치요와 같이 갈 아드님은 둘째 카츠치요라고 들었습니다마는, 카츠치요의 기질은 어떠한지……?"
"카츠치요는 저를 닮아…… 저와 같다고 생각하시면 될 것입니다."
카즈마사도 상대에게 지지 않게 장난투로 대답했다. 그런데 그 말을 들은 그녀의 낯빛이 흐려졌다.
"부인, 왜 그러십니까?"
"예…… 아닙니다, 저어……"
"카츠치요가 저를 닮으면 걱정되시는 일이라도 있습니까?"
"아니, 저어…… 센치요에게 잘 타일러놓겠습니다."
"허 참, 무엇을 타이른다는 말씀입니까?"
"저어…… 가신들의 소문은 근거가 없는 것이므로 카츠치요와 잘 상의하여 도련님의 신변을 굳게 지켜드리라고……"
"가신들의 소문은 근거가 없는 것이라니요……?"
카즈마사는 순간 머리에서부터 냉수가 끼얹어진 듯한 생각이 들어 몸이 오싹해졌다.
"그럼, 천천히 말씀 나누십시오. 곧 술상을 내오도록 하겠습니다."
다음 질문이 두려운 듯 그녀는 얼른 자리에서 일어났다……
카즈마사는 뜻밖의 말을 듣고 잠시 동안 멍청히 그 뒷모습을 바라보고 있었다.
카즈마사에 대한 오해가 사쿠자에몬의 아내에게까지 영향을 미치게 된 것일까. 아니, 그녀는 고사하고 자기 아들 카츠치요와 같이 오사카에 갈 센치요가 그 뜬소문을 믿고 있다는 것은 지금 그녀의 태도를 보아 충분히 짐작할 수 있었다.

'그렇구나, 이 카즈마사는 어느 틈에 벌써 히데요시와 내통하는 자가 되어버렸구나……'

카즈마사는 숨을 죽이고 가만히 잔을 소반에 엎어놓았다.

첫사랑

1

오사카 성 북쪽 모퉁이, 야마자토山里 성곽 서쪽에 새로 전각 두 채가 나란히 세워졌다. 두 채의 전각 양끝은 복도로 연결되고, 그 사이에 600평 남짓한 정원이 있었다.

히데요시가 애용하는 다실이 있는 정원과는 흙담으로 막혀 있었고, 북쪽 건물로부터는 요도가와淀川 물길을 거슬러올라가는 예인선曳引船 선원들의 목소리가 아련히 들려오고는 했다.

이 건물을 사람들은 인질의 전각이라 부르고 있었다. 현재까지 그곳에서 살고 있는 것은 에치젠越前의 키타노쇼北の庄에서 데려온 아사이 나가마사淺井長政의 유아遺兒 셋뿐이었다.

히데요시는 때때로 이 전각에 찾아와 큰언니 챠챠히메茶茶姬•에게 곧잘 농담을 걸고는 했다.

"언제나 시무룩한 얼굴을 하고 있는데 가끔은 웃는 낯을 지어도 좋지 않을까?"

"웃어야 할 일이 전혀 없으니까요."

챠챠히메는 두려움을 모르는 경멸에 찬 눈으로 이렇게 대답하면서 히데요시를 무시하고는 했다.

그러면 히데요시는 어린아이처럼 멋쩍어하며 둘째 타카히메高姬나 막내 타츠히메達姬•에게 말을 걸었다.

"타츠히메는 아직 어리지만 타카히메는 이제 혼례를 생각해야 할 때가 됐는데."

타카히메는 언니처럼 쌀쌀하게 히데요시를 대하지는 못했다. 그래서 늘 얼굴을 장밋빛으로 붉혔다.

"하지만 그것은 언니가 먼저 생각해야 할 일이에요."

그리고는 부끄러운 듯이 대답했다.

"그보다도 저는 쿄토에서 살고 싶어요."

"쿄토에 말인가. 지난번에 챠챠히메도 그런 말을 하더군. 나도 많이 생각은 하고 있는데 아직 적당한 거처를 찾지 못했어."

히데요시가 사라지면 세 자매는 서로 얼굴을 마주보고는 웃었다. 히데요시가 호쿠리쿠北陸에서 이들 자매와 비슷한 나이인 마에다 토시이에前田利家의 딸을 데려다 애첩으로 삼았다는 소문이 생각나서였다.

마에다 토시이에의 딸은 에치젠의 키타노쇼에 인질로 함께 있었으므로 세 자매는 그 얼굴도 기질도 잘 알고 있었다.

지금은 본성의 내전에 방을 얻고 카가加賀 님이라 불리면서 시녀에게 시중을 받는 소실이 되어 있었다. 그쪽에서는 부끄러워서인지 찾아오지 않았다. 이쪽에서도 그런 상대를 만나면 무슨 말을 해야 할지 당황하게 될 것이라고 곧잘 화제에 올리곤 했다.

히데요시를 보고 난 뒤의 웃음은 그런 것은 전혀 아니었다. 이미 쉰 살을 바라보는 히데요시가 어떤 표정, 어떤 방법으로 카가를 껴안을까 하는 상상이 웃음을 이끌어냈다.

그 히데요시도 지난 사나흘 동안은 모습을 나타내지 않았다. 오늘은 본성 내전에서 대청소를 시키는 등 설 맞이 준비에 바쁘다는 것이 시녀들의 말이었다.

자매는 이러한 연말의 분주함도 아랑곳않고 그날은 따스한 햇살의 유혹에 못 이겨 정원의 작은 사립문을 통해 밖으로 나왔다. 그리고는 강이 내려다보이는 잔디 위에서 햇볕을 쬐고 있었다.

"언니, 어머니는 정말 키타노쇼에서 세상을 떠났을까?"

"글쎄……"

"나는 아직 어머니가 어딘가에 살아 계신 것만 같은 생각이 들어."

타츠히메가 말했다. 챠챠히메는 또 시작하는구나 하는 표정으로 못 들은 척 오른쪽 손가락을 만지작거리고 있었다……

2

막내 타츠히메는 언니들이 때때로 자기를 무시하고 저희들끼리 생각에 잠기는 것이 여간 야속하지 않았다. 타츠히메도 벌써 열다섯 살. 자신은 이미 어엿한 처녀가 되었다고 생각하고 있는데 언니들은 걸핏하면 어린아이 취급을 한다.

돌이켜보면 여기 온 이후 큰언니 챠챠히메도 작은언니 타카히메도 몹시 쌀쌀하고 침울해져 있었다. 챠챠히메는 아직도 어머니 오이치お市의 죽음을 탐탁지 않게 여기고 있었다.

"어머니는 우리 세 사람을 속였어."

자주 이렇게 말하곤 했다.

"여자는 자식보다도 남자가 더 좋은 모양이야."

타카히메가 침울한 원인은 다른 데 있었다. 타츠히메는 그것을 차차 알 수 있었다. 어쩌면 작은언니는 카츠이에勝家의 아들 카츠히사勝久

를 흠모하고 있던 것이 아닐까……

언젠가 타츠히메가 무슨 말을 하던 끝에—

"나는 절대로 소실 같은 것은 되지 않겠어."

이렇게 말했을 때였다.

"나는 상대에 따라서는 그래도 괜찮아."

타카히메는 이런 말과 함께 묘하게도 끈끈한 목소리로 카츠히사 이야기를 꺼냈다.

아니, 그뿐만이 아니었다. 두 언니는 타츠히메가 가까이 오면 하던 말을 그치고 입을 다무는 일이 있었는데, 그 경우의 화제는 언제나 어른의 세계, 그것도 남녀에 관한 일인 것 같았다.

"언니, 어째서 내 물음에는 대답을 않는 거야? 어머니가 아직 어딘가에 살아 계시지 않을까…… 하고 물었는데도."

"타츠히메, 그 이야기는 이제 싫증이 났어."

"하지만……"

"그 말을 들을 때마다 묘하게 피가 끓어. 제발 그 말은 다시 하지 않았으면 좋겠어. 어머님은 우리 어머니가 아니라 시바타 슈리柴田修理(카츠이에)의 아내였어."

"어머나…… 그럼, 어머니가 너무 가엾어."

입을 뾰족하게 내밀고 타츠히메가 불만스럽게 말했을 때였다. 챠챠히메는 얼른 고개를 꼬고 타카히메를 쳐다보았다.

"이 성에서는 따분해서 못 살겠어. 타카히메, 다시 한 번 치쿠젠 님에게 쿄토에서 살게 해달라고 부탁해봐."

화제를 돌리는 바람에 이번에는 타츠히메의 낯빛이 변하고 말았다.

"언제나 나를 따돌리기만 하다니. 좋아, 다시는 말을 하지 않겠어."

그러면서 몇 걸음 걸었으나 아무도 말리려고 하지 않았다.

타츠히메는 더 그 자리에 있기가 어색하여 그대로 돌아서고 말았다.

별로 화를 낸 것은 아니었다. 토라졌다……고는 하지만 그것은 응석이나 다름없는 작은 반발로, 감정에 탄력을 주는 데 불과했다.

"아이, 따분해. 나 혼자 돌아가야지."

돌아간다 해도 별로 할 일이 있는 것은 아니었다. 그렇기는 하지만 징검돌을 따라 걷다가 마루에 올라선 타츠히메는 무심히 거실의 문을 열었다.

"어머……"

문을 열다 말고 타츠히메는 그만 그 자리에 못 박히고 말았다. 방에 거의 자기와 같은 또래의 관례를 올리지 않은 것으로 보이는 어린 무사가 점잖은 표정으로 앉아 있었다.

"누구세요?"

타츠히메가 물었다. 그랬더니 방에 있던 소년은 타츠히메의 손궤 뚜껑을 열면서 거만하게 말했다.

"너야말로 누구냐?"

그리고는 가슴을 펴면서 돌아앉았다.

"무례한 여자로군. 선 채로 문을 열다니."

3

"어머나……"

타츠히메는 눈이 휘둥그레졌으나 그래도 다시 방안을 둘러보았다.

틀림없는 자기 방이었다. 남의 방에 들어와 더구나 남의 손궤를 태연히 열고 있으면서도 이 소년은 도리어 당치도 않게 이쪽을 나무라고 있었다.

"왜 대답이 없어? 이름을 말해."

"어머……"

타츠히메는 다시 한 번 눈을 크게 떴다.

만일 지금 눈앞에 앉아 있는 소년이 보기 흉하게 생겼다거나 천하게 보였더라면 타츠히메는 아마도 크게 소리를 질러 시녀를 불렀을 것이다. 하지만 시녀를 부르기에는 이 침입자는 너무 미소년인데다 품위가 있어 타츠히메의 마음을 끌었다.

꿈과 현실이 뒤섞인 묘한 감정에 놀란 타츠히메.

"저어, 나는 타츠히메라고 하는데……"

눈에 점점 더 호기심의 빛을 띠며 말했다. 그때 방에 있던 소년은 거칠게 손궤를 내려놓고 꾸짖었다.

"이름이 타츠히메란 말이지? 남의 방에 들어와 말할 때는 앉아서 해야 하는 거야, 이 버릇없는 것아."

타츠히메의 얼굴에 비로소 생생하게 장난기가 떠올랐다.

'아, 이 소년은 방을 잘못 알고 들어온 것이 분명하다……'

이렇게 생각하니 겨우 마음에 여유가 생겼다.

"이거, 정말 실례했어요……"

방 입구에 얌전하게 앉아 교태에 야유를 섞어 인사했다.

"잘 오셨습니다."

"응……"

"그런데 손님은 어디서 오셨습니까?"

"나 말이지, 나는 토토우미遠江에서 왔어."

"토토우미에서 무슨 일로 오셨나요?"

"나는……"

상대는 크게 가슴을 폈다.

"히데요시 님…… 아니, 아버님의 목을 베러 온 건지도 몰라."

"예? 저어, 이 성의 성주님을……?"

"왜, 놀랐어? 아버님이라고는 하지만, 나는 아직 잘 납득이 되지 않아. 나는 거짓말을 하고 싶지 않아. 그래서 분명하게 말한 거야."

"어머…… 그럼, 성함은 무어라고 하시나요?"

"이름은 오기마루."

"성은?"

"도쿠가와……가 아닌 하시바."

"연세는?"

"조금 있으면 열두 살."

"조금 있으면……?"

말하다 말고 타츠히메는 그만 웃음을 터뜨릴 뻔했다. 상대가 자기보다 어리다는 것을 알았기 때문에 더욱 장난기가 생겼다.

"어머…… 그렇다면 아직 열한 살이군요?"

"그렇기는 하지만…… 곧 열두 살이 돼. 그러나저러나 말이 많은 여자로구나, 너는."

"안 되나요, 말이 많으면?"

"아니, 그렇지는 않아. 그런데 정말 예쁘군. 미카와나 토토우미에는 이처럼 예쁜 여자가 없는데."

"어머나……"

타츠히메는 너무 직선적인 칭찬에 당황하며 눈길을 내리깔았다.

4

"타츠히메……라고 했지? 몇 살이야?"

"예…… 저어, 지난해에는 열넷이었어요."

타츠히메도 지지 않으려고 상기된 얼굴로 똑바로 오기마루를 바라보았다. 소년은 흥 하고 콧소리를 내며 고개를 끄덕였다.

"그럼, 나하고는 두 살 차이로군."

"어머…… 지난해에 열넷이라고 했어요."

"좌우간 알았어. 두 살 차이야…… 너는 이 성의 하녀인가 아니면 히데요시…… 아니, 아버님의 딸인가?"

"그 어느 쪽도 아니에요. 나는 아사이 나가마사의 딸이에요."

"뭐, 아사이……? 나는 모르겠어. 그 사람은 누구의 가신이지?"

"어머……"

이번에는 타츠히메의 웃는 낯이 굳어졌다.

"오기마루 님이라고 하셨죠?"

"그래. 머지않아 관례를 올리게 되면 이름이 바뀌겠지만 지금은 아직 오기마루야."

"오기마루 님은 도쿠가와 가문에서 인질로 오신 것이겠죠? 곧 도쿠가와의 인질이 올 것이라고 시녀들이 수군거리고 있었어요."

"뭐, 도쿠가와라고……?"

"도쿠가와의 아들은 아사이 나가마사도 모르는군요. 그렇다면 내가 돌아가신 우다이진 님의 조카라는 것을 모르는 것도 당연하죠. 나는 인질이 아니에요. 이 성의 성주님보다 위에 있는 중요한 손님이에요."

"뭐, 인질이 아니라고……?"

"그렇다면 나의 외삼촌 오다 우다이진 노부나가織田右大臣信長의 이름도 모르겠군."

두 사람이 입씨름을 벌이게 되자, 두 언니에게 시달림을 받은 타츠히메 쪽이 더 유리한 듯했다.

"뭣이!"

타츠히메의 말에 오기마루의 얼굴이 빨갛게 되었다. 그 모습이 그림처럼 아름다웠다.

"노부나가 공의 이름을 모르는 바보가 어디 있어. 그래, 네가 노부나가 공의 조카딸이라면 조카딸답게 조신하게 행동해야 할 것 아니야? 나는 네가 너무 버릇없이 굴어서 어느 아시가루 대장의 딸쯤 되는 줄 알았어."

"어머, 듣기 거북한 말을 하는군요. 조금 전에는 나처럼 예쁜 여자도 없다고 했잖아요?"

"응, 그랬어……"

"그럼 그 말은 거짓말이었나요? 오기마루 님은 거짓말을 하는 사람인가요?"

"아니, 난 거짓말은 하지 않아. 아까 네가 예쁘다고 한 것은 거짓말이 아니야."

"호호호……"

"왜 웃어? 웃는 것은 실례야."

"어머, 미안해요. 그러나 이번에 웃은 것은 깔보고 웃은 것이 아니에요. 오기마루 님이 솔직하게 취소하기에 사나이다워서 감탄하고 웃었던 거예요. 오기마루 님도 정말 귀여워요!"

"뭐, 귀여워……?"

"아니, 남자답고 아름다워요."

"그래? 그렇다면 좋지만."

오기마루도 이 성에 도착한 지 이틀째, 여기 오는 동안 계속 따분했는데 타츠히메의 마지막 말에 그만 기분이 풀렸다.

"음, 제법 말귀를 알아듣는걸. 그런데 무슨 일로 이 오기마루를 찾아왔어? 미처 그 말을 묻지 못했어."

"그것은 오기마루 님이 먼저 대답할 말이에요. 여기는 이 타츠히메의 방이에요."

타츠히메는 다시 즐거운 듯, 조롱하는 얼굴이 되어 있었다.

5

"뭐, 여기가 네 방이라고……?"

오기마루는 자신감에 찬, 침착한 태도로 웃음을 떠올렸다.

"상당히 기억력이 없는 여자인 것 같아. 자기 방도 잘못 알다니."

"호호호……"

타츠히메는 더욱 재미가 났다.

"오기마루 님, 자기 방도 몰라서는 안 돼요. 그러다가는 미아가 되겠어요."

"그럼, 너는 방을 잘못 알았을 뿐 다른 용무는 없었다는 말이지?"

"용무가 없다면 이대로 놀고 계세요. 이 타츠히메가 좋은 것을 보여드리겠어요."

"뭐……?"

"보세요, 그 손궤 속에 카이아와세貝合 도구가 들어 있어요."

타츠히메가 일어나 오기마루 옆에 있는 손궤의 뚜껑을 열었다. 그때 비로소 오기마루의 낯빛이 변했다.

'그럼, 내가 잘못 들어온 것일까……?'

이런 불안에 사로잡힌 것이 분명했다. 그는 다시 한 번 천천히 무릎에 두 손을 얹고 방안을 둘러보았다.

"아니, 틀림없어."

"예? 무어라고 했나요, 오기마루 님?"

"타츠히메는 내 방에서 놀다 가고 싶다는 거야?"

"어머……"

타츠히메는 웃음을 그쳤다. 상대의 착각이 정도를 넘어섰다. 그러자 위로해주고 싶은 연장자다운 마음이 생겼다. 너무 고집을 부리도록 내버려두면 나중에 부끄러워하게 될 것 같아 동정하는 마음이 앞섰다.

"오기마루 님은 아마 이 방과 아주 비슷한 방으로 안내받으신 것 같아요. 누구나 실수는 하게 마련…… 다음에는 이 타츠히메도 오기마루 님 방에 가보고 싶어요."

바로 이때 정원을 사이에 둔 저쪽 마루 근처에서 ―

"오기마루 님!"

"어디 계십니까, 도련님?"

오기마루를 부르는 센치요와 카츠치요의 목소리가 들렸다.

순간 오기마루의 얼굴에 당황하는 기색이 떠올랐다.

"아, 시동들이 부르고 있군요."

타츠히메는 얼른 일어나 정원으로 나가 정원수 너머의 입구 쪽을 살피고 돌아왔다.

"오기마루 님의 거실은 저쪽 건물에 있어요. 똑같은 모양의 건물이 두 채라서 착각하셨던 것 같아요."

오기마루는 무슨 생각을 했는지 갑자기 낯빛을 바꾸고 타츠히메에게 호통을 쳤다.

"그렇지 않아!"

"무슨 말인가요?"

"이 오기마루의 거실은 여기야. 네가 나가도록 해."

"어머…… 그런 억지를……"

"억지가 아니야!"

"하지만 착각을 하고도 그런 말을 하시다니……"

"착각이라도 상관없어! 이 오기마루는 이 방이 마음에 들어. 이 방에 있기로 결정했어! 불만이라면 네가 히데요시…… 아니, 아버님에게 가서 상의해봐. 나는 움직이지 않겠어, 움직일 수 없어. 오기마루는 여기가 좋으니까."

이때 오기마루의 이마에는 신경질적인 힘줄이 잔뜩 불거져 있었다.

6

아무래도 하마마츠에서 혼다 사쿠자에몬이 훈계한 말이 이 자리에서 한꺼번에 되살아난 모양이었다.

"오기마루 님, 그런 억지를 쓰시면 안 됩니다. 누구나 실수는 하게 마련…… 시동들이 저렇게 찾고 있지 않습니까."

상대가 못 말릴 고집쟁이라고 판단했는지, 타츠히메는 다시 한 번 부드럽게 타일렀다. 그러나 일단 말을 꺼낸 오기마루는 조금도 물러서려 하지 않았다.

"안 돼. 실수가 아니야. 히데요시의 아들인 내가 내 마음에 드는 방에서 살겠다는데 무슨 불만이 있느냐 말이야. 어서 네가 그 방으로 가도록 해."

타츠히메는 어이가 없어 마루로 달려나갔다.

"여보세요, 오기마루의 시동. 오기마루 님은 여기 계시니 빨리 와서 모시고 가세요."

"뭐, 도련님이 그쪽에?"

"그래요, 빨리 이리 오세요."

두 사람은 헐레벌떡 정원을 가로질러 달려왔다.

"오기마루 님, 거실은 저쪽입니다. 여태껏 찾고 있었습니다."

센치요가 마루에 앉아 이렇게 말했다.

"닥쳐!"

엄한 목소리로 일갈하면서 오기마루는 전신을 와들와들 떨고 있었다. 백랍 같은 얼굴에 힘줄이 치솟고, 눈과 입술 언저리만이 그림으로 그린 듯이 빨갰다.

"나는 그 방이 마음에 들지 않아 이리 옮겨왔어. 바보 같은 자식! 히데요시의 아들인 내가 오사카 성 안 어디에 살건 너희들이 왜 상관하느냐. 잠자코 있어!"

센치요와 카츠치요가 오기마루를 달래고 설득했다면 아마 이 소동은 그것으로 끝났을 터였다. 그런데 오기마루도 특이했지만 시동 두 사람도 역시 어처구니없는 무법자들이었다.

센치요와 카츠치요는 흘끗 얼굴을 마주보며 눈짓을 했다.

"그렇습니까? 그렇다면 칼걸이를 이리 옮겨오겠습니다."

시치미를 떼고 대답한 것은 카츠치요였고, 센치요는 칼을 든 채로 오기마루 옆에 앉았다.

"여자는 물러가 있거라."

가볍게 타츠히메에게 턱으로 지시했다. 이번에는 타츠히메가 파랗게 질렸다.

"무……무례하구나!"

"무엇이 무례하다는 말이냐? 도련님이 여기 계시겠다고 하신다. 어서 물러가!"

이때 떠들썩한 소리를 듣고 챠챠히메와 타카히메가 시녀들과 같이 달려왔다.

"무슨 일이야? 누구냐, 이 손님은?"

챠챠히메가 복도에 선 채 위엄 있는 목소리로 물었다.

"무례한 것, 너야말로 누구냐?"

이번에는 카츠치요가 앞으로 나섰다.

"여기 계신 분은 이 성의 양자 오기마루 님, 오늘부터 여기 계시게 되었다. 무례한 짓을 하면 그냥 두지 않겠다."

"원, 이런……"

챠챠히메는 어이없어하면서 그녀 역시 낯빛을 바꾸고 있었다.

"치쿠젠의 아들이냐, 그대가……?"

"뭐……뭐……뭐라구!"

"치쿠젠의 아들이냐고 물었어. 아들이란 자가 상전인 우리 자매에게 그런 헛소리를 하다니 무례하다고 생각지 않느냐?"

상전이라는 말에 카츠치요는 깜짝 놀랐다.

그러나 정작 오기마루는 무슨 수를 써도 끄떡도 않을 기백으로 잔뜩 천장을 노려보고 있었다.

7

"여기는 우리 막내의 거실, 방을 정해준 것은 치쿠젠이야. 불만이 있다면 치쿠젠에게 가서 말하도록 해."

챠챠히메가 말했다.

"싫어!"

순간 오기마루가 버럭 소리쳤다.

"누가 뭐라고 해도 나는 이 방에서 움직이지 않겠어."

"무법자! 그런 소리를 하다니 부끄럽지도 않느냐?"

"부끄럽지 않아. 이대로 내버려둬."

"아니, 부끄러울 것이다. 그 얼굴에 분명히 그렇게 씌어 있어……"

쏘아붙이듯이 말하고 챠챠히메는 무슨 생각을 했는지 조용한 목소리로 묻고 가만히 허리를 낮추었다.

"이름이 오기마루라고 했지?"

"그런데 어떻다는 말이야?"

"재미있는 일이 생각났어. 입씨름은 그만두는 게 좋겠어."

"뭐, 재미있는 일……?"

"응. 그쪽에서 이렇게 고집을 부리는 것도, 타츠히메와 내가 뭐라고 하면 신경질을 내는 것도 그 이유는 마찬가지일 거야."

"이유가 마찬가지라니……?"

"그렇다니까. 잠시 귀를 빌리고 싶어."

챠챠히메는 아직도 부들부들 떨고 있는 오기마루의 귀에 입을 갖다 대고 말했다.

"양쪽 모두 치쿠젠에게 분통이 터지기 때문일 거라고 생각해. 아니, 치쿠젠이 아닐지도 몰라. 이런 곳에서 이렇게 살지 않을 수 없는 잘못된 세상에 분노가 치밀기 때문일 거야. 그렇지 않아?"

챠챠히메가 작은 목소리로 속삭였다.

오기마루는 깜짝 놀라 챠챠히메를 쳐다보았다.

'분명히 이 여자의 말이 옳다……'

이러한 공감이 오기마루를 순진한 어린아이로 되돌려놓았다.

"그렇다고 생각지 않아, 오기마루 님?"

"응…… 그래, 그것은……"

"그렇기 때문일 거야."

"응……"

챠챠히메는 가장 나이가 많은 시녀를 불렀다.

"우메노梅野, 가서 치쿠젠 님을 모셔오너라."

"저어…… 성주님을?"

"그래. 우리 자매와 오기마루 님이 말다툼을 벌여 어느 쪽도 전혀 양보를 하지 않는다, 그러니 중재를 해달라고 부탁해라."

우메노라고 불린 25, 6세 된 시녀는 눈이 휘둥그레져 망설였다.

"어서 다녀와. 그렇지 않으면 칼부림이 벌어질지도 몰라. 중요한 일이니 빨리 다녀오도록."

"예."

우메노가 허둥지둥 사라진 뒤 챠챠히메는 웃지도 않고 조용히 방에서 마루로 나왔다. 자신의 처지에 불만을 품고 있는 강한 기질의 여자가 반항할 구실을 찾아내고 그것을 즐기고 있는 듯…… 그것은 어딘지 모르게 고양이 같은 교활함을 지닌 조용함이었다.

히데요시가 복도 저쪽에서 모습을 나타낸 것은 그로부터 잠시 후의 일이었다.

과연 이번에는 남자들 쪽이 안절부절못했다. 그 당황함을 감추려고 때때로 시선을 마주치고는 더욱 굳게 어깨를 으쓱거리기도 했다.

타츠히메만은 완전히 냉정을 되찾고 세 사람을 번갈아 바라보고 있었다.

"성주님의 꾸중을 들어도 이 타츠히메 탓은 아니야. 오기마루가 너무 고집을 부리기 때문이야."

"흐흥!"

오기마루는 때때로 콧소리를 낼 뿐 여전히 떡 버티고 있었다.

8

"아니, 이게 무슨 짓이냐. 도착하기가 바쁘게 말다툼을 하다니."

히데요시는 웃음을 참는 표정으로 다가와, 마루에 서서 쌀쌀하게 맞이하는 챠챠히메를 보고 말했다.

챠챠히메는 일부러 대답하지 않았다.

"제 말을 양쪽이 모두 듣지 않아요."

타카히메만은 어떻게 될까 하는 마음에 마른침을 삼키고 있었다.

"으음."

히데요시는 방문 앞에서 걸음을 멈추고 안을 들여다보면서 싱긋 웃었다.

오기마루도, 센치요나 카츠치요도 터질 듯한 가슴의 고동을 숨기고 있었다. 함부로 꾸짖기라도 하면 흥분에 못 이겨 칼을 빼들고 히데요시에게 덤빌지도 모를 형상으로 보였다.

"오기마루."

"예."

"네 말은 이 방이 마음에 들었다, 히데요시의 아들인 네가 오사카 성 안의 어디에 살건 무슨 상관이냐…… 이런 말이겠지?"

"예, 틀림없습니다."

"타츠히메는 이에야스의 상전이 되는 신분이므로 오기마루의 말을 따를 수 없다, 지금처럼 이 방에서 살겠다…… 이런 말이고?"

"예. 느닷없이 남의 방에 들어와 여기가 자기 방이라고 하면서 꼼짝도 하지 않습니다."

"좋아, 양쪽의 주장은 잘 알겠다."

히데요시는 자신의 판단을 흥미롭게 즐기려는 듯한 챠챠히메를 돌아보았다.

"챠챠히메, 어떻게 하면 좋을까?"

"저는 모르겠어요."

"그럴 테지. 얼굴에 그렇게 씌어 있어."

"예?"

"하하하…… 자신이 판단을 내릴 수 있었다면 굳이 나를 부를 필요가 없었을 것 아닌가."

"그 말이 맞아요."

"좋아. 앞으로도 이런 일이 생길 것이니, 말다툼이 벌어졌을 때는 어떻게 한다는 것을 잘 보았다가 참고로 삼는 게 좋을 거야."

히데요시는 이렇게 말하고 웃음을 참으면서 진지한 표정으로 돌아와 오기마루에게 눈길을 보냈다.

"오기마루!"

"예."

"네 말이 옳았어."

"예."

"그리고, 타츠히메."

"예. 그럼, 저더러 다른 방으로 옮기라는 말씀인가요?"

"아니, 그렇지 않아. 타츠히메가 이 방에서 떠나지 않겠다는 것은 당연한 일이야. 과연 아사이 나가마사의 핏줄, 남자 세 사람이 덤벼도 양보하지 않을 여장부야."

"그럼…… 오기마루 님을?"

"아니, 오기마루도 훌륭해. 너도 훌륭하고. 양쪽 모두 다른 데로 옮길 수 없을 테니 두 사람이 이 방에서 같이 살면 될 게야."

히데요시는 이렇게 말하고 진지한 표정을 허물어뜨리지 않은 채 카츠치요와 센치요 두 사람을 돌아보았다.

"시동들은 동석해서는 안 돼. 옆방에 있으면서 돕도록 하라. 이상."

말을 마치고 얼른 등을 돌려 그대로 긴 복도로 사라져갔다.

챠챠히메도 타츠히메도, 또 오기마루도 시동들도 한순간 멍청히 허공을 바라보고 있었다……

9

만일 히데요시가 오기마루의 요구를 받아들인다면 챠챠히메도 같이 타츠히메의 방에 눌러앉을 작정이었다. 그 반대로 타츠히메 편을 들어 오기마루를 내보낸다면, 오기마루를 부추겨 사사건건 히데요시에게 반항하게 만들 생각인 챠챠히메였다.

'어쨌거나 일이 재미있게 되어가고 있다……'

이렇게 생각하며 남몰래 가슴을 부풀리고 있던 챠챠히메의 기대는 히데요시의 뜻하지 않은 결정으로 완전히 어긋나고 말았다. 물론 당사자인 타츠히메나 오기마루에게는 이런 깊은 생각이 없었다.

히데요시에게 보기 좋게 당하고 망연했던 한순간이 지난 뒤 맨 먼저 챠챠히메가 모습을 감추고 이어서 타카히메도 자기 거실로 돌아갔다. 타카히메는 방에 남아 있는 타츠히메와 오기마루가 어떻게 될까 큰 흥미를 느끼며 제 방으로 돌아왔다.

이어 센치요와 카츠치요가 서로 고개를 끄덕이고 물러갔다.

"물러가 있을 테니 용무가 있으면 부르십시오……"

그 후부터는 조용하기만 하여 마루에 내리쬐는 햇살만이 눈부셨다.

오기마루가 비로소 타츠히메를 곁눈질해 보았다.

타츠히메는 아직 오기마루를 보지 않았다. 놀랄 만큼 날카로운 표정에 눈을 부릅뜨고 빤히 정원을 바라보고 있었다. 그 굳은 표정은—

'내가 질 줄 알고……'

오기마루의 투지를 부채질하기에 충분했다.

그는 새삼스럽게 자세를 바로하고 오만하게 천장을 노려보기 시작했는데……

두 사람에게는 전혀 뜻하지 않은 결정이었다. 그러나 어느 쪽도 이 때문에 당황할 정도로 나약한 기질을 가지고 태어나지는 않았다.

"오기마루 님."

마침내 나이가 위인 타츠히메가 먼저 침묵을 깨뜨렸다.

"왜 그래?"

"어떤 일이 있어도 이 방에서 나가지 못하겠다는 건가요?"

"말할 것도 없어! 아버님도 이미 허락하셨어."

"고집이 여간 아니군요, 오기마루 님은."

"타츠히메야말로 고집이 너무 세. 나보다도 더."

"대관절 이대로 둘이 여기 있으면 어떻게 되겠어요? 나는 이미 어린 아이가 아니에요."

"나도…… 나도 어린아이가 아니야!"

"어머…… 어른이라면 더욱 그래요. 남자와 여자가 같은 방에……"

"닥쳐!"

"닥칠 수 없어요. 이 세상은 고집과 오기만으로는 통하지 않아요. 그것을 억지로 밀어붙이려는 사람을 멧돼지 같다고 하는 거예요."

"고집만 부리는 게 아니야. 이 오기마루가 멧돼지일 수는 없어."

"그거 재미있군요! 그럼 뭔가요? 어째서 내 거실로 들어왔지요?"

힐문당하는 입장이 되자 오기마루는 몹시 말을 더듬었다.

"그것은…… 그……그것은 타츠히메가 마음에 들었기 때문이야."

"뭐라구요?"

타츠히메는 소스라치게 놀라며 몸을 굳혔다.

"나는 싫어요! 오기마루 님 따위는."

쏘아붙이듯이 대답했다.

10

오기마루의 얼굴이 분노와 수치로 빨갛게 달아올랐다. 자기가 생각하기에도 너무 섣부른 말을 했다고 느낀 듯.

"싫어해도 좋아!"

이렇게 말하기는 했으나 그 다음 이유를 댈 수는 없었다.

"그것 보세요. 역시 고집이 아니고 뭐란 말인가요. 옹고집이에요. 내가 어떻게 생각하건 상관없다는 것은 오기마루 님의 고집이에요."

"고집이라도 좋아!"

이것으로 대화는 끝났다.

타츠히메도 그 이상 말을 하는 것은 무의미하다고 생각했다. 오기마루 역시 자기 말에 조리가 없다는 것을 잘 알고 있었다……

날이 저물어 타츠히메의 시녀가 등불을 가져왔을 때 이시카와 카츠치요도 이에 질세라 촛대를 들고 왔다.

식사도 마찬가지였다.

타츠히메 앞에는 시녀 우메노가 앉고, 오기마루 앞에는 혼다 센치요가 와서 시중을 들었다. 양쪽 모두 한마디도 하지 않고, 어느 쪽도 얼굴을 보려 하지 않았다.

밤이 되어 타츠히메가 잠시 챠챠히메의 방에 다녀왔을 뿐, 이윽고 두 사람은 다다미 열두 장짜리 방에 나란히 침구를 깔게 했다.

잠자리에 들 무렵부터 바람이 불기 시작했다. 강에서 불어오는 북풍은 차디찬 서리를 몰고 오는지 으스스한 냉기와 쓸쓸함을 몰아왔다.

'대관절 이 여자는 무슨 생각을 하고 있을까.'

오기마루가 그런 생각을 떠올린 것은 아홉 점(오후 12시), 순라군이 정원을 지나갔을 때였다.

'고집이라면 내가 좀더 고집스러웠는지도 몰라……'

그 고집을 관철시킬 수 있는 자가 아니면 어엿한 사람이 되지 못한다고 사쿠자에몬은 늘 말하곤 했었다……

그런 만큼 때때로 귀를 기울이고 상대의 숨소리가 들려오면 당황하여 자기도 상대의 귀에 들리도록 크게 숨을 쉬었다.

"저어, 오기마루 님……"

아홉 점이 지났을 무렵 옆의 이부자리가 살며시 움직였다.

"으……으응."

오기마루는 잠결에 대답하듯 반응했다.

"아, 깊이 잠이 들었던 것 같아요. 시각이 어떻게 됐을까요?"

"모……모르겠어."

"오기마루 님은 분하지 않으세요?"

"으응…… 뭐가 말이야? 아직 자지 않고 있었어?"

"아뇨, 실컷 잤어요! 그런데 분하지 않으세요? 이렇게 되면 내 고집도 오기마루 님의 고집도 이 성의 성주님에게 완전히 꺾인 것이 돼요."

"뭐……뭐라구, 꺾인 것이 된다구?"

"그래요. 이렇게 하면 둘이 모두 난처해져서 누군가 한 사람이 손을 들게 될 것이다, 이런 생각에서 그랬다는 것을 깨닫지 못했나요?"

"……"

"오기마루 님."

"왜?"

"오기마루 님은 내가 좋다고 했지요?"

"그래서 어쨌다는 거야?"

"그렇다면 나도 오기마루 님을 좋아하겠어요. 그럼, 성주님이 난처해질 거예요."

"으음."

오기마루는 작은 소리로 신음했다.

"그래, 그게 좋을지도 몰라."

11

"좋을지도 모른다……는 말은 너무 뜨뜻미지근해요. 두 사람의 사이가 좋아진 것처럼 하여 성주님을 당황하게 만들면, 성주님은 다시 생각을 바꿀 거예요. 그렇지 않으면 두 사람이 모두 지게 돼요."

타츠히메는 줄곧 그 생각만 하고 있었는지, 주위를 꺼리듯이 빠른 소리로 말하고 그대로 이부자리 위에 일어나 앉았다.

그러나 오기마루는 일어나지 않았다. 흘끗 바라본 속옷 차림의 타츠히메 모습이 가슴을 설레게 할 정도로 눈부셨다.

'타츠히메는 이미 어린아이가 아니다. 나도 역시.'

"왜 잠자코 있나요? 나를 좋아한다고 한 것은 거짓말이었군요."

"거……거……거짓말이 아니야!"

"그러면 우리 둘이서 성주님의 콧대를 꺾어주도록 해요. 안 그러면 언니들에게도 비웃음을 받아요. 챠챠 언니는 자기가 한 일은 스스로 마무리해야 한다고 짓궂게 말했어요."

"흐흐흐……"

"……그것은 알았다는 뜻인가요, 오기마루 님?"

"마……마……마음대로 해."

"정말 답답하군요."

하나만 켜놓은 등불 밑에서 무언가가 크게 움직인 듯한 생각이 들어 오기마루는 숨을 죽였다. 눈을 꼭 감고 있는데도 크고 탐스러운 빨간 꽃이 불쑥 떠오르는 느낌이 들고 다음 순간 감미로운 향기가 콧구멍을 가득 메웠다.

"오기마루 님."

"왜……왜 그래?"

"이것은 남이 들으면 안 되는 말이에요."

"어째서……?"

"듣는다 해도 아무도 놀랄 사람은 없어요. 자, 어서 대답해주세요."

"그……그러기에 마음대로 하라고…… 했지 않아?"

"지금은 모두 잠들어 있어요. 깨어 있는 사람은 우리 둘뿐이에요."

"응……"

"그러니까 분명한 대답을 들어야겠어요. 가령 오기마루 님과 사이가 좋아져서……"

"히데요시…… 아, 아니 아버님의 콧대를 꺾어놓으면 되는 것 아냐?"

"어머, 눈도 뜨지 않고…… 오기마루 님은 아직 어린아이로군요."

"어린아이가 아니야! 절대로 아니야."

"그렇다면 좀더 생각을 깊이 하세요. 두 사람의 사이가 좋아져 깜짝 놀란 성주님이 우리를 갈라놓으면 그것으로 돼요……"

"응……"

"사이가 좋아졌다면 다행한 일이니 계속 같이 있으라고 짓궂게 말하면…… 만일 성주님이 그런 말을 했을 경우도 생각해두어야 해요. 그럴 때는 어떻게 하겠어요?"

"그랬을 때는……?"

"예, 그랬을 때, 계속 같이 있으라고 했을 경우에는."

"그때는…… 그대로 하면 되지."

오기마루가 이렇게 대답하자 타츠히메는 잠잠해졌다. 지금까지 귓불을 간지럽게 하던 숨소리가 멀어지고 시선만이 찌를 듯이 자기에게 쏟아지고 있었다— 오기마루가 그렇게 생각했을 때 이번에는 얼굴 위에 무언가가 강하게 덮였다. 몹시 달아오른 뺨 같기도 하고, 그보다는 부드러운 것 같기도 했다.

'지지 않겠다!'

오기마루는 숨을 죽이고 다시 생각했다.

마음에 내린 서리

1

챠챠히메는 일어나 곧 막내동생 타츠히메의 방으로 갔다.

정원에는 가득 서리가 내리고, 해는 이미 높이 떠올라 있었다.

'대관절 그 후에는 어떻게 되었을까?'

싸늘한 복도를 미끄러지듯 걸어가 미닫이 밖에 서서 가만히 귀를 기울였더니 안에서 두 사람의 명랑한 말소리가 새나왔다.

챠챠히메는 왠지 동생을 부를 수가 없었다. 두 사람의 대화에서 풍기는 친근감이 뜻밖이기도 하고 불안하기도 하며 화를 돋우기도 했다.

'도대체 이게 어떻게 된 일일까?'

타츠히메의 성격으로 미루어 오늘 아침까지도 계속 무섭게 노려보며 집요하게 대립하고 있을 것이 분명하다…… 이렇게 생각하고 왔는데 완전히 예상이 빗나가고 말았다.

순간 챠챠히메가 밤새 생각했던 히데요시에 대한 보복도 허사가 되고, 도리어 큰 걱정거리가 싹틀 것만 같아 견딜 수 없었다. 챠챠히메도 역시 두 사람에게 거짓 화목을 권하여 잘난 체하는 히데요시를 깜짝 놀라게 만들 생각으로 찾아왔는데……

요즘에 이르러 챠챠히메에게는 모든 일이 다 자기 마음대로 된다고 자부하는 히데요시의 그 오만한 얼굴처럼 비위에 거슬리는 것이 없었다. 어쩌면 그것은 히데요시 개인에 대한 증오가 아니라, 생각하는 일이 하나도 마음대로 되지 않는 불운한 자매가 히데요시의 행운에 대해 터뜨리는 분노이고 반항이었는지도 몰랐다.

아무튼 어제—

"판단은 이렇게 내리는 것이야."

아무런 주저도 없이 단숨에 두 사람의 동거를 명했을 때, 챠챠히메는 당사자인 타츠히메나 오기마루 이상으로 눈이 뒤집힐 것 같은 반감을 느꼈다.

'우쭐거리고 있지만, 뜻대로 되지는 않을 것이다!'

그래서 잠시 상의하러 찾아온 타츠히메까지 냉담하게 쫓아보내고, 히데요시의 콧대를 꺾어놓을 방법을 면밀히 생각해왔던 것인데……

챠챠히메는 그대로 자기 방으로 돌아왔다.

"혹시……"

작은 소리로 중얼거리고 가만히 주위를 둘러보았다.

오기마루가 타츠히메를 여자로 만들었다…… 이렇게 말하여 히데요시가 당황하는 꼬락서니를 보려고 생각했는데, 정말로 그렇게 되었다면 완전히 반대인 결과가 된다……

"이 일은 그대로 내버려둘 수 없다……"

히데요시 자신은 젊은 카가에게 지나칠 정도로 집념을 보이면서도, 성안의 풍기에 대해서는 이상하게도 눈에 쌍심지를 켰다. 챠챠히메의 다도 상대가 되기 위해 찾아오는 츠다 소큐가, 이시다 미츠나리가 사자로 오거든 너무 친절하게 대하지 말라고 주의를 준 일까지 있었다.

확실하게는 알 수 없으나, 소큐는 미츠나리가 챠챠히메와 이야기를 나누고 돌아가 히데요시로부터 몹시 꾸중을 들었다는 듯한 어조로 이야기했다.

챠챠히메는 잠시 화로 가장자리에 손을 얹고 눈을 깜박이는 것도 잊은 듯이 흰 재를 바라보다가 이윽고 손뼉을 쳐서 시녀를 불렀다.

"휴가日向 님을 모셔오너라."

사지 휴가노카미 히데마사佐治日向守秀正•는 히데요시의 여동생 아사히히메朝日姬•의 남편으로 내전의 관리를 담당하고 있는 성실하고 온화한 40대의 사내였다.

2

사지 휴가노카미가 오자 챠챠히메는 얼른 표정을 바꾸었다.

지금까지 음산하고 그늘진 곳에 내린 서리를 연상케 할 만큼 싸늘한 표정이었던 것이 단숨에 봄날의 새 같은 순진한 모습으로 변했다. 단지 순진할 뿐만 아니라, 충분히 계산된 애교와 기품까지 곁들여 전혀 사람이 달라진 듯이 밝게 보였다.

"휴가 님, 지금 저에게는 모든 것을 털어놓고 지혜를 빌려야 할 일이 생겼어요."

"허어, 그렇다면 말씀하십시오. 힘이 될 수 있도록 노력을 다하겠습니다."

휴가는 어디까지나 챠챠히메를 지체 높은 가문에서 자란 고집 센 처녀로 알고 싱글벙글 웃으면서 말했다.

"대관절 무슨 일입니까, 챠챠 님이 걱정하시는 것은?"

"휴가 님, 생각한 그대로를 말하려고 하니 성주님에게는 말씀 드리지 마십시오."

"예. 말하지 말라고 하시면 절대로 하지 않겠습니다."

"성주님은 우리를 어떻게 생각하고 계실까요?"

"어떻게 생각하시다니요?"

"지난번에도 이시다 사키치石田佐吉(미츠나리)가 나하고 이야기를 나누고 돌아갔다고 해서 크게 꾸중을 들었다고 해요."

"으음……"

"나를 어디로 시집보내려는 것은 아닌지, 혹시 들은 바가 없나요?"

"하하하……"

휴가는 어수룩해 보이는 얼굴에 가득 웃음을 띠었다.

"그것은 챠챠 님의 잘못입니다."

"아니, 나의 잘못이라니요……?"

"챠챠 님이 너무 기품이 높고 아름다우시며 게다가 재치가 넘치시기 때문에 혼사가 늦어지는 것입니다."

"어머, 그러면 나를 두려워하고 싫어한다……는 말인가요?"

"아니, 성주님이 두려워하십니다. 챠챠도 혼기가 되었지만 웬만한 사람에게는 출가시킬 수 없다, 챠챠는 나에게 반감을 품고 있으니 틀림없이 남편에게 모반을 강요할 것이다…… 이런 농담을 하십니다. 챠챠 님이 성주님에게 너무 고집을 부리시기 때문입니다."

"호호호……"

챠챠히메는 웃음을 터뜨렸다. 웃으면서도 놀라고 있다는 것은 그 입가에 굳은 흔적으로 알 수 있었다.

그 놀라움도 다음 말로 금세 감추어졌다.

"정말 우습군요. 그렇다면 얌전을 떨겠어요…… 자, 이렇게."

"하하하…… 그렇게 하시는 것이 좋습니다. 그러면 성주님도 곧 안심하시고 훌륭한 신랑감을 찾아보실 것입니다."

"휴가 님."

"예."

"이번에 이 성에 온 오기마루 님 말인데요……"

"아, 오기마루 님이……?"

"오기마루 님이 관례를 올리려면 아직 멀었을까요? 나는 차라리 오기마루 님에게나 시집갈까 생각하고 있어요!"

무슨 생각을 했는지 챠챠히메는 천연덕스럽게 말하고 진지한 표정으로 한숨을 쉬었다.

3

사지 휴가노카미는 휘둥그레진 눈으로 챠챠히메를 바라보았다.

상대가 진정으로 말한 것일까? 이것을 확인하려는 40대 사나이의 숨을 죽인 시선이었으나, 챠챠히메는 그런 것에 겁을 먹고 본심을 드러낼 만큼 어수룩하지 않았다.

오다니 성小谷城의 함락이란 비극 이후 계속해서 엄습한 불운의 불길이 이 젊은 재녀才女를 인간 불신이라는 예리한 방망이로 단련시켰다. 그 불신에 맞서는 여자의 무기는 위장된 교태말고는 없다고 온몸으로 알고 있는 챠챠히메였다.

"챠챠 님은 오기마루 님이 마음에 드십니까?"

"글쎄요…… 휴가 님의 눈에는 어떻게 보이세요?"

"단념하시는 편이 좋을 것 같습니다. 사실은……"

말하다 말고 숨을 죽였다.

"이 말은 절대로 비밀로 하셔야 합니다. 챠챠 님이 너무 갸륵하시기에 말씀 드리는 것입니다마는…… 절대로 입 밖에 내시면 안 됩니다."

"그야 물론 잘 알고 있어요……"

“관례는 올리십니다. 내년 이른봄에 관례를 올리시기로 오기마루 님을 모시고 온 이시카와 카즈마사 님과 성주님 사이에 결정을 보았습니다. 성함과 대우까지도 정해졌습니다.”

“어머, 대우까지……?”

“예. 내년 이른봄이면 하시바 미카와노카미 히데야스羽柴三河守秀康 님이 되십니다. 그리고 카와치河內의 토지 일만 석을 내리실 것인데, 히데야스라는 그 이름으로도 알 수 있듯이 이것은 여간 복잡하지 않습니다.”

“히데야스……라면 히데요시의 히데와 이에야스의 야스겠군요?”

“그렇습니다. 성주님의 양자이면서 이에야스의 친아들…… 이것은 끝까지 오기마루 님을 따라다니는 불길한 그림자가 될 것입니다. 성주님이 그 소년을 탐내어 데려오신 것이 아니라는 점은 챠챠 님도 알고 계시겠지요?”

“두 가문을 맺어주는 연결고리가 되지 않겠어요?”

휴가노카미는 안타깝다는 듯 고개를 내저었다.

“성주님이 이에야스를 이 성으로 불러들이기 위한 미끼입니다. 그러므로 보통 인질 이상으로 가엾은 신세. 그런 분에게 출가하시겠다고 하면 성주님은 챠챠 님의 마음을 정말 의심하시게 될 것입니다. 그런 말씀은 농담으로라도 하지 마십시오.”

“호호호…… 그 말을 들으니 더욱 생각이 간절해지는군요.”

“당치도 않습니다! 농담이 너무 지나치십니다.”

“그럼, 이에야스가 그 미끼에 걸리지 않고 오사카에 오는 것을 거부한다면 오기마루는 목이 잘리기라도 한다는 말인가요?”

“글쎄요, 거기까지는 모르겠습니다. 그러나 오기마루 님이 여기 있는 것은 잠시 동안일 뿐 곧 츠츠이 쥰케이筒井順慶 님에게 맡겨져 양육될 것입니다. 그렇게 결정되었기 때문에 성주님도 타츠히메 님과 함께 있어도 좋다고 농담처럼 말씀하셨을 것입니다."

"어머, 그러면 이 전각에서도 오래지 않아……"

"예. 챠챠 님 자매와는 사정이 다릅니다. 표면적으로는 양자지만 사실은 적이므로……"

이 말을 듣고 챠챠히메는 얼굴은 물론 목소리까지 흐려졌다.

"그렇다면 너무 안타까워요! 그런 것을…… 오기마루 님은 알고 있을까요? 참, 내가 성주님에게 부탁 드려보겠어요. 나에게 오기마루 님을 달라고 말이에요."

휴가노카미는 세게 혀를 찼다.

4

"그러시면 안 됩니다, 챠챠 님……"

휴가노카미는 진지한 얼굴로 무릎걸음으로 다가앉았다.

"그런 말씀을 하시면 점점 더 혼사가 늦어집니다…… 그 이야기는 이 자리에서만 하는 농담……이라고 생각하겠으니 절대로 다른 데서는 말씀하지 마십시오."

"호호호……"

챠챠히메는 상대가 당황할수록 더 재미가 났다.

"아니, 부탁해보겠어요. 비록 어떤 꾸중을 듣는다 해도 이대로는 오기마루 님이 너무 가엾어요."

"챠챠 님!"

"어머, 휴가 님도 무서운 얼굴을 하실 때가 다 있군요……"

"챠챠 님은 성주님의 마음을 잘 모르십니다."

"남의 마음을 이것저것 생각하다가는 내 몸이 견뎌내지 못해요. 하고 싶은 말은 하겠어요."

"바로 그 견뎌내지 못하신다……는 점을 저는 걱정하는 것입니다."

"그게 무슨 뜻이죠……?"

"성주님은 말입니다, 챠챠 님은 카가 님보다 연상, 놓아주지 않을 수만 있다면 그럴 생각……인 것 같다고 이 휴가는 생각합니다."

"뭐라구요!"

챠챠히메는 비로소 상대의 말에 깜짝 놀랐다.

"놓아주지 않을 수만 있다면……이라니요?"

"챠챠 님의 재기才氣를 두려워하고 계십니다. 섣불리 출가시키면 적이 된다……는 구실로 평생토록 곁에 있으라고 하시면 어떻게 하시겠습니까?"

"예?"

순간 챠챠히메는 얼굴이 창백해지면서 입을 열지 못했다.

출가시키면 적이 된다…… 그러므로 평생토록 곁에……라는 뜻은 히데요시의 소실이 되라……는 말, 바로 그것이었다.

"휴가 님……"

"아시겠습니까?"

"그렇다면…… 저어…… 성주님은 나를……"

"언젠가 농담처럼 그런 말씀을 하신 적이 있습니다. 챠챠 님이 말씀을 조심하시지 않으면 그렇게 될지도 모릅니다. 그래도 괜찮겠습니까, 챠챠 님은……?"

"어머! 성주님이……"

"타카히메도 타츠히메도 걱정하지 않는다, 그러나 챠챠히메는 방심할 수 없다, 차라리 평생 곁에 두고 있으면 어떨까 하고 웃으면서 말씀하신 일이 있습니다."

"성주님이……"

차차히메는 몸을 꼿꼿이 세우고 같은 말을 되풀이했다.

너무나 뜻밖의 말…… 그러나 있을 법한 일이었다. 히데요시에게 반감을 품은 자에게 출가시키면 틀림없이 남편을 부추겨, 모반까지는 아니라 해도 싫어하도록 만드는 일쯤은 능히 할 수 있을 것이었다.

그러나저러나 히데요시가 그 대비책으로 나를 소실로……라는 생각까지 하다니……

"아시겠습니까, 차차 님?"

"……"

"설마 차차 님은 성주님의 그러한 마음을 읽으시고 소실이 되실 생각에서 일부러 그런 농담을 하시는 것은 아니겠지요. 그렇다면 이야기가 달라지지만……"

차차히메는 눈을 깜박거리는 것도 잊고 똑바로 허공을 노려보았다.

5

이대로는 차차히메의 완전한 패배였다.

차차히메는 사지 휴가노카미를 불러, 오기마루와 타츠히메의 일로 히데요시를 곤혹스럽게 만들려는 생각이었다…… 그러나 자세히 사정을 들어보니, 히데요시에게는 훨씬 더 깊은 속셈이 있는 듯하다는 생각이 들기 시작했다……

"내가 오기마루 님에게 출가할까 했더니 성주님이 농담을 하시는 바람에 타츠히메에게 오기마루 님을 빼앗기고 말았다."

이렇게 우스갯소리를 했더라면 히데요시는 최소한 타츠히메를 꾸짖거나 탓할 수는 없을 것이었다. 그런 생각으로 일부러 꾸민 장난이었는데, 도리어 히데요시가 바라던 것처럼 된다면 차차히메로서는 그야말로 큰일이었다.

'그렇다면 일단 타츠히메에 대한 일은 접어두고, 좀더 휴가노카미로부터 히데요시의 마음을 알아내야겠다……'

"휴가 님……"

잠시 후 다시 휴가노카미에게로 향한 챠챠히메의 눈동자는 자신만만한 교태로 가득해 있었다.

"예. 이제 납득이 되셨습니까?"

"아뇨, 조금도……"

챠챠히메는 천연덕스럽게 고개를 갸웃했다.

"내기를 할까요, 휴가 님……?"

"내기…… 말입니까? 또 무슨 말씀을 하시려고……"

"그렇다면, 오기마루 님에 대해서는 단념했어요. 성주님이 나를 카가 님처럼 할 생각인지 아닌지, 내기를 걸자는 거예요."

"그것 참 이상한 말씀을 하시는군요. 그럼, 챠챠 님은 그렇게 되지 않는다는 쪽에 거시겠습니까?"

"호호호, 그래요. 성주님에게 그럴 생각이 있을 리 없어요."

"챠챠 님!"

이번에는 휴가노카미가 불안한 듯 목소리를 떨구었다.

"사람은 저마다 취향이 다릅니다. 소문에 따르면 오기마루 님의 친아버지 이에야스 님은 첫번째 정실을 이마가와今川 가문에서 맞아들였다가 악처가 되는 바람에 그만 질려서, 그 다음부터는 아예 신분이 낮은 여자들만 총애한다고 합니다. 그러나 성주님은 이와는 정반대인 것 같습니다."

"호호호…… 그래서 쿄고쿠京極 님이나 카가 님을 소실로 들였다는 말이군요."

"예. 그뿐만 아니라 최근에는 챠챠 님의 외종동생이자 돌아가신 우다이진 님의 막내따님도 마음에 두셨는지…… 모른다는 소문이 돌고 있습니다."

"어머나……"

챠챠히메는 큰 소리로 웃기 시작했다.

"그러므로 나도 조심해야 한다는 말인가요?"

"조심하시라고는 하지 않겠습니다. 그러나 재기를 믿고 지나친 희롱은 하지 마셨으면 합니다…… 그렇지 않으면 더욱 혼삿길이 멀어집니다. 밑으로 두 동생이 계십니다. 언니부터 먼저 출가하시도록 유념하셔야 합니다."

휴가노카미가 정색을 하고 말했다.

"이제 됐어요. 원, 꾸중을 듣고 말았군요. 내기를 걸고 나서 내가 성주님에게 이길 수 있도록 해달라고 할 생각이었는데 이제 그만두어야겠어요."

내뱉듯이 말하고 다시 생긋 웃었다.

어디까지나 자신을 낮춘 순진한 고집쟁이 같은 느낌이었다.

6

사지 휴가노카미가 고개를 갸웃거리며 사라진 뒤 챠챠히메는 문갑을 뒤져 조그마한 부적 주머니를 꺼냈다. 아주 오래 전에 오다니 성을 떠날 때 허리에 차고 나온 부적 주머니로, 키타노쇼 성이 함락될 때도 우연히 가지고 나왔던 것. 보랏빛 비단에 색깔이 바래고 모서리가 닳아 있었다.

챠챠히메는 손에 들었던 것을 다다미 위에 홱 내던지고 등골이 싸늘해질 듯한 심각한 얼굴이 되어 무언가를 깊이 생각하기 시작했다.

이 세상 일, 어느 하나 믿을 수 있는 게 없었다. 서리처럼 싸늘해진 마음. 그런 가운데서도 역시 챠챠히메는 두 동생의 일만은 잊을 수 없었다. 결코 어리광을 부리거나 쉽게 눈물을 보이거나 하지는 않았지만, 그러나 두 동생과 자기가 별도의 여자라는 것은 깨닫지 못했다. 만약의 경우에는 역시 두 동생의 불운 위에 날개를 펴서 자기가 먼저 상처를 받겠다고 하는…… 이것이 어쩌면 모성본능인지도 몰랐다.

"그래, 그럴 위험성이 있어……"

잠시 후 불쑥 한마디 내뱉고는 일단 내던졌던 부적 주머니를 다시 집어들고 조용히 일어섰다.

위험성이 있다……고 한 것은 히데요시가 세 자매 중에서 한 사람만은 소실로 남겨놓으려 한다……는 위험성이었다.

히데요시는 친아버지를 멸망시키고 친어머니까지 키타노쇼에서 죽였다. 두뇌 회전에 빈틈이 없는 그 히데요시가 아사이의 세 자매를 섣불리 출가시키거나 놓아줄 리 없었다……

사지 휴가노카미의 말대로 혼처에 따라서는 히데요시의 적이 될 수도 있을 터. 세 자매를 출가시켜 세 명의 적을 만드는 어리석은 일을 할 리가 없었다. 그러나 곁에 한 사람을 붙들어두면 사정은 전혀 달라질 수 있었다. 노부나가의 딸을 소실로 삼겠다는 속셈이나 마에다前田 가문의 딸을 소실로 삼은 것도 단순한 욕망 때문만은 아닌 그 무언가가 반드시 있을 터.

천한 신분에서 오늘날과 같은 성공을 거두었다는 허영도 있을 것이고 지금까지는 너무 바빠 여색女色 같은 것은 생각할 틈도 없었기 때문이겠지만, 일과 야심에서 완전히 벗어난 히데요시란 있을 수 없다는 것을 지금까지 챠챠히메는 깨닫지 못하고 있었다.

'세상 물정에 너무 어두웠다……'

챠챠히메는 부적 주머니를 든 채 복도로 나와 바로 밑의 동생인 타카히메의 방으로 향했다.

타카히메 역시 타츠히메와 오기마루의 말다툼 결과가 염려되어, 시녀 우메노를 보내 알아보게 하고 지금 그 보고를 듣고 있던 중이었다.

시녀가 챠챠히메의 모습을 보고 당황하여 무언가 말하려 했다.

"아, 챠챠 님……"

챠챠히메가 손을 들어 제지했다.

"우메노는 잠깐 나가 있거라. 타카히메와 할 이야기가 있어."

"알겠습니다."

우메노가 물러간 뒤 챠챠히메는 그 부적 주머니를 타카히메 앞에 내놓았다.

"이것을 네 손으로 타츠히메에게 주고 와."

"이 부적을……?"

"응. 이것은 오다니와 키타노쇼에서 우리 세 자매의 생명을 구해준 소중한 부적이야. 지금 타츠히메의 신상이 아주 위험한 지경에 처해 있기 때문에 이것을 가지고 있으면…… 하면서 주도록 해. 그래도 정신을 차리지 못한다면 나도 모르겠어."

7

타카히메는 챠챠히메의 마음을 헤아리지 못하고 부적 주머니를 손에 든 채 잠시 묵묵히 언니의 얼굴을 바라보고 있었다.

'지금 타츠히메의 신상이 아주 위험한 지경에 처해 있다니 그게 무슨 뜻일까?'

"어서 갖다주라니까. 빠를수록 좋아."

챠챠히메가 다시 재촉했다.

"의미를 모르겠어, 나는……"

"무얼 모르겠다는 거야, 타츠히메의 신상이 위험하다는데."

"왜지? 우메노의 말로는 이미 오기마루 님과의 말다툼은 끝나고 지금 둘이 다정하게 주사위 놀이를 하고 있다는데."

"타카히메, 그, 그게 위험하다는 것을 너는 알지 못한단 말이냐…… 남녀칠세부동석이라는 가르침도 있어. 만일에 두 사람이 맺어지기라도 한다면……"

"호호호……"

"왜 웃는 거야!"

"호호호…… 만일 그렇게 된다고 하면 그것은 성주님 탓이야. 타츠히메는 아주 지혜가 있는 아이라 그렇게 보이게 해서 성주님을 골탕먹이려고 그러는지도 몰라."

"타카히메!"

"어머, 무서워라…… 언니 눈에 살기가 감돌고 있어."

"우리는 치쿠젠이 잠시도 마음을 놓지 않고 있는 아사이 나가마사의 핏줄이야."

"아니! 그것과 이것과는……"

"상관이 없지 않아! 그러니 절대로 마음을 놓아서는 안 돼. 더구나 오기마루 님은 치쿠젠에게는 가장 방심할 수 없는 이에야스의 아들. 방심할 수 없는 사람들끼리 만일의 경우가 생긴다면 어떻게 하겠어?"

그 말에 갑자기 타카히메의 얼굴이 흐려졌다. 비로소 언니가 불안해하는 이유를 분명히 깨달았다.

"알았어! 부적을 전하고 형편도 살펴보고 오겠어."

타카히메는 크게 고개를 끄덕이고, 이번에는 자기가 쫓기는 사람처럼 방을 나갔다.

'그렇다…… 만일 타츠히메가 오기마루에게 마음을 허락했더라도

이대로 맺어져서는 안 된다……'

새삼스럽게 마음속으로 되풀이하며 타츠히메의 방으로 갔다. 그러다가 이번 일 모두가 우습다는 생각이 들었다.

'두 사람이…… 설마……'

두 사람은 막 차를 마시고 난 뒤인 모양이었다. 진지하게 앉아 있는 오기마루는 비록 몸은 어른답게 되어가고 있었으나 그 눈은 아직 어린아이였다. 그 앞에서 찻잔을 치우고 있는 타츠히메 역시 소꿉장난을 하기에나 어울릴 모습이었다.

깨닫고 보니 방에는 향냄새가 가득 풍기고, 이것이 더욱 소꿉장난 같은 분위기를 자아내고 있었다. 타카히메는 일부러 두 사람 사이에 앉아 가지고 온 부적 주머니를 동생 앞에 놓았다.

"타츠히메."

"아니, 이게 뭐지?"

"이것은 오다니와 키타노쇼에서 언니와 우리 목숨을 구해준 소중한 부적이야. 이것을 언니가 너에게 주라고 했어…… 알겠니, 지금 네 신상에 아주 위험한 일이 닥쳤기 때문이야."

이렇게 말하고 살짝 오기마루를 바라보았다. 오기마루는 부적 주머니 따위에는 아무 관심도 없는지 계속 타츠히메와 타카히메를 번갈아 바라보고 있었다.

8

"어머나, 그렇게 중요한 부적을……"

"그래. 네 신상에 만약의 경우가 생기면 안 되기 때문에 꼭 지니고 있어야 한다고 언니가 말했어."

타츠히메는 그 말을 듣고 부적 주머니를 받아들며 묘한 표정으로 오기마루를 바라보았다. 오기마루는 고개를 끄덕였다.

분명히 상대의 눈에 떠오른 표정에 대답하고 있었다.

타카히메는 그만 소름이 끼쳤다.

'눈과 눈으로 서로 뜻을 통한다……'

이성을 모르는 타카히메를 당황케 하기에 충분한 것이었다.

"고맙게 여기고 몸에 지니겠어."

타츠히메는 얌전하게 말하고 다시 한 번 오기마루를 보았다. 이번에는 분명히 두 사람만의 비밀 냄새가 풍겼다.

타카히메는 얼굴이 화끈해져 얼른 눈길을 피했다.

"정말 큰언니는 이 타츠히메의 마음을 잘 알고 있어. 역시 나를 귀여워하고 돌봐주고 있다는 증거야."

"응, 그래."

오기마루가 달콤한 소리로 맞장구를 쳤다.

"이것만 있으면 염려할 것 없어. 절대로 불행해지지 않을 거야."

"어머나……"

타카히메는 더욱 당황했다.

"오기마루 님은 이미 타츠히메와……?"

"응……"

오기마루는 힘차게 고개를 끄덕였다. 그리고 흘끗 타츠히메를 바라보고 자세를 바로했다.

"우리는 부부가 되기로 결정했어. 그렇지, 타츠히메?"

"아니, 그것이…… 그것이 정말이냐, 타츠히메?"

타츠히메는 가만히 고개를 떨구고 눈 가장자리로 피식 웃었다. 별로 얼굴도 붉히지 않았다. 두 사람 모두 자기들이 저지른 일에 대한 결과 같은 것은 생각지도 않은 듯.

"나는 치쿠젠…… 아니, 아버님이 오시면 그 말을 하고 계속 둘이 같이 살 생각이야. 그렇지, 타츠히메?"

"예……"

"그래도 불안하기는 했어…… 여러 가지 생각이 나서. 그렇지, 타츠히메?"

"예."

"하지만 이젠 걱정할 것 없어. 이 부적을 준 것을 보면 챠챠히메 님도 타카히메 님도 모두 우리편인 것 같으니까……"

"정말 그래요……"

타츠히메는 그제서야 비로소 목 언저리까지 빨갛게 물들었다. 그리고 눈부신 듯이 오기마루를 바라보면서, 지금까지 두 언니에게는 보인 적인 없는 순순한 태도로 타카히메에게 두 손을 짚었다.

"언니에게 잘 말해줘. 나만이 아니라 오기마루 님까지 이렇게 기뻐한다고 잘 말해줘……"

타카히메는 얼굴이 화끈 달아오르며 갑자기 주위가 보이지 않았다. 수치와 놀라움, 실망과 공포를 동시에 느끼고 현기증이 나려 했다.

'아차! 이미 늦었구나……'

겨우 몸을 가눈 뒤에야 타카히메는 식은땀으로 자신의 온몸이 젖어 있다는 것을 깨달았다.

정략政略

1

텐쇼天正 13년(1585)의 새해를 이시카와 카즈마사는 오사카 성에서 맞이했다.

표면적인 이유는 오기마루가 안정을 찾을 때까지……라는 것이었으나, 실은 이에야스의 뜻을 받들어 히데요시의 속셈을 탐색하기 위해서였다.

히데요시도 물론 그것을 꿰뚫어보고 있었다.

"어떻게 하면 이에야스를 오사카로 부를 수 있을지, 그것을 연구해 보지 않겠나?"

도리어 카즈마사가 자기 가신이기라도 한 듯이 허심탄회하게 의견을 묻고는 했다.

"어서 국내를 평정하고 그 뒤에 해야 할 중요한 일이 있네. 그 일을 위해서라면 나는 이에야스 님에게 무릎을 꿇고 고개를 숙여도 좋아."

그러면서 매일같이 산더미처럼 쌓인 일을 물 흐르듯이 처리해나갔다. 이미 지난해 11월에 히데요시는 종3품 다이나곤大納言°이 되어 있었으나 그런 관직 따위에는 전혀 관심이 없는 것 같았다.

"다이나곤이라면 조금은 높은 벼슬인가?"

"글쎄요, 저 같은 사람이 어찌 그런 것을……"

"그럴 것일세. 이것은 토쿠젠인德善院(마에다 겐이前田玄以)에게 물어야 알 수 있을 테지."

그뿐 자신의 벼슬에 대해서는 더 말하지 않았다.

"지금 내가 골치를 앓는 것은 이에야스말고 또 한 사람이 있네. 다름 아니라 니와 고로자에몬丹羽五郎左衛門일세. 내가 여러 번 불렀지만 그 역시 오지 않았어. 그래서 나는, 내가 지금까지 한 일의 절반은 그대의 힘이었으니 걱정이 된다면 대군을 거느리고 와도 좋다, 잠시 얼굴만 보여달라고 했네."

이런 말까지도 전혀 숨김없이 털어놓았다.

히데요시의 문제는 와카사若狹의 니와 고로자에몬과 엣츄越中의 삿사 나리마사佐佐成政가 만약 이에야스와 동맹을 맺고 호죠 부자와 손을 잡아 군사를 일으키지나 않을까 하는 것이었다. 그래서 이에야스의 방문이 절대적으로 필요하다고 판단하고 있는 듯. 이에야스가 찾아와 신하의 예를 올리기만 하면 니와나 삿사, 호죠에게 비록 모반할 생각이 있다 해도 그 일이 성공할 가능성은 별로 없다고 보고 있었다.

이러한 것을 자세히 이에야스에게 보고하고 새해를 오사카에서 맞이한 카즈마사는, 자기 마음이 차차 두려움 쪽으로 기우는 것을 부인할 수 없었다.

이에야스와는 전혀 이질적인 탁월함, 이질적인 매력이 히데요시에게서 아침 해처럼 빛나기 시작했다.

큰방 상좌에 앉아 새해인사를 받을 때의 히데요시는 언제나 싱글벙글 웃고 있었으나, 그래도 반년 전의 그와는 판이하게 위엄이 있었다. 이미 그 무렵에는 성밖에 각각 저택을 지은 호소카와細川, 우키타宇喜

多, 하치스카蜂須賀, 호리堀, 마에다, 아사노淺野, 츠츠이 등의 제후가 모두 몇 대에 걸친 그의 가신인 것처럼 아주 자연스럽게 보였다. 더구나 새해인사 뒤 주연이 벌어졌을 때 조정으로부터 서훈敍勳의 소식이 전해졌다.

정2품 나이다이진內大臣° —

지난해 가을부터 겨울에 걸쳐 궁성을 수축한 데 대한 시상의 의미일 테지만, 전직 칸파쿠關白°인 코노에 사키히사近衛前久와 우다이진인 키쿠테이 하루스에菊亭晴季를 통해, 조정에서도 이미 히데요시를 그가 말하는 '천하인'으로 여기고 있다는 증거였다.

이때도 히데요시는 웃으면서 말했다.

"그래, 정이품 나이다이진이라면 세이이타이쇼군征夷大將軍°보다 얼마나 낮은가?"

2

히데요시가 정2품에 오르고 나이다이진이 된 것도 카즈마사를 당황하게 했다. 그때 이에야스는 사콘에곤노츄죠左近衛權中將로 정4품하였다. 더구나 이에야스도 히데요시 모르게 해마다 챠야 시로지로를 통해 헌납을 계속하고 있었다. 올해에도 궁전에 백조 두 마리와 황금 열 장을 헌납했다.

정직하게 말해 이러한 진상물은 히데요시의 관직과 큰 차이가 벌어지지 않게 하려는 중신들의 배려에서였다. 그러나 그 관직도 이제는 비교가 되지 않을 정도가 되었다.

그러한 히데요시가 3일 오후, 카즈마사를 자기 거실로 불렀다.

"어떤가, 오사카에서 맞는 새해는?"

격의 없이 친밀하게 물었다.

"나도 이제는 나이다이진이 된 모양인데 올 우란분재盂蘭盆齋° 무렵에는 세이이타이쇼군으로 승격시켜주겠다고 하더군. 그렇게 되면 일본의 타이쇼군大將軍, 내 명령을 어기는 자는 역적이란 딱지가 붙어."

내밷듯이 말하고 큰 소리로 웃었다.

"세이이타이쇼군은 겐지源氏°의 직계가 아니면 될 수 없는 모양이야. 그러나 나만은 예외일세. 나는 태양의 아들이니까."

"참으로 경사스러운 일입니다."

카즈마사는 대답하면서 온몸이 온통 땀에 젖어드는 것을 깨달았다.

"카즈마사."

"예."

"어때, 이에야스를 오사카 성으로 부를 방법을 생각해보았나?"

"황송합니다마는 묘안이 없습니다."

"나는 말일세, 앞으로 곧 키슈를 정벌하러 떠나겠어. 물론 이것은 그들이 이에야스와 노부오의 선동에 놀아나 소요를 일으킨 벌일세. 따라서 그들은 이에야스에게 도움을 청하러 갈 테지. 네고로根來°, 사이가雜賀°의 무리는 말할 것도 없고 코야산高野山°도 순종하지 않으면 불태워버리겠어. 돌아가신 우다이진이 에이잔叡山°을 징계한 예대로 하겠어."

카즈마사는 당황하여 이마의 땀을 닦았다.

"이에야스는 결코 돕지 않을 것입니다."

"하하하…… 그 정도는 나도 알고 있네. 이에야스가 나와 싸웠던 것은 노부오에 대한 의리 때문이었지. 그 노부오가 이번에는 키슈로 항복을 권하러 가게 되어 있어."

"노부오 님이……?"

"그래."

히데요시는 가볍게 대답했다.

"지금쯤 노부오는 키요스에서 자네가 있던 하마마츠로 가서 이에야스를 설득하고 있을 게야. 한번 오사카에 가는 것이 좋다고……"

"하마마츠 성에…… 노부오 님이……?"

"이에야스, 그 정도로는 오겠다는 말 절대로 하지 않을 것일세. 키슈가 평정되면 이번에는 시코쿠의 쵸소카베, 다음은 엣츄의 삿사 나리마사인데, 나리마사는 지금 밀사를 계속 이에야스에게 보내고 있네. 그때까지 이에야스가 결정을 내리지 못한다면 나도 제후諸侯에 대한 체면이 서지 않아."

"어쨌든 돌아가 그 뜻을 잘 설명하기는 하겠습니다마는……"

"어떨까, 차라리 내가 이에야스와 인척이 되면?"

"예? 인척이라니요?"

"이에야스에게는 정실이 없어. 그러니 내 여동생을 주어 처남 매부 사이가 되면 이에야스의 체면도 서게 될 거야."

순간 카즈마사는 자기 귀를 의심했다.

'히데요시에게는 시집을 보낸 만한 여동생이 없지 않은가……?'

3

"지금 무어라 하셨습니까……?"

반문하는 카즈마사에게 히데요시는 똑같은 말을 되풀이했다.

"내 여동생을 정실로 삼게 하면 두 사람은 처남 매부 사이, 그러면 이에야스의 체면도 설 것이라고 했네."

"성주님의 여동생……이라고 하시면?"

"아사히朝日 말일세."

"저어…… 그러니까 사지 휴가노카미 님의 부인 말씀입니까?"

"지금은 그렇지. 하지만 이혼하게 만들어 출가시키면 그만이야."

"그런데…… 휴가노카미 님의 부인은……"

"나이 말인가? 아마 마흔둘이 아니면 셋일 텐데, 이에야스는 지금 몇인가?"

"저어……"

카즈마사는 입을 열었으나 얼굴이 굳어가고 있었다.

"저어…… 이에야스는 마흔넷입니다."

"그렇다면 나이는 적당하군. 어떤가, 이것으로 결정지으면?"

"결정을 짓는다……고 하시지만……"

"키슈 정벌에는 오기마루도 데려갈 생각일세. 그때 진중을 위문한다는 구실로 이에야스를 나오도록 할 수 없을까?"

여기까지 말하고 히데요시는 얼른 화제를 바꾸었다.

"참, 오기마루 말인데."

"예?"

"오기마루가 놀라운 일을 저질렀네."

"놀라운 일……이라고 하셨습니까?"

"그래. 아사이의 딸을, 그것도 언니가 아니라 막내인 모양일세."

"막내라고 하시면?"

"막내동생과 말일세…… 하하하…… 언니라면 꾸짖을 수도 있지만, 막내라 꾸짖지도 못하겠어. 소꿉장난 말이야, 소꿉장난. 하하하……"

"아니, 그런 있을 수 없는 일이……"

"내버려두게, 내버려둬. 얼마 후 츠츠이에게 보내 잘 가르치도록 할 테니까. 그건 그렇고 아사히의 일 말인데…… 이에야스도 설마 거절하지는 않겠지? 거절하면 두말없이 전쟁을 벌이겠네. 그 이상의 양보는 이 히데요시도 못해. 내게도 제후들에 대한 체면도 있고, 황실에 대한 의리도 있어."

"……"

"알고 있을 테지, 카즈마사. 나는 곧 타이쇼군이 돼. 내 매제가 되어 이에야스도 국내 평정의 일익을 담당할 것인지, 아니면 방해자가 되어 오명을 남길 것인지. 하하하……"

카즈마사는 히데요시를 바라보기만 할 뿐 잠시 동안은 아무 말도 할 수 없었다.

그러나저러나 이 얼마나 대담한 제안이란 말인가. 이미 마흔이 지나 노경老境에 접어들려는 아사히히메를 사지 휴가노카미와 이혼시켜 이에야스의 정실로 들여보내려 하다니……

'섣불리 대답할 수 있는 문제가 아니다……'

이런 엉뚱한 말을 하다니…… 대단한 결심을 한 것이 틀림없었다. 더구나 조정은 이미 히데요시의 수중에 있었다. 자칫 잘못하면 무고하게 역적의 누명을 쓰게 될지도 몰랐다.

"어떤가, 주선할 자신 있나? 물론 이것은 무엇보다도 도쿠가와 가문을 위한, 그리고 천하를 위한 일일세."

"잠시, 잠시 생각할 여유를…… 주십시오."

"좋아, 지금 차를 가져오라고 하겠네. 천천히 생각해보게."

히데요시는 다시 거침없이 웃기 시작했다.

4

"인간이란 말일세, 눈앞에 닥친 기회를 잡을 수 있는 선견지명이 있어야 하는 거야."

히데요시는 시동을 불러 차를 내오게 하고 눈을 가늘게 뜨고 밝은 장지문을 바라보았다.

"만약 자네가 완고한 늙은이들의 미움을 받아 도쿠가와 가문에 있지 못하게 되는 한이 있어도 이 일은 성사시켜야 하네."

"예……?"

"이에야스는 틀림없이 찬성할 것일세. 다만 문제는 완고한 가신들일 뿐…… 나중에 자네는 틀림없이 도쿠가와 가문의 초석이 되었다는 칭송을 받게 될 것이야."

"……"

"알겠나, 언제든지 나는 자네를 받아들이겠어. 내 밑에 있으면 오천이나 팔천의 녹봉이 아니야. 자네도 알고 있다시피 내 재산은 이에야스의 다섯 배나 열 배 정도가 아니니까. 어떤가, 천하와 도쿠가와 가문을 위해, 그리고 히데요시와 자네를 위해 이쯤에서 크게 마음먹고 내 뜻을 받아들이지 않겠나?"

"그러나……"

"그러나, 무슨 어려움이라도 있다는 말인가?"

"사지 휴가노카미 님 부인께서……"

"아사히가 거절할 것이란 말이지?"

"예. 벌써 이십 년 동안이나 화목하게……"

"카즈마사!"

"예."

"모든 것은 천하를 위해서일세! 이 히데요시 자신은 말할 것도 없고 인척도 모두 천하를 위해서는 희생하지 않으면 안 돼."

"그러시면, 이미 허락을 받으셨습니까?"

"아니, 아직 말은 하지 않았네만, 절대로 거절하지는 않을 거라 생각하네."

"성주님!"

"각오가 되었나?"

"만일에…… 만일에 제가 그 일만은…… 하고 거절하면……"

"그때는 싸울 수밖에 없다고 몇 번이나 말했지 않은가. 이에야스가 그것을 기뻐하리라고 생각하나?"

"그러나……"

"카즈마사! 나는 곧 키슈를 공격하겠어. 다음에는 쵸소카베, 그리고 삿사 나리마사를 정리하고 나면 노부오는 나의 편, 그런데도 이에야스에게 승산이 있을 거라고 생각하나? 고작 호죠 부자를 설득하는 정도일 테지. 이 히데요시의 계산에는 잘못이 없어. 그래도 승산이 있다고 생각하면 거절하고 돌아가도록 하게. 나는 이에야스에 관한 한 인색한 짓은 하지 않겠네. 오기마루도, 자네와 사쿠자에몬의 아들도 즉시 돌려보내고 이번에는 당당하게 힘 겨루기를 하겠어."

"성주님!"

"각오가 되었나?"

"성주님은 무서운 분입니다."

"하하하…… 그렇지도 않아. 모든 것이 원활해지도록 하기 위해 피를 나눈 여동생까지도 내놓으려는 것일세. 히데요시는 어디까지나 천하인이야, 카즈마사."

"황……황……황송합니다."

"그래, 그렇다면 돌아가서 결말을 짓겠나, 이 문제를?"

"예, 거절할 수 없게 되고 말았습니다."

"그럴 것일세. 나도 그렇게 생각했기 때문에 말을 꺼냈던 것이야, 카즈마사……"

"예."

"그 대신 이 히데요시는 어떤 일이 있어도 자네를 버리지 않겠네. 틀림없이 뒷일은 내가 책임지겠어."

"예…… 예."

5

카즈마사는 스스로가 여간 비참하지 않았다. 이미 히데요시를 상대로 하여 공작할 여지는 전혀 없었다. 자신은 히데요시 앞에서 마음대로 조종당하고 있는 작은 꼭두각시 바로 그것이었다.

'이렇게 될 수가 없는데……'

히데요시의 태도 여하에 따라, 자기는 이미 이에야스의 가신이 아니라, 이에야스를 배반하고 히데요시를 위해 일하고 있다는 말을 할 작정이었다. 요즘 히데요시의 입버릇이 되어 있는 말—

"천하를 위해……"

카즈마사도 그대로 구사하여—

"천하 평정의 큰 소원을 이루기 위해 이에야스를 배반하고 성주님의 편이 된 것입니다."

이렇게 말할 생각이었으나 히데요시는 그럴 틈을 주지 않았다.

"성주님은 무서운 분입니다."

카즈마사는 다시 똑같은 말을 되풀이하고 뚝뚝 눈물을 떨구었다. 마음에서 나온 감개의 눈물이지 그것에는 티끌만큼도 자신의 책략은 없었다.

"돌아가서 분부하신 대로 할 수밖에 없습니다……"

이것도 슬픈 진심에서 나온 말이었다.

"으음."

히데요시는 그제서야 쏘는 듯한 시선을 부드럽게 했다.

"통한 모양이로군, 나의 진심이."

"진심이 통한 것은 아닙니다. 성주님의 정략 앞에 이 이시카와 카즈마사가 꼼짝도 못하고 굴복한 것입니다."

"카즈마사!"

“예.”
“그 굴복은 히데요시에 대한 굴복이 아닐세. 그건 도리道理에 대한 굴복일세.”
“그렇게…… 그렇게…… 생각하려고 합니다.”
“이에야스도 상당한 인물이지만 패기에서는 내가 앞서 있네. 나는 일본을 평정하는 것만으로는 만족하지 않는 사나이야. 내게는 해외에 나가서 해야 할 일이 너무 많아. 그때는 내치內治에 능한 이에야스에게 이 나라의 모든 것을 깨끗이 맡기고 떠나겠네.”
“더 이상 그런 위로의 말씀은 듣고 싶지 않으니 카즈마사, 이대로 물러가려 합니다……”
“위로가 아니야! 시야의 폭일세. 이에야스와 내가 싸우면 이에야스의 패배, 두 사람이 손잡고 일해야만 하네. 그래야만 히데요시의 기량이 발휘되고, 이에야스의 가문도 흥하게 될 것일세. 싸우는 것은 이에야스 가문에 이중으로 손해가 된다는 것을 알고 고심하는 자가 이에야스 곁에도 한 사람 있었다…… 그 사람이 바로 이시카와 카즈마사 자네일세. 카즈마사, 자네는 나를 위하는 사람이 아니라, 어디까지나 이에야스를 위한 큰 충신이야.”
카즈마사는 대답하지 않았다.
“그럼, 지금 오기마루 님에게 가서 인사를 하고 돌아가겠습니다.”
“그렇게 하게. 그리고 이 일은 은밀하게 진행시키고, 내가 키슈에 출전하거든 그리로 오도록 하게. 오기마루의 첫 출전이므로 그를 보좌한다는 명목으로 오면 될 것일세.”
“예. 그럼, 안녕히 계십시오……”
이미 카즈마사는 자기가 무슨 말을 하고 있는지도 알 수 없었다.
‘나는 자신의 신념에 금이 가게 한 것은 아닐까……?’
성실 일변도인 카즈마사인 만큼 싸늘한 복도로 나왔을 때는 그만 갑자기 현기증을 느꼈다.

'그러고도…… 그러고도…… 너는 미카와의 무사란 말인가……'

틈새로 들어오는 싸늘한 바람에 오싹 한기를 느끼며, 식은땀을 흘린 그의 온몸은 더욱 움츠러들었다.

6

오늘날까지 카즈마사는 자기 마음이 이에야스의 뜻을 떠나 히데요시에게 기울었다고는 한번도 생각지 않았다. 아니, 지금도 그 신념에는 변함이 없었다. 그런데도 왠지 햇빛이 눈부시게 여겨졌다. 그리고 어디선가 계속 양심의 비명이 들려오는 것만 같았다.

어쩌면 그러한 괴로움은 카즈마사 자신이 단지 히데요시를 미워할 수 없게 되었다……는, 단순하다면 단순할 수도 있는 사실 때문인지도 몰랐다. 하지만 그 사실만으로도 크게 고민하지 않을 수 없는 카즈마사의 성격이었다.

하마마츠 성으로 돌아가 히데요시의 아사히히메를 출가시킬 의사를 내비친다면 이에야스는 대관절 무어라 말할 것인가? 웬만한 일에는 동요하지 않는 이에야스, 하지만 20년 이상이나 화목하게 부부생활을 계속해온 초로의 여자를 억지로 이혼시켜 자기한테 시집보내겠다고 한다면 아연실색하여 말도 하지 못할 터. 아니, 이에야스만이 아니라 혼다 사쿠자에몬도, 사카이 타다츠구도—

"치쿠젠은 정신이 나간 모양이다……"

격노할 것이 틀림없었다.

히데요시 자신은 이미 나이다이진이 되어 있었다. 히데요시 쪽에서 볼 때 아사히히메는 나이다이진의 여동생이었다. 따라서 이에야스로서는 지체가 높은 자……가 되는 길이기도 했다.

미카와 무사 쪽에서는 나이다이진인 히데요시 따위는 아예 인정하려 하지 않았다. 그러므로 히데요시의 제안은 오와리尾張 출신인 농민의 아들이 부하에게 주었던 40대 여자를 우리 주군에게…… 주겠다는 말도 안 되는 처사일 뿐이었다.

“주군이 너무 낮은 신분의 여자만을 택하셨기 때문에 치마만 두르면 좋아하시는 줄 아는 모양이다.”

이런 독설마저 토해내는 사람이 나타날 것 같았다.

그런 분위기 속에서, 히데요시의 세력은 이미 아무도 누를 수 없고, 벼슬도 머지않아 최고의 지위에 오른다는, 미카와 사람들이 굳이 무시하는 것과는 상관 없이 이미 엄연한 현실이 되어버린 조건을 들어 외곬의 미카와 무사들을 냉정하게 설득해야 하는 자기 입장— 카즈마사의 발걸음은 절로 무거워졌다.

어떻게 긴 복도를 걸어왔는지도 알 수 없었다. 어쨌든 오기마루가 있는 전각으로 건너가는 복도에 이르러 숙직하는 자에게 말을 걸었다.

“아니, 호키 님이시군요. 제가 안내하겠습니다.”

정중하게 인사하고 나선 것은 공교롭게도 아사히히메의 남편 사지 휴가노카미 히데마사였다.

“아, 사지 님이시군.”

“맑은 날씨가 계속되어 기분이 여간 상쾌하지 않습니다, 이번 정월은.”

“그……그……그렇군요.”

“앞으로도 계속 오사카에 체재하십니까?”

“아니, 일단 돌아가야 합니다. 그래서 오늘은 오기마루 님에게 작별 인사를 드리려고 왔습니다.”

“아, 그렇습니까. 호키 님도 섭섭하시겠군요. 그러나 염려 놓으십시오. 오기마루 님에 대해서는 성주님한테 누차 인질이 아니다, 그렇게 알고 잘 보살피라는 말씀을 들었기 때문에 아무도 결코 소홀히 대하지는 않을 것입니다."

"알고 있습니다."

이렇게 대답했을 뿐 카즈마사는, 여기에도 정략의 손이 뻗친 줄 모르는 사나이가 있구나…… 하는 생각에 가슴이 아파 제대로 그를 바라볼 수 없었다.

7

사지 휴가노카미는 오기마루의 거실 가까이까지 와서 다시 카즈마사를 돌아보았다.

"실은 오기마루 님이……"

이 고지식한 사나이는 말을 할까 말까, 오는 동안 줄곧 생각하고 있었던 듯. 돌아다보고 말을 거는 얼굴에는 어려운 결정을 내린 듯한 빛이 떠올라 있었다.

"얼마 전에 성주님으로부터 아사이의 막내따님과 같이 있으라는 명을 받고…… 가볍게 반항하신 것 같습니다. 이런 말씀을 드려도 괜찮을지 모르겠습니다마는."

"그 일이라면 알고 있습니다."

카즈마사는 상대가 오기마루에게 주의를 주었으면 한다는 것을 알고, 이상할 만큼 강하게 그의 말을 가로막았다.

"알고…… 계십니까? 그렇다면 성주님께서 무슨 말씀이라도?"

"예. 무엇에나 반항하고 싶어지는 나이이고, 또한 고작 어린아이 하나쯤이 반항한다고 해서 놀라실 성주님이 아닙니다."

"그야 물론……"

상대는 당황하며 고개를 끄덕였다. 단지 시끄러워지지 않기를 바라는 자신의 호의가 뜻밖에 심한 반발을 샀기 때문에, 이번에는 자신의 경솔함을 뉘우치고 있는 것 같았다.

"상대가 다름 아닌 아사이의 막내딸이기 때문에 말씀 드려두는 것이 좋을 듯해 입을 열었습니다만."

얼른 이렇게 덧붙였다.

"오기마루 님, 이시카와 호키노카미 님이 오셨습니다!"

그리고는 정중한 목소리로 알리면서 장지문을 열었다.

그 말에 옆방에서 센치요와 카츠치요 두 사람이 재빨리 달려나와 문 앞에 두 손을 짚었다.

카즈마사는 그들에게는 눈길도 보내지 않고 곧바로 오기마루를 바라보았다. 순간 가슴이 뜨거워져 하마터면 눈물을 떨굴 뻔했다. 방안에서 타츠히메와 마주 앉아 있는 오기마루의 얼굴—그 얼굴이 옛날 이마가와 쪽과 담판을 짓고 슨푸駿府에서 오카자키로 데려왔던 당시의 타케치요竹千代, 즉 노부야스의 얼굴로 보였다……

그때 카즈마사는 자기 안장에 오기마루의 형 노부야스를 태우고, 이제는 도쿠가와 가문의 난관을 돌파했다고 단순하게 생각하고 의기양양해하며 기세를 올렸었다.

그 노부야스는 어떠했는가……? 노부야스가 짊어지고 태어난 불행한 별은, 오카자키에 돌아오기는 했으나 노부나가 때문에 비명의 죽음을 당하지 않을 수 없는 흉상凶相을 띠고 있었다.

그것도 정략, 이것도 역시 정략……

"영감, 잘 오셨어요. 어서 이리 가까이 오세요."

카즈마사는 입을 한 일 자로 다물고 오기마루 앞에 앉았다.

아무 죄도 없는 어린아이에게 언제까지 이렇게 혹독한 정략의 바람이 불려는 것일까.

"오기마루 님, 이 늙은이가 작별인사를 드리려고 왔습니다."

그러면서 어리둥절하여 자기를 바라보는 타츠히메의 눈을 보았다. 이 역시 같은 시대의 희생자라는 생각에 더욱 슬픈 분노가 치밀었다.

"그럼, 오카자키로 돌아가는 거예요?"

"예. 언제까지나 곁에서 모시고 있을 수는 없습니다. 이제부터 오기마루 님은 누구에게도 의지하지 말고 스스로 분별을 가지고 행동하십시오."

말도 눈도, 자기 자신이 깜짝 놀랄 만큼 강해져 있었다.

8

"알고 있으니 걱정하지 마세요."

오기마루도 카즈마사의 표정에 반발하듯 강한 어조로 대답했다.

"나는 혼다 노인의 가르침을 절대로 잊지 않아요. 이 오기마루는 아버님에게도, 누구에게도 지지 않을 거예요."

카즈마사는 깜짝 놀랐다.

자기 뒤에 있는 사지 휴가노카미가 얼마나 당황하고 있는지 너무나 잘 알 수 있었다.

"으음……"

카즈마사는 신음했다. 평소의 카즈마사였다면 어조를 부드럽게 하고 인내의 중요성을 가르쳤을 터였다. 그러나 오늘의 카즈마사는 그렇게 할 수가 없었다. 그 자신이 히데요시 앞에서 너무 비참한 느낌을 가졌던 탓인지도 몰랐고, 이 세상 되어가는 꼴에 그 이상의 울분이 치밀었기 때문이었는지도 몰랐다.

"훌륭하십니다. 그 말씀 듣고 안심했습니다."

'이런 말을 하다니 무책임한 일이야……'

문득 마음에 스치는 안쓰러운 감정이 있었다. 그러나 어조는 더욱 강하게 그의 의지에 역행했다.

'이 자리에서 인내의 중요성을 가르쳐본들 그게 어떻다는 말인가!'

또 하나의 카즈마사가 목에 핏대를 세우고 스스로에게 거칠게 힐문해오는 것을 느꼈다.

"그래야만 이에야스 님의 아들답습니다! 어떤 경우에도 자신을 굽히지 말고 당당하게 살아가셔야 합니다."

"아, 지금도 타츠히메와 그 일에 대해 이야기하던 중이에요. 그렇지, 타츠히메?"

"예. 강해지지 않으면 운도 열리지 않는다고……"

"그렇습니다. 마음속으로는 아무리 슬기로운 생각을 거듭해보아도 세상의 풍파를 피할 수 없습니다. 내가 옳다고 믿는 일이라면 입술을 깨물고 강하게 밀고 나가십시오."

"알겠어, 알았어요. 혼다 노인에게도, 어머님에게도 오기마루 걱정은 하지 말라고 전해주세요. 오기마루는 강하다고 말해주세요."

"장하십니다!"

카즈마사는 다시 한 번 신음하듯 말했다. 그리고는 오기마루의 얼굴도 타츠히메의 얼굴도 볼 수 없었다.

'나는 엇나가고 있다…… 나잇살이나 먹고도……'

"이 늙은이는 일단 오카자키로 돌아가기는 하지만, 곧 다시 돌아오겠습니다."

"다시 돌아온다구요……?"

"예. 오기마루 님은 관례를 올리신 뒤 곧 첫 출전을 하시게 됩니다. 그때는 이 늙은이가 옆에서 모시면서 지휘하는 일을 가르쳐드려야 합니다."

"아…… 첫 출전이 결정되었나요?"

"예."

"어디에요? 어디로 출전하나요?"

"키슈……"

말하다 말고 카즈마사는 당황했다.

"……라고 생각되지만, 그것은 새 아버님 나이다이진 님이 결정하실 일, 이 늙은이는 알지 못합니다."

말꼬리를 흐렸다.

"그래, 좋아요! 어디든지 좋아요. 아, 벌써 결정되었군."

"예. 그 첫 출전이 끝나면 오기마루 님도 한 사람의 어엿한 무장. 그러므로 평소부터 장수로서의 마음가짐에 조심하십시오. 한시도 잊으시면 안 됩니다."

"절대로 잊지 않겠어요. 내일 출전해도 좋다고 생각하고 있어요."

오기마루는 힘주어 말했다.

"그렇지, 타츠히메?"

타츠히메에게 동의를 구하는 그 마지막 목소리는 또다시 카즈마사의 심금을 울릴 정도로 순진했다.

9

타츠히메는 들떠 있었다. 카즈마사가 자리를 피해달라고 할 줄 알았는데 그 말을 하지 않았기 때문일 것이다.

타츠히메는 오기마루에게 크게 고개를 끄덕여 보였다.

"노인에게 차를 대접할까요?"

그리고는 아양을 떨 듯 고개를 갸웃했다.

"응, 좋아. 영감, 타츠히메는 솜씨가 훌륭해요."

"그런 것은……"

필요 없습니다! 이렇게 말하려다 카즈마사는 오늘의 자기 감정에 다시 화가 치밀었다.

'어째서 이렇듯 감정이 갈팡질팡하는 것일까……'

"그거…… 고맙군요. 마시고 돌아가 하마마츠의 주군께 선물 삼아 말씀 드리겠습니다."

"그럼, 얼른 가져오겠어요, 물은 끓고 있으니까……"

종종걸음으로 거실 한구석에 있는 화로 앞으로 걸어가는 타츠히메를 보고 카즈마사는 비로소 사지 휴가노카미가 한 말을 떠올렸다.

'혹시 이 두 사람은……'

아닌 게 아니라 오기마루에게서는 느낄 수 없는 것이 타츠히메한테서는 희미하게 풍기고 있었다. 몸으로 무언가를 기대하고 있는 것 같기도 하고, 벌써 함께 나누었던 그 기쁨을 반추하고 있는 것 같기도 했다.

그렇다면 카즈마사도 잠자코 떠날 수는 없었다. 히데요시에게는 눈위의 혹과도 같은 이에야스의 아들이 이 역시 방심할 수 없는 아사이 나가마사의 딸과 맺어진다……고 하면, 목숨을 빼앗을 구실까지는 되지 않는다 해도 불행의 시발점이 되기는 할 것 같았다.

"오기마루 님."

"왜요, 영감?"

"참고로 말씀 드립니다마는, 관례를 올리시게 되면 곁에 여자들을 두시게 될 것입니다. 그러나……"

"그러나……?"

오기마루는 진지하게 반문하다가 비로소 카즈마사가 한 말의 뜻을 알았는지 싱긋 웃었다.

"여자들에게 마음을 허락하시면 안 됩니다. 새 아버님이신 나이다이진 님이 택해주신 여자 이외에는 절대로 가까이하지 마십시오."

오기마루는 점점 더 장난스럽게 눈을 빛내면서 고개를 끄덕였다.

"영감……"

"예."

"타츠히메는 아버님이 같이 있으라고 한 여자예요."

"그러면…… 저어……"

"쉿."

차를 내리는 타츠히메 쪽을 흘끗 바라보며 목소리를 낮추었다.

"걱정하지 마세요. 아버님을 조롱해주려고 우리 둘이서 상의한 것이니까."

"아니, 그럼 나이다이진 님을?"

"그래요. 그렇게 하지 않으면 내가 지게 되거든요. 질 수 없어요, 이 오기마루는……"

카즈마사는 깜짝 놀라 뒤를 돌아보았다. 사지 휴가노카미가 듣지 않았나 싶어 걱정스러웠다. 그러나 그는 단정히 입구에 앉은 채로, 듣고 있는 것 같지는 않았다.

갑자기 카즈마사의 얼굴이 환하게 밝아졌다. 마음속 깊은 데서부터 치솟는 정체를 알 수 없는 기쁨과 쾌감이 봇물 터진 듯 쏟아져나왔다.

'히데요시를 조롱한다…… 히데요시를……'

10

드디어 카즈마사는 웃음을 터뜨렸다.

"하하하…… 이거, 정말."

"재미있나요, 영감……?"

"예, 재미있습니다. 하하하…… 이제 가슴이 후련해졌습니다. 지금 일본에서 나이다이진 님을 조롱할 수 있는 사람은……"

카즈마사는 목소리를 낮추었다.

"그런 일을 할 수 있는 사람은 오기마루 님과 타츠히메 님뿐입니다. 이거 정말 재미있군요."

오기마루도 의기양양하여 머리를 끄덕였다.

"무슨 말을 물으면 어떻게 대답할지 둘이서 모두 생각해놓았어요. 재미있지요?"

"하하하……"

카즈마사는 웃으면서 점점 더 눈을 빛냈다.

젊음——

젊음은 그가 생각했던 것보다 훨씬 더 속박되지 않은, 천마天馬 같은 분방함을 지닌 '힘'이었다. 갖은 고초를 다 겪어온 무장들은 그 경험을 통해 히데요시를 두려워하고 있으나, 새로운 생명에게는 그와 같은 과거의 굴레가 없었다. 그들의 눈에는 히데요시도 단순한 '노인'에 지나지 않았다…… 여기까지 생각하고 탁 무릎을 쳤을 때 눈앞에 타츠히메가 앉아 있었다.

지나칠 정도로 얌전한 태도로 차를 받쳐들고 왔다.

"자, 여기 차를 가져왔습니다."

"이거 정말 고맙소. 그럼, 들기로 하지요."

카즈마사는 천천히 혀끝으로 차의 풍미를 즐기면서 자기도 모르게 웃었다.

"후후후……"

"혹시…… 무엇이 떠 있나요?"

"아니, 정말 솜씨가 놀랍습니다! 이 카즈마사는 평생 잊을 수 없을 것입니다."

"그럼, 다시 한 잔 따를까요?"

"아닙니다. 일본에서 첫째가는 맛! 그 맛은 한 잔이면 충분합니다. 이 맛! 이것을 그대로 간직하고 하마마츠로 돌아가겠습니다."

"타츠히메, 잘됐어. 영감이 기뻐하고 계셔."

"정말 나도 기뻐요."

"후후후."

카즈마사는 다시 웃으면서 찻잔을 놓았다.

대관절 이들 오기마루의, 타츠히메의 '젊음'은 '정략' 위에 있는 것일까 밑에 있는 것일까……?

'그렇다. 주군은 히데요시보다 여섯 살이나 젊다……'

그 사실을 카즈마사는 지금에야 깨닫게 되었다.

'인간의 지혜로는 어떻게도 할 수 없는 젊음……'

그 일은 그렇게 하고, 이 일은 이렇게 하자는 등 잠도 안 자고 짜내는 인간의 모략도, 그것을 지배하는 힘은 따로 있다는 사실을 히데요시는 깨닫고 있을까. 히데요시에게 단 하나의 허점이 있다면, 그것은 바로 이러한 데 있을 것 같았다.

"그럼, 이 늙은이는 물러가겠습니다."

"예, 몸조심하세요."

"예. 이제는 아무 걱정 않고 안심하고 돌아가겠습니다. 타츠히메 님도 아무쪼록 안녕히 계십시오. 방심하고 있다가 남에게 져서는 절대로 안 됩니다."

"예. 차 솜씨를 칭찬해주셔서 기뻐요!"

카즈마사는 공손히 인사하고 천천히 일어섰다.

눈앞에 훌끗 이에야스의 모습이 떠오르고, 그 역시 웃고 있는 것 같았다.

11

카즈마사는 다시 자기 아들 카츠치요와 혼다 사쿠자에몬의 아들 센치요를 본성의 숙소로 불렀다.

"알겠느냐, 어떤 일이든 오기마루 님이 하시는 대로 따르도록 하여라. 다른 말은 하지 않겠다. 너희들에게는 떠나오기 전에 모든 것을 다 일러주었으니까."

이렇게만 말하고 돌아갈 준비를 하기 시작했다.

올 때의 행렬은 1,200명. 이에야스의 아들이 양자로 가는 데 손색이 없는 당당한 행렬이었다.

돌아갈 때의 행렬은 올 때보다 세 사람이 줄었을 뿐이었다. 만일 히데요시가 원한다면 1,000명의 가신을 그대로 남겨둘 생각이었다. 그러나 히데요시는 아무 요구도 하지 않았다.

오기마루를 양자로 데려온 이상 자기 자식이 되었으므로 오히려 가신을 딸려주겠다는 생각이었는지도 몰랐다. 이것은 카즈마사로서도 원하는 일이었다. 지금 이에야스는 코슈, 신슈를 공략하기 위해 한 사람이라도 더 많은 가신이 필요한 때였다.

행렬을 정비하고 카즈마사 일행은 오사카 성을 떠나 쿄토 가도로 향했다. 그 길 위에서 카즈마사는 인간의 불가사의한 마음을 곰곰 생각해 보았다.

전에도 오사카는 이시야마石山 혼간 사本願寺의 문전거리로 크게 번화했던 도시였다. 그런데 히데요시가 새로 성을 쌓게 되면서 그 면목이 아주 새로워졌다.

어떻게 그 짧은 시일 안에 거대한 도시를…… 그것만으로도 카즈마사의 마음은 히데요시에게 크게 위축되어 있었다.

쿄토에서도 후시미伏見에서도, 또 사카이에서도 속속 상인들이 이주

해와서 순식간에 도시를 메우고, 여러 다이묘들도 앞을 다투어 호화로운 저택을 짓기 시작했다.

이처럼 짧은 기간 동안에 이토록 큰 도시를 만들어놓은 사람은 고금을 통해 찾아볼 수 없을 터. 더구나 이 도시에는 무수히 많은 해자와 운하가 만들어져 있어, 그 어느 좋은 항구보다도 더 많은 물자를 배로 운반해오고 있었다.

카즈마사는 이렇듯 놀랍게 발전한 시가지에도 지금은 별로 두렵지도, 주눅 들지도 않았다.

이에야스 앞에 나가—

"아사히히메를 출가시키겠다고 하니 받아들이십시오."

이렇게 말할 자신이 분명히 생겼다.

"오기마루 님은 오사카에서 히데요시를 조롱하고 계십니다. 주군도 좀더 마음을 넓고 크게 가지십시오."

이렇게 말하면 이에야스는 어떤 표정을 지을까……

카즈마사는 말 위에서 봄볕과도 같은 화창한 햇살을 받으면서 때때로 얼굴을 일그러뜨리고 웃었다.

"지금 성급하게 히데요시와 싸우시지 않더라도 히데요시는 연장자입니다. 그 히데요시가 죽으면 오기마루 님의 인연, 아사히히메 님의 인연으로 볼 때 천하가 누구 손에 들어오겠습니까…… 후후후, 연장자에게는 연장자로서의 예를 갖추십시오. 그리고 히데요시에게는 친아들이 없습니다. 젊음! 주군, 주군께서는 젊음이란 정략 이상의 것이라고 생각지 않으십니까……"

물론 중신들은 히데요시의 제안에 분노할 터. 그러나 그러한 분노를 두려워한다면 어찌 충성을 다할 수 있을 것인가.

"이 카즈마사야말로 도쿠가와 가문의 주춧돌입니다……"

카즈마사는 얼굴을 일그러뜨리고 히쭉 웃으며 중얼거렸다. 그리고는 말 위에서 새삼스럽게 오사카 성을 돌아보았다.

처음 도착했을 때 그의 마음을 크게 위축시켰던 거대한 오사카 성의 텐슈카쿠, 지금은 하늘 아래 드러나 있는 그 웅장한 모습도 작게만 보였다.

"천하란 것은……"

카즈마사는 불쑥 중얼거렸다. 그리고는 다시 얼른 시선을 돌렸다.

거센 파도의 성

1

추위가 닥쳐오면서 하마나浜名 호수에서 불어오는 바람도 살을 엘 듯이 매서워졌다. 매화의 꽃봉오리도 아직 단단했다.

소나무 가지를 뒤흔들며 불어오는 바람과 거친 파도, 연분홍빛 하늘 모두가 나이 어린 나가마츠마루長松丸•를 위협하고 있는 것 같았다. 이미 손에는 감각이 없고, 발가락 끝도 마비되어가고 있었다.

세찬 바람 속에 겨우 일곱 살이 된 나가마츠마루는 두 발을 떡 버티고 서서 한쪽 팔을 걷어붙인 채 과녁을 노려보고 있었다. 나가마츠마루를 수행하는 세 사람의 근시는 그가 활쏘기를 하는 동안 화살도 뽑아주지 않았다. 명중해도 칭찬하는 일도 없었다. 그들은 돌부처처럼 꼼짝도 않고 선 채로 나가마츠마루의 30발 활쏘기가 끝나기를 기다리고 있을 뿐이었다.

나가마츠마루는 때때로 화살을 떨어뜨렸다. 떨어진 화살을 주우려고 허리를 구부릴 때마다 한쪽 팔을 걷어붙인 상반신에 냉수를 끼얹는 듯한 심한 추위가 덮쳐오곤 했다. 그렇다고 하여 나가마츠마루는 결코 보채거나 신경질은 부리지 않았다.

'이것이 무장의 아들로서 해야 할 일……'

이러한 점을 어린 나이로도 납득하고 있었던 것일까. 아니, 그보다는 천성적인 성격 때문인 듯했다.

나가마츠마루에게는 큰형 노부야스 같은 예민함은 없었다. 대신 심하게 짜증을 내는 일도 없었다. 거의 따로 떨어져 자란 둘째형 오기마루와 비교해도 어쩌면 이쪽이 더 순종적이지 않나 싶기도 했다.

이러한 나가마츠마루는 형 오기마루가 오사카로 간 뒤부터 더욱 철저하게 나날의 일과를 지키고 있었다. 아마도 그 나름대로, 남한테 갈 수밖에 없게 된 형에게 의리를 지키려 하고 있었는지도 모른다.

화살이 과녁에 명중해도 칭찬하지 않는 것은 이에야스의 지시가 있었기 때문이었다. 물론 이에야스가 칭찬하지 말라고 직접 명령한 것은 아니었다.

"노부야스는 칭찬을 받지 않으면 아무것도 하지 않는 버릇이 있었기 때문에……"

이렇게 말하는 것을 혼다 사쿠자에몬이 듣고 근시들에게 단단히 주의를 주었다.

화살은 잇따라 소나무 가로수 너머 10간(약 18미터) 거리에 있는 과녁으로 쏘아졌다. 화살통에 남아 있는 화살은 예닐곱 개에 지나지 않았다. 그런데도 나가마츠마루의 조그마한 얼굴은 전혀 상기되지 않았다. 운동에 의한 온기보다도 체온을 앗아가는 바람 쪽이 더 빠른 모양이었다.

한 대씩 정신을 집중시켜 호흡을 가다듬을 때마다 활줄을 당기는 나가마츠마루의 손은 부들부들 떨리고 있었다. 그럴 때의 모습은 빨리 따뜻해지고 싶다는 마음이 아예 없는 것 같기도 했다. 어쩌면 그런 마음을 갖는다는 것이 가르침에 어긋나는 일이라고 고지식하게 생각하고 있었기 때문인지도 모른다.

다시 한 대 두 대 힘들여 쏘아갔다. 드디어 나가마츠마루는 마지막 화살을 손에 들었다.

마지막 화살을 활시위에 메운 순간 나가마츠마루는 후우 하며 안도의 숨을 내쉬었다. 이것으로 끝이구나 하는 어린아이다운 기쁨 때문이었을 것이다.

이때 바로 등뒤에서—

"잠깐, 나가마츠."

부드러우면서도 무섭게 부르는 소리가 있었다. 이에야스였다.

나가마츠마루는 깜짝 놀라 돌아보고 고개 숙여 절을 했다.

2

"너는 지금 마지막 화살을 집어들고 무슨 생각을 했느냐? 무언가 생각한 게 있을 것 아니냐?"

이에야스는 엄한 목소리로 말하고 자기 뒤에 따라와 있던 토리이 마츠마루鳥居松丸를 돌아보았다.

"마츠마루, 화살 스무 개를 더."

"예."

마츠마루는 깜짝 놀라 나가마츠마루와 이에야스를 번갈아 바라보았다. 그러면서도 명령대로 화살을 더 채웠다.

"나가마츠."

"예."

"다섯 석이나 열 석의 녹봉을 받는 무사라면 그 정도로도 좋아. 그러나 너는 좀더 쏘지 않으면 안 돼. 계속하여라."

"예."

"마츠마루, 걸상을 가져오너라. 나도 여기 앉아 나가마츠의 솜씨를 보겠다."

나가마츠마루는 공손히 절을 하고 다시 활을 쏘기 시작했다.

뒤에 아버지의 시선이 있다…… 이런 생각 때문인지 나가마츠마루는 전보다 더 몸이 굳어져 감각이 없어진 손가락 끝에서 화살을 떨어뜨리는 수가 많아졌다.

이에야스는 요즘에 와서 더욱 살이 찐 몸으로 걸상에 앉아 그러한 모습을 묵묵히 바라보고 있었다.

다시 지급된 스무 개의 화살 중 마지막 하나가 남았을 때 이에야스는 나직한 목소리로 말했다.

"다시 스무 개."

"예."

"나가마츠."

"예."

"아시가루 대장이라면 그것만으로도 족하다. 그러나 너는 좀더 쏘아야 한다."

"예."

이번에는 네번째부터 과녁에 도달하지 않는 화살이 자주 나왔다. 그때마다 나가마츠마루는 뒤쪽에 신경을 쓰며 동요했다. 꾸중을 듣지 않을까 싶어 작은 가슴을 죄고 있다는 것을 한눈에 알 수 있었다.

이에야스는 아무 말도 하지 않고 지켜볼 뿐이었다.

나가마츠마루는 더욱 신중하게 자세를 가다듬고 다음 화살을 무사히 과녁에 도달시켰다. 그러나 다음 것은 또 과녁 바로 앞에서 흙을 튀기고 힘없이 오른쪽 땅 위에 떨어졌다.

나가마츠마루의 힘이 다했다는 것을 잘 알 수 있었다. 그런 만큼 나

가마츠마루의 근시는 초조해하면서 이에야스를 바라보았다.

'이제 그만 쏘라고 하셨으면 좋으련만……'

그러나 그 스무 개가 끝났을 때 이에야스는 조용히 말했다.

"다시 스무 개."

"예."

"오만 석, 십만 석의 무사 대장이라면 그것으로 족하다. 그러나 너는 좀더 쏘아야 한다. 계속하여라."

그때 나가마츠마루의 얼굴은 이미 빨갛게 되어 있었다.

어쩌면 어깨가 부어오르고 있는지도 몰랐다. 화살은 거의 전부라고 해도 좋을 만큼 도중에 떨어지고, 그 대신 작은 옆머리 언저리에서 김이 무럭무럭 솟아올랐다.

나가마츠마루가 마지막 스무 발을 쏘고 나서야 비로소 이에야스는 걸상에서 일어났다.

"나가마츠, 대장이란 고통스러운 것이다. 어떠냐, 대장이 될 수 있을 것 같으냐? 쏘라고 하면 일생 동안 계속 쏘아야 하는 것이 대장이야."

나직한 소리로 말하고 그대로 자리를 떴다.

3

하마마츠에서도 정월은 떠들썩했다.

올해에는 술도 다른 때보다 두 배 가까이 더 분배되었고, 이제는 관습이 된 5일의 탈춤놀이는 거의 모든 가신들이 다 보았다.

이들 행사가 진행되는 동안 이에야스의 기분은 별로 좋아 보이지 않았다. 그렇다고 해서 사소한 일에 눈을 부릅뜨거나 거칠게 소리지르는 이에야스는 아니었다.

초이튿날에는 근시도 모르는 사이에 일어나 싸늘한 냉방에서 묵묵히 무언가를 읽고 있었다.

'무엇을 읽으시는 것일까……?'

토리이 마츠마루가 재빨리 불을 가져오며 들여다보았다. 그것은 『아즈마카가미吾妻鑑』의 일부였다.

오다와라小田原의 호죠 가문에 소장되어 있던 『아즈마카가미』를 이에야스가 사위에게 부탁하여 베껴온 것이었다. 호죠 가문에서는 별도로 이에야스에게 기증하기 위해 서기를 시켜 완전한 사본을 만들고 있다고 했다.

"마츠마루, 너는 카마쿠라 바쿠후鎌倉幕府°를 창업한 사람 중에서 누가 가장 공이 있다고 생각하느냐?"

이에야스는 코난도小納戶°로부터 갈아입을 옷을 받아 가지고 온 마츠마루에게 웃는 얼굴로 물었다.

"카마쿠라 바쿠후를 창업한 사람들이라면 헤이케平家°를 쓰러뜨린 겐지 가문을 말씀하시는 것입니까?"

"그래. 마츠마루 너도 겐지와 헤이케의 싸움에 대해 잘 알고 있는 모양이로구나?"

"아닙니다, 이런저런 이야기를 들었을 뿐입니다. 제 생각에 첫째 공신은 형 요리토모賴朝에게 죽은 미나모토노 쿠로 요시츠네源九郎義經가 아닌가 합니다."

마츠마루는 아무 생각 없이 대답했다.

이에야스는 그 말에 갑자기 불쾌한 낯을 지었다.

"이제 됐다. 혼다 마사노부가 등청登廳했는지 보고 오너라."

꾸짖듯이 말했다……

불쾌한 것은 그날만이 아니었다. 이때부터 근시를 비롯하여 어린 나가마츠마루에 대한 질타까지도 갑자기 엄해지기 시작했다.

"주군은 요시츠네를 아주 싫어하시는 것 같습니다."

그 일로 마츠마루가 혼다 마사노부에게 말했다.

"요시츠네는 싸움에는 공이 컸으나 형의 명령에 복종하지 않았어. 이 세상에 나쁜 일은 많지만, 새로운 질서를 세우려 할 때 그 질서에 복종하지 않는 것만큼 나쁜 것도 없으니까."

마사노부는 이렇게 설명했다.

"지금 우리 가문에도 있어, 그런 인물이……"

이렇게 뼈 있는 말을 했다.

마츠마루는 아마도 마사노부가 혼다 사쿠자에몬이나 사카이 타다츠구를 암암리에 지칭하는 것이라고 생각하며 못마땅하게 여겼다.

그 이에야스가 오늘은 활터에 가서 전에 없이 엄하게 나가마츠마루를 훈련시켰다.

토리이 마츠마루는 이에야스를 따라 거실에 들어간 뒤에도 자꾸 그 일이 마음에 걸렸다.

'혹시 주군은 나가마츠마루 님의 행복한 지금의 처지를, 돌아가신 노부야스 님이나 오사카에 가 있는 오기마루 님과 비교하고 있는 것은 아닐까……?'

나가마츠마루를 이대로 두는 것이 두 형에게 미안한 생각이 들어 공연히 야단을 치는 것은 아닐까…… 토리이 마츠마루는 이렇게 생각해 보기도 했다.

그때 아침 연습을 끝낸 나가마츠마루가 옷을 갈아입고 아침 인사를 드리기 위해 아버지의 거실로 왔다.

"아버님, 안녕히 주무셨습니까?"

이때도 이에야스는 싸늘한 목소리로 꾸짖었다.

"나가마츠, 어디를 보고 인사하느냐, 아비의 얼굴이 눈부시기라도 하다는 말이냐?"

4

나가마츠마루는 분명히 두 형보다는 온순했다. 하지만 그렇다고 마음까지 약하다고 생각한다면 속단이었다.

"상당히 줏대가 강하셔. 주군의 장점과 사이고西鄕 부인의 참을성을 그대로 이어받고 계셔."

혼다 마사노부는 이렇게 말하고 있었는데, 그 의견에 대해서는 마츠마루도 이의가 없었다.

이에야스의 꾸중을 들은 나가마츠마루—

"예."

대답하고 똑바로 아버지의 얼굴을 쳐다보며 이번에는 눈도 깜박거리지 않았다.

"좋아……"

이에야스가 고개를 끄덕였다.

"사실은 너를 인질로 오사카에 보낼 생각이었으나 저쪽에서 형을 보내라고 해서 오기마루를 보냈다."

"예."

"남에게 가면 부모 밑에 있는 것과는 다르다. 언제나 마음을 긴장시키고 여러 가지 일에 신경을 쓰지 않으면 안 돼."

"알고 있습니다."

"알고 있다면 대장이 되기 위한 수업에 형들에 대한 의리를 더하여 혹독한 훈련을 거듭해야 한다. 어떠냐, 그런 훈련을 할 수 있겠느냐?"

"노력할 생각입니다."

"뭣이, 할 생각이라고……?"

"예…… 그럴 생각입니다."

"그럴 생각이 아니라 반드시 그렇게 하겠다고 분명히 대답할 수 있어야 한다. 어쨌든 좋아. 그럼, 대장은 어째서 부하들보다 더 분발하고 또 조심해야 하는지 알고 있느냐?"

"예……"

나가마츠마루는 고개를 갸웃거리고 생각했다.

선불리 대답하면 다시 꾸중을 듣는다. 아무래도 아버지는 꾸중할 꼬투리를 찾고 있는 것 같다.

"말해보아라. 어째서 잠자코 있느냐?"

"모르겠습니다. 알 것 같으면서도 모르겠습니다."

"그럴 것이다…… 알지도 못하면서 아는 듯이 우쭐거리면 안 돼."

"예."

"대장이란 말이다, 존경을 받는 것 같지만 사실은 부하들이 계속 약점을 찾아내려 하고 있는 게야. 두려워하는 것 같지만 사실은 깔보고, 친밀한 척하지만 사실은 경원을 당하고 있어. 또 사랑을 받고 있는 것 같으면서도 사실은 미움을 받고 있어."

나가마츠마루는 멍한 표정이 되었다.

이러한 정도는 이미 그가 이해할 수 있는 한도를 넘어서고 있었다. 그러나 이에야스는 무엇에 쫓기기라도 하듯 말을 계속했다.

"따라서 부하를 녹봉으로 붙들려 해도 안 되고 비위를 맞추어도 안 된다. 멀리하거나 너무 가까이해서도 안 돼. 또 화를 내게 해서도 안 되고 방심케 해서도 안 돼."

"그러면…… 어떻게 해야 합니까?"

"좋은 질문을 했다! 부하는 반하도록 만들지 않으면 안 돼. 다른 말로 하면 심복心服이라는 것인데, 심복은 사리를 초월한 데서 생기는 거야. 감탄하게 하고 또 감탄하게 하여 좋아서 견디지 못하게 만들어나가는 것이다."

"예."

"그러기 위해서는 모든 면에서 가신들과는 다르지 않으면 안 된다. 그렇지 않으면 오래지 않아 훌륭한 가신들을 모두 치쿠젠에게 빼앗기게 되는 거야."

그 말을 듣고 토리이 마츠마루는 깜짝 놀랐다. 이에야스가 걱정하고 있는 것의 '정체'를 그제야 비로소 깨달았다.

'그렇구나, 히데요시를 두려워하고 계시는구나……'

5

"가신들이 쌀밥을 먹거든 너는 현미나 보리밥을 먹어야 한다. 가신들이 아침에 일어나거든 너는 새벽에 일어나거라. 다음에는 너를 매사냥에 데리고 가서 몇 리나 걸을 수 있는지 시험하겠다. 체력도 가신보다 앞서야 하고 분별력도 가신보다 뛰어나야 한다. 인내심도 절약도 가신을 능가해야 하고 자비심도 가신보다 많아야만…… 비로소 가신들은 너에게 반하고 너를 존경하여 곁에서 떠나지 않게 된다. 알겠느냐, 이러한 대장으로서의 수업을 엄격히 해나가야 한다."

이에야스는 이렇게 말하면서 다시 히데요시의 모습을 떠올렸다. 어째서 요즘에는 히데요시가 자꾸 마음에 걸리는지 스스로 생각해도 우스웠다.

오기마루를 오사카에 보내고서야 히데요시가 자기 생활에 깊이 파고들기 시작한다는 것을 겨우 깨달았다.

앞서 미카타가하라三方ヶ原 전투 직전의 타케다 신겐武田信玄에 대한 일이 뇌리에서 떠나지 않았다. 그가 군사를 거느리고 와서 신들린 듯 우쭐거리며 싸움을 걸어왔을 때의 그 심정과 너무나 흡사했다.

이번에도 어쩌면 뜻하지 않은 일로 히데요시를 적으로 삼아 계산도 않고 군사를 동원할 우려가 있었다.

'제이의 전환기다!'

이성으로는 이렇게 생각하고, 앞서 신겐에게 고통을 받으면서 전략과 전술을 배웠던 것처럼 히데요시에게 민심을 수습하는 방법과 정략의 묘미를 배워야 한다고 생각하면서도, 계속 초조해하는 것은 역시 인질을 빼앗긴 열등감에서인지도 몰랐다.

어쨌든 자기가 하는 말을 나가마츠마루가 아직은 알 리가 없다……고 생각은 하지만, 지금부터 되풀이하여 가르치지 않으면 돌이킬 수 없는 사태가 발생할 것 같은 마음이었다.

'히데요시에게는 아직 아들이 없다……'

지금까지는 이것이 유일한 위안이었다.

그런데 오기마루를 보내고 나서—

'히데요시에게는 수많은 아들이 있다……'

아직 생각해보지도 않았던 반대되는 대답에 부딪쳤다.

노부나가가 죽은 뒤 히데요시는 순식간에 제후의 마음을 휘어잡았다. 아마도 그 양자들은 몇 년이 지나지 않아 히데요시를 위해 흔쾌히 그 친아버지의 목을 베러 가게 될지도 몰랐다. 그런 매력이 히데요시에게 있다는 것을 깨닫게 된 순간, 이따금 자신에게 활을 쏘면서 달려오는 오기마루의 모습이 상상되고는 했다.

"알겠느냐, 나가마츠?"

"예, 힘쓰겠습니다."

"좋아. 그럼 물러가 차를 들도록 해라. 알겠느냐, 근시들에게 나가마츠마루는 고집스럽다, 인정이 없다는 말을 들어서는 절대로 안 된다."

"예."

"물러가도 좋아."

나가마츠마루가 공손히 절하고 나간 뒤 이에야스는 아침 식사를 하기 시작했다.

밀가루를 섞어서 쑨 약간의 죽에 반찬은 야채 절임, 그밖에 먹다가 남겨둔 된장볶음이 곁들여 있었다.

아침밥을 먹는 동안에도 묵묵히 생각에 잠겨 있었기 때문에 곁에서 시중을 드는 마츠마루나 오카메於龜, 아오키 쵸자부로青木長三郎는 숨막힐 듯한 긴장감을 떨치지 못했다.

이시카와 카즈마사가 찾아온 것은, 식사가 끝나고 이에야스가 혼다 마사노부를 불러 코슈의 여러 고을에서 거둔 공납을 계산하게 하고 있을 때였다.

"뭐, 카즈마사가 돌아왔어? 곧 들라고 해라."

이에야스는 얼른 장부를 닫게 했다.

6

카즈마사는 혼다 사쿠자에몬을 만나지 않고 직접 이에야스를 찾아왔다. 물론 그동안 오사카 성에 도착한 이후의 상황은 대강 보고해왔다. 그러나 아사히히메에 관한 일 이후의 문제에 대해서는 일부러 알리지 않았다.

보통 일이었다면 먼저 혼다 사쿠자에몬을 찾아가, 두말없이 이에야스가 승낙하도록 사전에 협의하고 나서 이에야스 앞에 나타났을 터였다. 하지만 이번에는 생각하는 바가 있어 거꾸로 이에야스에게 먼저 보고하려는 것이었다. 가신들의 반대가 거셀 경우, 이에야스가 이미 승낙할 뜻을 밝혔다고 하여 이를 억제할 생각이었다.

"지금 돌아왔습니다."

이렇게 말하는 카즈마사에게 이에야스는 몸을 앞으로 내밀듯이 하고 서둘러 물었다.

"어떻던가, 치쿠젠은 내가 아프다고 했더니 무어라 하던가?"

카즈마사는 일부러 천천히 혼다 마사노부를 돌아보며 말했다.

"이미 히데요시는 치쿠젠노카미筑前守가 아닙니다. 종삼품 다이나곤에서 지난 정월에는 정이품에 올라 나이다이진……이 되었습니다."

이에야스에게 혼다 마사노부가 이 자리에 있어도 좋으냐고 물을 생각에서 한 말이었다. 이에야스는 그 뜻을 순순히 받아들이지 않았다.

"마사노부도 여기 있게!"

신경질적으로 꾸짖듯이 말했다.

"카즈마사, 맨 먼저 그런 말부터 하는 것을 보니, 자네는 그 새로 된 나이다이진으로부터 무슨 어려운 문제를 떠맡고 왔군."

"주군!"

"왜 그러나? 어려운 문제라면 몇 번이라도, 몇 십 번이라도 자네를 왕복시키겠네."

"어려운 문제가 생기리라고 주군도 각오하셨을 것입니다…… 오늘은 평소와 달리 심기가 불편하신 것 같군요."

"뭐…… 내가 평소와 다르다고?"

"예, 혹시 감기라도……"

"으음."

이에야스는 쓴웃음을 지었다.

"그래, 내가 잘못했네! 순서가 있을 테니, 순서대로 말해보게."

"알겠습니다…… 실은 주군께서 병환이시기 때문에 제가 대신 왔다……고 말할 틈도 없이 히데요시는 그것은 알고 있었다, 더 이상 말하지 말라……며 웃으면서 손을 내저었습니다."

"으음, 그 사람다운 일이야."

"그리고 더 이상 그 말에 대해서는 언급하지 않고, 이번 초봄에 오기마루 님의 관례를 올리겠다는 것, 카와치나 이즈미和泉 중에서 일만 석을 주어 그것으로 경비를 충당케 하겠다는 것, 그리고 이름은 히데야스라고…… 히데요시와 이에야스 양쪽에서 한 자씩을 취하겠다는 것 등을 거침없이 말했을 뿐, 그 이후 정월까지 아무 일도 없었습니다."

"정월까지는……?"

"예. 그래서 이 카즈마사도 그대로 돌아오게 되지 않을까 하고 착각했을 정도입니다마는……"

"그런데 역시 그렇지 않았다는 말이로군. 순서대로 잘 말해주었네. 그렇다면 그 어려운 문제란?"

이에야스는 다시 사방침 앞으로 몸을 내밀고 똑바로 카즈마사를 바라보았다.

7

카즈마사는 숨이 답답해졌다.

이에야스만이 아니라 혼다 마사노부가 옆에서 긴장한 얼굴로 이야기를 듣고 있었다.

'이 이야기는 역시 단둘이 하고 싶었는데……'

새삼스럽게 생각했다.

한 사람쯤이야…… 이렇게 생각해보았지만, 그 한 사람이 있기 때문에 말하는 데 몹시 신경을 쓰지 않으면 안 되었다.

"주군! 반드시 어려운 문제라고는 할 수 없을지 모릅니다."

"어려운 문제가 아니라고……?"

"예. 히데요시의 비명悲鳴이라 생각한다면 듣지 못할 것도 없습니다. 히데요시도 주군이 오사카로 오시지 않으면 큰일이라고 여간 난처하게 생각하고 있지 않습니다."

"당치도 않은 소리!"

이에야스는 혀를 찼다.

"그 사람이 어디 난처해할 사람인가? 그래, 무어라 하던가?"

"히데요시는, 나는 이에야스에게 머리를 숙이는 한이 있어도 오도록 해야겠다고 말했습니다."

"그런 말이야 했을 테지. 그 정도는 투구 위에 앉은 잠자리만큼도 생각지 않는 인간이야. 그렇지 않은가, 마사노부?"

"그렇습니다."

카즈마사는 흘끗 마사노부를 노려보았다.

"이번 우란분재 때까지는 세이이타이쇼군이 될 것이라고도 했습니다. 가능한 일일 것입니다. 이미 조정을 히데요시 마음대로 조종할 수 있으니까요. 그렇게 되면 히데요시는 이 나라의 병권兵權을 완전히 장악하게 됩니다."

"뭣이, 세이이타이쇼군이 된다고……? 그것은 안 될 말이야, 카즈마사. 세이이타이쇼군은 겐지의 직계여야 한다는 선례가 있어. 다른 가문에서는 임명할 수 없어."

"그런데도 자기는 예외라고 했습니다. 이미 어떤 경로를 통해 내락을 받은 것이 분명합니다. 나는 태양의 아들이므로 각별하다고 자신 있게 말했습니다. 그러면 일본의 모든 무장은 일단 히데요시의 휘하에 들어가게 됩니다."

여기까지 말하고 카즈마사는 길게 한숨을 쉬었다.

"이에야스와 인척이 되고 싶다, 이 일을 잘 주선하라…… 그러면 매제가 처남의 성에 오는 것이니 이에야스의 체면도 설 것이라고."

"뭐, 인척……?"

이에야스는 의아하다는 듯 고개를 갸웃거렸다.

"대관절 인척이라니 그게 무슨 말인가?"

"히데요시……가 아닌 나이다이진의 가문과 연분을 맺자……고 하는 것이었습니다."

"그야 오기마루를 양자로 보냈으니 이미 인척이 된 것 아닌가?"

"그런 뜻이 아닙니다. 주군께…… 성주님께…… 히데요시 가문의 사위가 되어달라는 것입니다."

"뭣이……!"

이에야스는 눈이 휘둥그레져 시선을 마사노부에게 보냈다. 마사노부도 눈을 비둘기처럼 깜박거리며 이에야스와 카즈마사를 번갈아 바라보고 있었다.

카즈마사는 단숨에 말해버렸다.

"히데요시에게는 아사히히메라는 여동생이 있습니다. 물론 출가했습니다마는…… 여동생을 이혼시키더라도 주군과는 싸우고 싶지 않다는 것이 히데요시의 심정…… 그러므로 이 카즈마사는 이것이야말로 보기 드문 히데요시의 비명이라 여기고 일단 그대로 돌아왔습니다!"

8

잠시 동안 이에야스는 카즈마사를 바라보기만 할 뿐 말을 하지 않았다. 너무나 뜻밖의 말을 들었기 때문에 당장에는 그 의미를 정확하게 이해하지 못했다.

인척이 되고 싶다…… 그러기 위해 다른 가문으로 출가한 여동생을 이혼시켜 이에야스에게 시집보낸다…… 그렇게 되면 오사카 성에 오더라도 이에야스의 체면이 선다……

아니, 그보다 더 기괴한 것은, 이러한 히데요시의 제의를 비명이라 여기고 돌아온 카즈마사의 심경이었다.

'비명은커녕 이것이야말로 히데요시의 성격을 여실히 보여주는 뻔뻔함이 아니고 무엇이겠는가.'

"카즈마사."

"예."

"자네는 히데요시의 그 제의를 정말로 비명이라 생각하고 있나?"

"주군은 그렇게 생각지 않으십니까?"

"나는……"

말하다 말고 이에야스는 짐짓 마음을 늦추었다.

'무섭다.'

차마 이렇게는 말할 수 없었다. 목적을 위해서는 수단을 가리지 않는 히데요시에 대한 무서움을 솔직하게 털어놓는다면 앞으로의 사기에 영향을 미칠 것이다.

"비명이 아니야, 카즈마사. 히데요시는 어떤 경우에도 비명을 지를 사람이 아니야. 언제나 의기양양하게 손을 쓸 수단을 생각하고 있어. 자기에게는 막히는 일이 없다고 크게 자부하는 자일세."

이렇게 말하면서 이에야스는 그 한마디 한마디에 필요 이상으로 신경을 쓰는 자기 자신이 싫어졌다.

'혹시 카즈마사는 저도 모르는 사이에 히데요시에게 매료당하고 있는 것은 아닐까……'

만일 그렇다면 선불리 말을 할 수 없다고 무의식중에 경계하고 있는 증거인 듯했다.

"그런데, 그 아사히히메라는 히데요시의 여동생은 몇 살인가?"

"예…… 그것이…… 마흔셋이라고 합니다마는……"

"뭐, 마흔셋……?"

큰 소리로 묻는 바람에 카즈마사는 그만 얼굴이 뜨거워졌다. 서른세 살 이후의 여성을 늙은이로 취급하던 당시 관습에 따르면 마흔세 살은 이미 손자나 돌보며 기뻐해야 할 나이의 노파나 다름없었다.

카즈마사의 얼굴이 뜨거워진 것은 이 때문이었는데, 이에야스는 순간 왠지 찔끔했다.

"마흔셋이란 말이지……"

"예. 그리고 현재까지는 아직 사지 휴가노카미란 자의 아내입니다."

카즈마사는 더 망설이지 않았다.

"주군! 그러므로 세상에서는 히데요시가 궁지에 몰린 끝에 전례가 없는 일을 무리하게 했다…… 무리한 일을 하지 않을 수 없을 정도로 궁지에 몰렸다……고 할 것이므로, 결코 주군의 불명예는 되지 않을 것이라 생각합니다."

"그럼, 자네는 찬성한다는 말인가?"

"주군은 동의하지 않으시겠습니까?"

"마흔셋이라……"

이에야스는 다시 한 번 중얼거리고 크게 혀를 찼다.

뇌리에 젊음이 시들어버린 가련한 노파의 환상이 떠올라, 불결한 생각이 들어 견딜 수 없었다……

9

"주군!"

카즈마사는 다시 몸을 앞으로 내밀듯이 하고 말했다.

"주군은 일을 일부러 어렵게 만드시지 않아야 합니다."

"뭣이, 일부러 어렵게 만든다고?"

"예. 상대의 수치가 될망정 주군의 수치는 되지 않습니다. 이 경우

나이는 도리어 주군보다 연상인 편이 좋다고 생각합니다."

"으음."

"정실로 맞아들였다고 해서 반드시 총애하셔야 하는 것은 아니므로, 인질을 잡는다는 생각으로 과감하게 상대의 제의를 받아들이시는 것이 타당하다고 생각합니다."

"……"

"물론 상당한 지참금을 가져올 것이니 성안에 따로 전각을 만들어 살게 하십시오…… 천하를 위해, 가문을 위해서라 생각하면 마음이 가라앉으실 것입니다. 아니…… 오기마루 님 대신 이쪽에서도 인질을 잡았다는 정도로 생각하시면……"

"카즈마사!"

"예."

"나는 히데요시가 여동생을 강제로 떠맡긴다고는 생각지 않네."

"그러시면……?"

"나는 자네에게, 이시카와 카즈마사에게 먹고 싶지도 않은 떡을 억지로 강요당하고 있는 것 같아 구역질이 나는 기분이야."

"당치도 않습니다. 상대는 또다시 무슨 생각을 할지 모르는 히데요시…… 주군도 그만한 각오를 하시지 않으면 안 됩니다."

"그렇다면, 무슨 짓을 할지 모르는 상대이므로 방심해선 안 된다고 생각한 일이 있나, 자네는?"

"방심해서는 안 된다고 하시는 것은, 여동생을 출가시켜놓고 쳐들어오기라도 한다는 뜻입니까?"

"쳐들어오지는 않겠지. 이쪽에서도 대비하고 있으니까. 여동생을 미끼로 삼아 나를 오사카로 유인하여, 여동생과 이에야스의 목숨을 맞바꿀 생각……이라고 일단 의심해본 일이 있느냐고 물은 것일세."

"주군!"

"왜 그러나? 안색이 변했군."

"변할 수밖에 없습니다. 지금 하신 말씀이 카즈마사에게는 천만 뜻밖입니다."

"어째서 뜻밖이란 말인가?"

"이 이시카와 카즈마사는 히데요시의 가신이 아닙니다. 대대로 도쿠가와 가문을 섬겨온 가신입니다."

"몇 번이고 의심을 해보았다는 말인가?"

"물론입니다! 지금 히데요시와 맞서시면 안 됩니다. 히데요시는 주군보다 연장자, 면목만 선다면 이쪽에서 스스로 히데요시에게 접근하여 도리어 제후들의 마음을 사로잡으면, 자연히 익은 감은 떨어질 때가 올 것입니다. 주군의 말씀은 정말 뜻밖입니다."

"카즈마사!"

"예, 말씀하십시오."

"자네가 분명하게 말한 이상 나도 말하겠네. 나는 불쾌해. 그런 것을 어떻게 즉시 대답할 수 있다는 말인가. 나도 생각해볼 테니 자네도 사쿠자에몬 등의 의견을 듣고 다시 만나 상의하기로 하세."

카즈마사는 무릎걸음으로 한 걸음 다가앉았으나 아무 말도 하지 않았다. 눈썹과 입술을 꿈틀꿈틀 경련시키며, 두 사람의 시선이 허공에서 무섭게 뒤얽혀 있었다.

10

'너무 서둘러 결론을 말했구나……'

카즈마사는 크게 후회했다.

이에야스의 눈에서 정말 분노가 느껴졌다.

카즈마사에게는 이보다 더 의외의 일도 없었다. 그러나 이것은 인간의 정의情誼로 볼 때 무리가 아닌지도 몰랐다.

자식에 대한 애착이 강한 이에야스가 히데요시에게 오기마루를 인질로 보낸 일로 얼마나 고민하고 있는가 다시 한 번 깊이 생각해볼 필요가 있었다.

그러나저러나 히데요시에게 강요당하는 것이 아니라 카즈마사에게 강요당하고 있다니, 이 얼마나 듣기 거북한 말인가.

그 말 뒤에는—

"카즈마사, 그대는 히데요시의 앞잡이가 된 것 아니냐?"

이렇게 비난하는 것 같은 짙은 의혹의 기미가 느껴졌다. 혹시 이에야스는 두 사람 사이에 끼여 난처해진 카즈마사가 스스로 히데요시에게 권유한 것이 아닌가 의심하고 있는지도 몰랐다.

'이 자리에서는 그냥 물러서자……'

이 이상 더 변명하면 이에야스로부터 자기 입장만 더욱 의혹을 사게 될 것 같았다.

카즈마사는 머리를 조아리고 조용히 말했다.

"제 말이 지나쳤습니다. 말씀하신 것처럼 이 문제는 당장 결정할 수 있는 일이 아닙니다…… 저는 이제부터 사쿠자에몬에게 가서 센치요에 관한 일 등 여러 가지를 이야기해주겠습니다."

이에야스는 대답하지 않았다.

기분이 언짢다기보다 역시 불쾌감으로 화를 낸다는 것을 잘 알 수 있었다. 이런 얼굴은 코마키나 나가쿠테 전투 때도 보지 못한, 달아오른 거대한 바위를 연상시키는 무서운 표정이었다.

카즈마사가 일어나는 것을 보고 마사노부가 부리나케 뒤쫓아왔다. 그리고는 나직하게 말했다.

"이시카와 님, 나중에 제가 잘 말씀 드리겠습니다."

이번에는 카즈마사가 대답하지 않았다.

'지나친 소리!'

일별을 던졌을 뿐 그대로 큰방을 향해 걸어갔다.

밖으로 나오자 울고 싶었다. 전쟁터에서라면 그 자리에서 승부가 결정될 텐데 외교란 이 얼마나 번거로운 것인가.

아니, 그렇더라도 단순한 무장과 무장의 교섭이라면 이처럼 고민하지 않아도 될 터. 그러나 발군의 지략을 가진 히데요시와 남달리 심사숙고하는 이에야스—

"전쟁만은 피해야 한다."

이렇게 마음으로는 정해놓고도 서로 체면을 살리려고 계략을 쓰고 있는 데는 어쩔 도리가 없었다.

카즈마사는 사쿠자에몬의 거실로 찾아가 이야기가 모두 끝날 때까지 그 방에는 화로 하나도 놓여 있지 않다는 것을 깨닫지 못했다.

"나도 잘못했어. 오늘은 히데요시가 이런 말을 했습니다…… 그 말만 하고 물러났어야 하는데 그랬어. 내가 권하는 것처럼 되어…… 너무 서둘렀다니까."

털어놓고 말한 뒤—

"사쿠자에몬, 추워지는군. 화로를 내놓지 않겠나?"

천연덕스럽게 말했다.

"안 돼!"

사쿠자에몬은 한마디로 대답했다.

"자네 이야기를 듣는 동안 주군보다 내가 더 화가 치밀었네. 안 돼, 이 사쿠자에몬은 자네 같은 자에게는 화로는커녕 차 한 잔도 대접하지 못하겠어."

"후후후."

카즈마사는 그 말을 듣고 웃었다.

11

"아니, 자네 화났나……?"

카즈마사는 사쿠자에몬이 평소의 버릇대로 이리 비꼬고 저리 비꼬면서 농담을 하는 것이라 생각했다.

"그럼, 나는 주군에게도 꾸중을 듣고, 이제 자네에게도 욕을 먹은 셈이로군……"

씁쓸히 웃으면서 목을 움츠리고 떠는 시늉을 했다.

"허 참, 올해는 꽤나 운수가 사나운 것 같아."

"흥."

사쿠자에몬이 비웃었다.

"그렇지는 않겠지. 히데요시는 우리 대장보다 훨씬 그릇이 커. 재산도 다섯 배가 뭐야, 열 배는 될 것이야."

"뭐! 지금 무슨 말을 하려는 건가, 사쿠자에몬?"

"히데요시의 가신이 되면 녹봉이 더 많아질 것이라는 말일세."

"흥."

카즈마사는 갑자기 진지한 표정이 되어 상대의 희롱에 말려들지 않으려고 자세를 가다듬었다.

"그럴지도 모르지. 히데요시도 그런 말을 하더군."

"그럴 테지. 그렇다고 알고 있기 때문에 주군이 화를 내시는 것도 무리가 아니지. 자네가 너무 서두른 탓에 화를 내신 것이라고는 생각지 말게, 카즈마사."

"사쿠자에몬…… 농담은 농담으로 끝내기로 하세. 자네가 이 일을 주군이 납득하시도록 권해주지 않겠나?"

"어림도 없는 소리! 거절하겠어."

"아니, 어째서?"

"불결해…… 더러워!"

"하하하…… 그럼, 이런 하찮은 일 때문에 히데요시를 적으로 돌려 싸우자는 말인가?"

"그렇지는 않아. 똑같이 평화를 찾는 데도 좀더 나은 수단이 있을 것일세. 자네 말대로 그 노파를 데려다놓고 나서 주군이 천하를 손에 넣었다고 가정해보게. 후세 사람들이 무어라 할 것 같나? 처남 매부 사이가 되어 오사카 성에 간다……는 따위의 작은 일이 아닐세. 이에야스는 목적을 위해 수단과 방법을 가리지 않은 추잡한 자라고 자자손손 대대로 손가락질을 받게 될 것일세."

"사쿠자에몬."

"왜?"

"자네의 그 말은 진정인가?"

"카즈마사! 자네는 내가 농담을 하고 있는 줄 알고 있나? 화가 났다고 했는데도 모르겠다는 말인가?"

"이거, 점점 더 기묘한 소리를 하는군."

"기묘한 것은 바로 자네일세. 어떤가, 이대로 오카자키로 돌아가 잠시 머리를 식히면? 그러면 다른 생각이 떠오를지도 몰라."

"사쿠자에몬!"

카즈마사는 자기 얼굴에서 핏기가 가시는 것을 느낄 수 있었다.

"그럼, 자네는 이 혼담에 동의할 수 없다는 말이로군."

"물론. 주군에게도 동의하지 말라고 권하겠어. 아니, 만일에 주군이 동의하여 그 노파를 하마마츠로 데려오시겠다고 하면 이 사쿠자에몬은 가신들과 상의하여 불태워 죽이고 말겠어. 잘 기억해두게."

이미 의심할 여지가 없었다. 사쿠자에몬은 정말 격분해 있었다.

"그 노파가 남편이 죽은 미망인이라면 또 모르지만, 지금도 남의 아내로 있다고 하는데…… 억지로 이혼시키다니…… 그러고도 인간인

가. 인간의 탈을 쓴 짐승이야, 그것은…… 이런 일은 받아들일 수 없다고 거절했다가 그 때문에 멸망한다고 해도 수치가 되지 않아, 절대로! 쓸데없는 소리를 하면 그냥 두지 않겠어, 카즈마사."

12

카즈마사는 순간 등골이 오싹해졌다.

이에야스가 그의 당돌한 제의에 화를 냈다고 해도 이처럼 놀라지는 않았을 것이었다. 어떤 경우에도 서로 마음을 터놓고, 각자 자기 입장을 견지하면서도 언제나 마음속으로는 카즈마사를 이해해주었던 사쿠자에몬이었다.

'그 사쿠자에몬이 이번에는 정말 화를 내고 있다……'

그렇게까지 카즈마사의 생각은 불결하고 기괴했다는 말인가?

카즈마사는 강하게 고개를 저었다.

'그렇지 않다! 나의 설득이 아직 부족하다.'

"사쿠자에몬."

그는 크게 머리를 끄덕이면서 말을 이어나갔다.

"자네 이론은 옳은 것 같지만 옳지 못해."

"허어, 어디에 잘못이 있다는 말인가, 나에게?"

"잘 들어보게! 현재 남의 아내로 있는 여동생을 억지로 이혼시켜 주군에게 출가시키려고 획책하는 자는 누구인가? 그것은 주군이 아니야. 히데요시 자신이란 말일세. 따라서 이것은 히데요시의 일생일대의 흠이 될지언정 주군의 수치는 아니라고 생각지 않나?"

"그것이 자네의 계산이란 말이지. 하지만 내 주판으로는 그런 계산이 나오지 않아. 그 불결한 제의에 아무런 저항도 느끼지 않고 응하는 자는 제의한 자와 비교하면 단지 똥 묻은 자와 겨 묻은 자의 차이야."

"사쿠자에몬……"

카즈마사는 창백해진 얼굴로 웃었다.

"큰일일세, 자네의 그 고집은."

"큰일일 것 없어. 나의 유일한 자랑이 고집이니까."

"좋아, 그 점은 인정하겠네. 인정하지 않으면 이야기가 안 될 테니."

이렇게 말하고 카즈마사는 그 역시 꼼짝도 않을 기세를 보이며 손뼉을 쳐서 사쿠자에몬의 아내를 불렀다.

두 사람이 밀담을 나눌 때는 사쿠자에몬의 아내 이외에는 출입하지 않는 것이 관례였기 때문에 손뼉을 치면 그의 아내가 온다는 것은 카즈마사도 잘 알고 있었다.

"부인, 이번에는 말이 좀 길어질 듯합니다. 죄송하지만 화로와 차를 부탁합니다."

사쿠자에몬은 흘끗 아내를 노려보았다. 그러나 별로 제지하려고 하지는 않았다.

아내가 화로와 차를 가져왔다.

"아아, 이제야 살 것 같군……"

따뜻한 찻잔을 두 손으로 감싸듯이 하고 차를 한 모금 마시고 나서 다시 말했다.

"사쿠자에몬, 나는 자네가 찬성할 때까지 여기서 움직이지 않겠네."

"좋아, 몇 년이라도 죽치고 있게."

사쿠자에몬도 지지 않고 말했다.

"나도 자네를 설득할 생각일세."

"사쿠자에몬, 주군의 첫째 목표가 무엇이었지? 그것을 다시 한 번 생각해볼 필요가 있을 것 같아."

"굳이 다시 생각할 필요까지도 없네, 잊지 않고 있으니까."

"이것 보게, 주군의 비원은 오직 한 가지, 난세의 종식과 천하 만민의 평화일세."

"물론이지. 그러나 남의 손으로 이룩하게 하려는 것은 아니야. 자신의 손으로 그 큰일을 성취시키는 데 의미가 있어."

"그 첫째 목적을 달성하기 위해 지금 히데요시와 제휴해야 한다고 생각지 않나? 혼담이라는 말이 눈에 거슬리거든 인질을 잡는다고 생각하면 될 것 아닌가?"

"그건 안 될 말이야."

두 사람의 생각은 만나는 점이 없는 영원한 평행선인 것 같았다.

13

"카즈마사, 지금 히데요시와 제휴하면, 앞으로 히데요시가 죽었을 때는 천하가 주군의 것이 된다……고 생각하는 모양이군. 자네 속셈을 이 사쿠자에몬이 꿰뚫어보고 있네."

카즈마사는 지체 없이 대꾸했다.

"그럼, 자네는 찬성하지 않는다는 말인가? 주군이 히데요시보다 젊다는 계산이 틀렸다는 말인가?"

"카즈마사!"

"왜, 사쿠자에몬?"

"자네 속셈은 치사해. 계산은 틀리지 않았다 해도 중요한 핵심이 하나 빠져 있어."

"뭐, 핵심이 빠져 있다니?"

"그래. 자네는 코마키, 나가쿠테 전투의 의미를 잘 모르는 모양이군. 그때 주군이 무어라고 하셨나? 지금 여기서 히데요시를 쓰러뜨리면 나

혼자 천하의 제후들을 적으로 삼지 않으면 안 된다고 하셨어. 그러므로 지금은 모두를 히데요시와 상대하게 해야 한다고 하셨지."

"그것을 이 카즈마사가 못 알아들은 줄 아나? 이것 보게, 사쿠자에몬. 승리한 싸움인데도 상대에게 명예를 양보한 것은 모두 훗날을 깊이 생각한 주군의 인내심 때문일세. 그러므로 시기를 보아 제휴해야 한다고 하신 것 아닌가…… 상대가 매제의 신분으로 와달라…… 알겠나, 오기마루 님은 양자이고 정실은 히데요시의 여동생, 그래서 오사카에 와서 이런저런 정치문제에 힘을 합하면 히데요시의 사후에는 자연히 천하는 주군의 것…… 이것이 코마키와 나가쿠테 전투의 의미를 알기 때문에 세운 책략이라고는 생각지 않나?"

"아니, 그렇게 생각지 않아."

사쿠자에몬은 한마디로 대답하고 손과 고개를 동시에 흔들었다.

"자네 말을 들어보니 역시 핵심이 빠졌어. 아니 자네 하는 걸 보니 겁쟁이인지도 모르겠군."

"뭐, 겁쟁이라고, 이 카즈마사가?"

"그래. 때로는 겁쟁이가 될 필요도 있겠지. 됐네, 됐어."

"이거, 그냥 들어 넘길 수 없는 소리를 하는군. 어째서 그렇다는 거야? 그 설명을 듣고 싶어, 사쿠자에몬."

"카즈마사……"

사쿠자에몬은 더욱 빈정대는 투로, 그러나 침착하게 말했다.

"자네는 노부나가 공이 죽은 뒤 그토록 빨리 제후들이 히데요시에게 꼬리를 흔든 것은 어째서라고 생각하나?"

"그것은 히데요시의 실력 때문이지. 실력이 뛰어나므로 일단은 제휴하는 것이……"

"잠자코 있게!"

사쿠자에몬은 큰 소리로 상대의 말을 제지했다.

"실력이 있는 히데요시, 그래서 더더욱 섣불리 제휴해서는 안 된다는 말일세. 물론 전쟁은 하지 않는 것이 좋아. 하지만 히데요시는 그리 쉽게 멸망하거나 꼬리를 흔들거나 할 인물이 아니야…… 알겠나, 이것이 중요한 점일세. 일본의 모든 무장은 한결같이 히데요시라는 호랑이 앞의 고양이였어. 이에야스도 약간 크기는 하지만 역시 고양이는 고양이……라고 여겨지면 히데요시가 죽은 뒤 순순히 천하가 주군의 손에 들어올 것 같나? 고양이들이 사방에서 들고일어나 다시 난세가 될 우려가 있다고 생각지 않나? 지금 일본의 모든 고양이들이 꿇어 엎드려도 이에야스만은 호랑이는 아니지만 용이었다……고 강하고 분명하게 인식시켜야만 비로소 호랑이가 죽은 뒤에 고양이들이 소란을 피우지 못하는 거야…… 아직 히데요시의 눈에는 주군이 고양이로 보이고 있네. 그런 가운데서 제휴한다는 것은 비록 명분이라고는 해도 이 사쿠자에몬은 절대로 용납할 수 없어."

카즈마사는 어느 틈에 입술을 깨물고 두 주먹을 부르르 떨었다.

14

카즈마사는 여기까지 이야기를 듣고 사쿠자에몬이 무엇을 생각하고 있는지 잘 알게 되었다. 요컨대 카즈마사의 교섭은 너무 미온적이라고 생각하는 것 같았다. 싸움은 하지 않아야 하지만, 좀더 강하게 히데요시를 대하여 천하의 제후들에게 도쿠가와 이에야스만은 그대들과 다르다는 인상을 심어주어야 한다고.

"사쿠자에몬…… 알겠네! 그럼, 나는 이 정도에서 손을 떼겠어. 나도 자네와 마찬가지로 주군이 고양이로 보이도록 하고 싶지는 않아. 히데요시 같은 호랑이가 못 된다면 그와는 질이 다른 용으로 보이게 하기 위해 혼신의 노력을 다했어. 인질을 양자로 바꾸기도 하고, 양가의 관계가 처남 매부……가 된다면 이것으로 체면은 선다……고도 생각했으나, 주군이나 자네의 마음에 들지 않는다면 도리가 없지. 나에게는 그 이상의 능력이 없어. 나는 이제 두 가문의 교섭에서는 그만 손을 떼겠네."

혼다 사쿠자에몬은 카즈마사의 어조가 차차 심각해진다는 것을 깨닫고 흘끗 그의 안색을 훔쳐보며 고개를 돌렸다. 겉으로 보기에는 완고일변도, 언제나 거친 목소리를 내면서도 실은 가슴속에 치밀한 생각과 인내를 숨기고 있는 사쿠자에몬이었다.

"내 말을 듣고 있나, 사쿠자에몬. 나는 주군에게도 심하게 꾸중을 듣고 왔어. 자네 생각도 이젠 알겠고. 그러니 이대로 오카자키로 돌아가겠네. 오사카를 왕복하는 일에 다시는 이 카즈마사를 불러내지 말도록 자네가 주군에게 잘 말씀 드려주게."

"흥."

"무엇이 흥인가, 내 말을 알아들었겠지?"

"알겠네……"

"그럼, 이만 실례하겠어. 지금부터 말을 타고 요시다吉田에 가서 묵겠네."

"기다려."

"기다리라니 다른 용건이라도 있다는 말인가?"

"기다려……"

사쿠자에몬은 같은 말을 되풀이하고 천천히 자기 턱을 쓰다듬었다.

"그럼, 자네 생각으로는 그 노파를 거절하면 전쟁이 벌어질 것이란 말인가?"

"그렇지 않다면 내가 무엇 때문에 이런 일을 말하러 왔겠나? 하지만 이 일에 대해서는 더 말하지 않겠네. 나는 모르겠어. 이 카즈마사가 잘못 보았는지도 몰라. 그러니 다른 사람을 보내도록 하게. 카즈마사는 히데요시로부터 이 일을 성사시키라는 말을 듣고 결국 병상에 누웠다고 해도 좋아."

"바보로군."

"누가……"

"흥."

"또 흥인가? 이제, 그만 돌아가겠네."

카즈마사는 자리에서 일어서려 했다.

"기다려."

여전히 사쿠자에몬은 무거운 소리로 그를 붙들었다.

"자네가 병상에 누웠는지 아닌지 히데요시의 귀에 안 들어갈 것이라 생각하나?"

"들어가면 들어간 대로 상관없지 않아? 그게 무슨 대수인가. 어쨌든 나는 히데요시를 더 설득할 힘이 없고, 주군이나 자네를 납득시킬 힘도 없네."

"있어, 있다니까!"

"뭐가 있다는 말인가?"

"전쟁을 하지도 않고, 또 주군을 고양이라 부르며 모독하지도 못하게 할 유일한 방법이 있다고 했네."

"그렇다면, 자네가 하면 될 것 아닌가? 이 카즈마사의 힘은 거기까지는 미치지 못하네."

"흥."

이때 사쿠자에몬은 노하는 대신 천천히 웃고 있었다.

"드디어 온 것 같네, 자네와 내가 목숨을 버릴 때가. 카즈마사, 오늘 내가 어째서 자네가 추워하는데도 화로도 차도 내오지 않았는지 그 이유를 알겠나?"

15

사쿠자에몬의 다른 마음을 내비쳐보이는 이 한마디에 카즈마사는 울컥했다.

"그렇다면 자네는 부인에게까지도 우리 두 사람이 의견대립으로 언쟁하는 것처럼 보이게 하면서 속셈은 다른 데 있었단 말인가?"

카즈마사가 씁쓸한 얼굴로 혀를 차자 사쿠자에몬은 태연한 표정으로 말을 이었다.

"자네말고 히데요시에게 사자로 갈 사람이 미카와 가신 중에는 없어. 그래서 나는 자네가 떠나기 전에 술을 나누면서 은근히 그 냄새를 풍긴 것으로 알고 있는데……"

그러면서 더욱 몸을 앞으로 구부리고 목소리를 낮추었다.

"하겠나, 카즈마사?"

"무엇을?"

"히데요시에게 혼담을 승낙했다고 말하라는 것일세. 오사카 성에 가고 안 가고는 그 다음의 일이야. 히데요시에게는 이쪽에서 갈 것처럼 생각하게 하고 그 여동생을 인질로 잡자는 것일세."

"아……"

카즈마사는 하마터면 소리를 지를 뻔했다.

"알겠나, 히데요시를 보기 좋게 속이자는 것일세. 만일 전쟁이 벌어진다면 그렇게 하는 편이 유리하지 않겠나?"

"……그러면, 주군은?"

"역시 속여야겠지."

사쿠자에몬은 여기서 흥 하고 콧방귀를 뀌었다.

"히데요시가 오사카 성으로 오라는 조건을 철회했다. 그러므로 혼담까지 거절한다면 너무 모가 나기 때문에 그것으로 문제를 매듭짓겠다고…… 주군과 가신들은 내가 속이겠네. 그런데 히데요시만은 자네가 아니고서는 속이지 못해."

"으음."

카즈마사는 저도 모르게 신음하고 사쿠자에몬을 똑바로 바라보았다. 이 얼마나 삼중, 사중, 아니 몇 겹으로 복잡하고 깊은 속셈을 가진 사나이란 말인가.

"그 여동생을 맞아들이고 나서 서서히 골탕을 먹이자는 것일세. 싸움은 피하면서 말이지. 그러면 천하의 고양이들을 지금보다 더 놀라게 만들 수 있어. 일이 제대로 마무리되지 않을 때는 주군도 히데요시도 모르는 일, 자네와 내가 뒤집어쓰면 될 것 아닌가. 어차피 우리 두 사람만은 큰 출세를 바라지 않기로 약속한 사이."

카즈마사는 어느 틈에 동의하지 않을 수 없는 입장에 몰렸다.

"으음, 그것도 하나의 방법일 수 있겠군."

"그래서 섣불리 체념하지 말라고 한 것일세. 히데요시의 여동생을 데려다놓고 한바탕 소동을 벌인 다음에도 히데요시와는 얼마든지 손을 잡을 수 있어."

"사쿠자에몬! 자네는 무서운 사나이로군."

"천만에. 이 검은 뱃속도 따지고 보면 속히 천하를 평정하기 위한 책략, 우리는 그 제물이라고 생각하게."

"사쿠자에몬, 그런 생각이 있으면서도 이 카즈마사를 그렇게 애태우다니!"

"흥, 그것이 순서일세. 순서를 밟지 않으면 자네는 좀처럼 납득하려 하지 않았을 거야. 좋아, 그럼 이것으로 결정됐어. 오늘은 이대로 돌아가게. 두 사람의 이야기가 합의된 것으로 보이면 안 되니까 술도 식사도 대접하지 않겠어."

"아, 알겠네. 그러면 나는 혼담문제는 잘 이야기되었다고 오사카에

서신을 보내겠어."

사쿠자에몬은 크게 고개를 끄덕이고 거칠게 손뼉을 쳤다.

"카즈마사가 돌아가겠다고 하는군. 현관을 나서거든 소금이라도 뿌려 부정을 씻어버려!"

부인이 조심스럽게 들어와 카즈마사에게 거듭 고개를 숙였다.

조화造花의 인생

1

사지 휴가노카미 히데마사는 정원의 복숭아꽃이 너무도 아름답게 핀 것을 보고 저도 모르게 복도에서 걸음을 멈추었다. 새로 하시바 미카와노카미 히데야스가 된 오기마루가 츠츠이에게 맡겨지기 위해 떠나버린 전각에서 나오는 길이었다.

'다시 봄이 찾아왔구나……'

"이 봄을 기쁘게 맞이할 것인가, 슬프게 맞이할 것인가……"

오늘 아침 집을 나설 때 이렇게 중얼거렸다가 아내 아사히로부터 웃음을 샀던 일을 생각하고 저절로 미소가 떠올랐다.

'괜한 소리를 했어……'

오와리의 나카무라에서 농부의 아들로 태어난 아사히의 오빠가 정2품 나이다이진이란 상상도 못했던 지위에 오른 올봄이 아닌가. 자기 마음을 잘 알고 있는 아사히였으니 그냥 웃고 말았지, 언짢게 받아들였다면 어떤 오해를 받았을지 모를 위험한 말이었다.

오기마루가 하시바 미카와노카미 히데야스가 된 것은 반가운 일이라고 할 수 있었다. 그러나 오기마루가 떠나는 모습을 눈에 가득 눈물을 떠올리고 배웅하던 타츠히메와, 그 바로 위의 언니 타카히메의 혼처가 정해진 것이 왠지 모르게 가엾게만 여겨져 견딜 수 없었다. 아니, 이 두 처녀의 신세만 애처로웠던 것은 아니다. 휴가노카미가 은근히 걱정했던 대로 큰언니 챠챠히메에게는 지금껏 혼처가 나서지 않아 더더욱 애처롭게 생각되었다.

타카히메의 상대는 히데요시의 애첩 쿄고쿠 부인의 남동생 와카사노카미 타카츠구若狹守高次. 타츠히메의 상대는 사촌뻘 되는, 노부나가의 넷째아들로 히데요시의 양자가 된 히데카츠였다.

타츠히메에게는 히데카츠와의 혼인이 결정되기 전에 또 하나의 혼담이 있었다.

사지 휴가노카미의 일족으로 비슈尾州 오노大野의 성주 사지 요쿠로 카즈나리佐治與九郎一成였다. 히데요시는 자기 멋대로 요쿠로 카즈나리에게 타츠히메를 주겠다고 약속했다. 그리고는 히데카츠로 바꾸기 직전에 일부러 카즈나리를 불렀다.

"약속은 했으나 줄 수 없게 됐어. 그대는 코마키 전투 때 이에야스를 도왔다는 전력이 있어."

그리고는 그대로 히데카츠에게 출가시키기로 결정해버렸다.

이 일도 사지 휴가노카미를 당황하게 했다.

나중에 생각해보니 히데요시는 처음부터 요쿠로 카즈나리에게는 타츠히메를 출가시킬 의사가 없었던 것 같았다. 다만 타츠히메에게 도쿠가와 가문에 협력한 자는 이처럼 엄한 조치를 취한다는 경고를 하여 오기마루와의 접근을 막으려 한 것이라고밖에 생각할 수 없었다. 그런 만큼 오기마루, 즉 히데야스가 전각에서 떠날 때, 이 두 사람은 이미 친근감을 드러내며 이별을 아쉬워하는 것조차 허용되지 않았다.

이 일 때문에 히데요시는 일부러 휴가노카미를 불러 이렇게 명했다.

“타츠히메에게 두번째 인연이라고 잘 말해주도록. 앞으로 히데카츠에게 출가하거든 더욱 마음을 착하게 가지고 두 번으로 끝날 비운을 세 번 초래하지 말라고 타일러라.”

휴가노카미는 히데요시가 왜 그런 말을 하는지 알지 못해 그때는 단지 고개를 숙이고 듣고만 있었다. 나중에 그 수수께끼가 풀렸다. 히데요시는 오기마루와 타츠히메 사이에 결합이 있었을 경우를 생각하고 ‘두번째 인연’이라 암시하고 못을 박았다.

어쨌든 히데요시 앞에서는 이 자매의 희망 따위는 지금 눈앞에 있는 복숭아꽃보다도 훨씬 더 허망한 것이었다……

2

오늘도 사지 휴가노카미는 챠챠히메에게 불려 새 전각에 왔다.

타츠히메는 시무룩하기만 하여 봄이 왔는데도 오히려 두 살쯤 더 어린 나이로 돌아간 것처럼 보였다. 쿄고쿠 가문에 출가하기로 결정된 타카히메는 불안과 기쁨이 한데 섞인 처녀다운 모습이었으나, 맏언니 챠챠히메는 이전과는 달리 어두운 얼굴이었다.

“휴가 님에게 물어보면 알 수 있을 것 같아서요. 나도 곧 이 전각에서 떠나야 하겠죠?”

스무 살을 바라보는 여자다운 조심성 있는 질문이었다.

“아니, 전혀 그런 이야기는 듣지 못했습니다마는.”

“그렇다면 이상하군요……우메노가 쿄고쿠 님의 하녀에게 들었다고, 외숙부님 집이 완성되어 우리는 다시 거기 맡겨질 것이라고 하던데요……”

“저어, 우라쿠사이有樂齋 님에게 말입니까?”

우라쿠사이란 전에도 종종 그녀들을 맡았던 일이 있는 노부나가의 막내동생 나가마스長益를 말했다.

나가마스는 이미 의논 상대라거나 참모 같은 위치에서 히데요시의 뜻대로 움직이는 측근의 한 사람이 되어 있었다.

"우라쿠사이 님이 말씀하셨다면 근거 없는 말은 아닐 것 같군요."

"알겠어요. 그렇다면 휴가 님은 모르는 일이란 말이죠?"

"예. 왜 성주님은 제게 말씀을 안 하셨는지…… 너무 바쁘셔서 깜빡 잊고 계셨는지도 모릅니다."

그 자리에서는 이렇게 대답했다. 그러나 휴가로서도 짐작되는 바가 있었다. 아마 마님의 의견도 있었을 것이고, 히데요시도 나름대로 생각이 있었다고 보아야 했다.

맏언니는 일단 외숙부에게 맡겨두었다가 기회를 보아 히데요시의 소실로…… 이렇게 결정했다면 이야기가 된다.

세간에서는 아마 오다 우라쿠사이織田有樂齋가 조카를 소실로 권했다……고 생각할 것이었다.

어떻게 살아가건 오늘날 같은 난세엔 여성에게 불행이 따르게 마련. 말 그대로 경사스러운 경우란 있을 수가 없었다.

이미 쉰 살인 히데요시와 열아홉 살인 챠챠히메를 나란히 놓고 생각하는 것도 불쌍한 일이었지만, 쿄고쿠 타카츠구京極高次와 타카히메, 히데카츠와 타츠히메의 경우도 모두 정략에서 나온 것이었다.

'여기에 비한다면 나 같은 사람은 아직 행복한 부류에 속한다……'

아사히히메에게는 세번째 남편이었으나, 20년 동안 화목하게 살아왔다. 히데요시가 별로 출세하지 못했을 때 맺어졌으므로 그런 대로 자연스러웠다고 할 수 있었다.

이런 기분으로 휴가노카미가 챠챠히메에게 타카츠구나 히데카츠의 사람됨을 이야기해주고 있을 때 히데요시가 사람을 보내 호출했다. 그래서 이 새 전각에서 본성 서원으로 돌아가는 도중이었는데, 지나치게 활짝 핀 복숭아꽃이 왠지 모르게 종이로 만든 조화 같아 메마른 적막감을 느끼게 했다.

'저 처녀들 덕에 나도 위안을 받고 있었기 때문일까……?'

"젊은이들이 출가한다는 것은 기뻐해야 할 일이야. 그렇지 않은가, 휴가노카미……"

그는 자신에게 말을 건네며 복도를 건너갔다.

3

고지식한 사람의 버릇이었다. 히데요시의 부름을 받으면 언제나 앞에 나가기 전에—

'그런데 무슨 일일까……?'

이것저것 생각해보는 것이 사지 휴가노카미의 습관이 되어 있었다. 물론 오늘도 새 전각으로 코쇼가 그를 부르러 왔을 때부터 그렇게 여러 생각들을 하고 있었다.

'아마도 챠챠히메에 대한 일이겠지.'

곧바로 이런 생각이 떠오른 것은 챠챠히메한테 우라쿠사이의 이야기를 들은 탓이었다.

하루에도 몇 번씩이나 왕래하는 복도를 건너 거의 끝에 이르렀을 때 카가 부인과 스쳐지나게 되었다.

챠챠히메보다 나이가 어린 카가가 이미 히데요시의 소실이 되어 있었다. 그런데 굳이 챠챠히메까지…… 문득 이런 마음이 들기도 했으나, 깊이 생각하려 하지는 않았다.

크게 출세하면 소실이란 일종의 장식물 같은 것. 다실, 성곽, 창고,

보물 등과 같이 많은 여자를 거느리고 자랑한다…… 천박한 일이었으나 이러한 것이 관습이 된 세상, 히데요시만을 탓할 수는 없다…… 이런 마음으로 서원에 이르렀다.

"부르셨습니까?"

휴가노카미가 안으로 들어갔을 때 거기에는 히데요시 혼자 있을 뿐 코쇼의 모습도 보이지 않았다.

'역시 챠챠히메 이야기임이 분명하다.'

휴가노카미는 히데요시 곁으로 다가갔다.

"좋은 날씨가 계속되고 있습니다. 벌써 논에 물댈 때가 됐습니다."

상대가 말을 꺼내기 좋도록 일부러 웃는 낯을 지었다.

"히데마사, 오늘은 부탁할 일이 좀 있네."

히데요시는 평소와는 달리 진지한 얼굴이었다.

"참, 어려운 일이야, 천하를 하나로 묶는다는 것은."

"그러시겠지요."

"나는 이미 실력으로는 천하 제일이지만, 아직 정식으로는 군사와 정치 모두를 조정으로부터 위임받고 있지 못해."

"예, 그렇습니다마는……"

"그래서 조정에 건의하여 억지로라도 대임을 맡아야 할 텐데, 여기에는 딱 한 가지 장해물이 있어."

"장해물…… 말씀입니까?"

"그래. 그 장해물만 제거하면 카마쿠라나 무로마치室町 시대°처럼 일본의 일을 모두 이 손으로 좌우할 수 있는데 말이야."

"대관절 그 장해가 무엇입니까?"

"도쿠가와야. 이에야스 놈이 오사카에 와서 내게 머리를 숙이기만 하면 조정에서도 모든 것을 나에게 맡길 수밖에 없게 돼. 이후엔 내 명령을 듣지 않는 자는 역적으로 몰리는 거지. 그러면 나머지 송사리 같은 것은 문제가 되지 않아. 우선……”

그러면서 히데요시는 주위를 둘러보았다.

“나는 큐슈 정벌을 할 생각이야. 반드시 해야 할 일이거든. 그러나 이에야스 놈이 버티고 있는 한 정벌하려 해도 나설 수도 없고, 천하를 맡겠다고 조정에 청할 수도 없어. 이런 판국이라 지금은 천하의 일이 이에야스 하나에 달려 있어. 어떻게 해서라도 이에야스를 오사카로 불러오기만 하면 되는데 말이야. 그러면 내가 반드시 설득해 보이겠어…… 그래서 자네에게 부탁하려 하네. 아사히를 말일세, 나에게 되돌려줄 수 없을까?”

4

히데요시가 너무 쉽게 말하는 바람에 사지 휴가노카미는 아내의 이름을 잘 알아듣지 못했다.

“예? 무어라고 하셨습니까? 저에게 새삼스럽게 부탁이라니……”

“아니, 이것은 부탁인 동시에 나이다이진인 히데요시가 자네에게 내리는 엄명이기도 해.”

“그야, 명령이시라면 어쩔 수 없는 일입니다.”

“그럼, 두말없이 실행하겠다는 말이지?”

“예, 물론입니다! 그런데 그 명령이 무엇입니까? 제가 그 정도로 중요한 존재라고는 생각되지 않습니다마는……”

히데요시는 갑자기 얼굴을 찌푸리고 혀를 찼다. 상대가 아사히히메의 이름을 미처 알아듣지 못했다는 것을 깨달았다.

“히데마사, 자네는 귀가 멀었나?”

“아닙니다, 그렇지 않습니다.”

"하기 거북한 말을 반복하도록 만들지 말게. 나는 분명히 아사히를 돌려달라고 했어."

"아사히…… 저어, 소큐 님이 선사하신 차 항아리 말씀입니까."

"그게 아니야!"

히데요시는 다시 한 번 양미간을 찌푸렸다.

"자네도 알고 있을 것일세, 이에야스에게는 정실이 없다는 것을."

"예……? 예, 정실……이라면, 마님 말씀인가요……?"

여기까지 말하다 말고 무언가를 깨달은 듯 휴가노카미의 얼굴에서 대번에 핏기가 가셨다. 아사히가 차 항아리나 꽃병의 이름이 아니라 자기 아내의 이름이라는 것을.

"히데마사, 얼마나 무리한 일인가는 나도 잘 알고 있어. 그러나 이 한 가지에 천하를 손에 넣느냐 못 넣느냐가 달려 있네. 그렇다고 해서 이 히데요시는 나 자신을 위해 천하를 손에 넣으려는 것은 아니야. 돌아가신 우다이진 님의 유지를 계승하고 오닌應仁의 난° 이후 지속되어 온 혼란을 수습하여 우리 일본의 삼천만 백성에게 평화를 가져다주려는 것일세."

"……"

"이해해주겠지? 모든 것이 천하를 위해서라는 것을…… 알다시피 나에게는 피를 나눈 여동생이 달리 없어. 그래서 자네가 불운을 만나게 됐네. 아사히를 이에야스에게 보내 인척이라는 명목으로 그를 오사카에 초대하려는 것일세. 자네도 이에야스의 부하 이시카와 호키노카미를 알고 있겠지?"

"……"

"호키노카미에게 은밀하게 그 뜻을 말해서 돌려보냈더니, 이에야스도 기꺼이 받아들일 용의가 있다고 전해왔네…… 이보게, 히데마사! 왜 잠자코 있나? 이 자리에서 자네가 울거나 푸념을 늘어놓거나 하면

이 히데요시가…… 이 히데요시가…… 젠장 아무 말도 못하게 되어버리지 않겠나. 바보 같으니라고……"

이렇게 말하고 히데요시는 갑자기 사방침 너머로 손을 뻗어 히데마사의 어깨를 탁 치면서 와락 울음을 터뜨렸다.

휴가는 전신을 꼿꼿이 하고 앉은 채 그 역시 굵은 눈물을 뚝뚝 무릎에 떨구었다.

히데요시가 다시 미친 듯이 빠른 말로 이야기하기 시작했다.

"옛날에는 나도 어엿한 다이묘가 되어 부모형제를 기쁘게 해주고 싶다! 이것이 염원이어서 골이 빠지도록 애써왔네. 그러나 이것만으로 끝낼 수는 없었어. 출세란 고통스런 업보일세! 지금은 말이지…… 부모형제를 희생시켜서라도 천하를 위해 일을 도모하지 않을 수 없어. 이해해주게! 그 대신…… 아사히 대신 자네 배필이 될 사람을 생각해두었어. 자네도 귀여워하고 있는 아사이 나가마사의 딸 챠챠히메일세. 승낙해주게. 이렇게 부탁하네."

휴가는 여전히 꼼짝도 하지 않았다.

5

"모르겠나, 히데마사?"

히데요시는 온몸을 떨면서 다시 그의 어깨를 탁 쳤다.

"아니, 무리가 아니야. 자네라면 아사히를 행복하게 해줄 사나이라 믿고 내가 맺어주었는데 다시 돌려달라고 했으니까. 고마웠어. 자네는 진심으로 아사히를 사랑해주었어…… 그것을 알고 여간 기쁘지 않았네…… 이해해주게! 지금은 나도 가슴이 찢어질 듯이 괴롭기만 해. 자, 아사히를 돌려주고 그 대신 젊은 챠챠히메를…… 그럴 생각으로 챠챠히메를 일단 우라쿠사이에게 맡겼다가, 거기서 자네에게 출가시키도록 이미 준비시켜놓았네."

어느 틈에 휴가의 무릎에 떨어지는 눈물 방울의 수가 적어졌다. 아무것도 생각할 힘이 없는 것 같았다. 그러나 차츰 히데요시가 한 말의 뜻이 피부에서 살 속으로 스며들었다.

'이 사람은 거짓말을 할 사람이 아니다……'

히데요시는 남달리 인정이 깊었다. 처음에는 분명히 친형제를 끔찍이 생각한 착한 마음씨의 소유자였다. 언제부터인지 모르게 이처럼 엄하고 강해진 것은 천하를 손에 넣으려는 큰마음 때문인 듯.

"물론 괴로울 것이야. 그러나 아사이의 딸을 데려오면 세상에 대한 자네의 체면도 서게 돼…… 챠챠히메는 똑똑한 여자일세. 오래지 않아 반드시 자네의 쓸쓸한 마음을 달래줄 수 있게 될 게야."

"성주님…… 챠챠히메에 대한 이야기는 거두어주십시오."

"오, 지금 그 말을 듣기가 거북하다면 나중에라도 좋아!"

"천하를…… 천하를 손에 넣는다는 것은…… 고통스런 일이군요."

"그래. 그렇게 생각해주겠나?"

"그렇게 생각지 않는다면…… 이 무리한 일을 받아들일 수 없지 않겠습니까?"

"승낙해주겠나, 히데마사?"

"예…… 예! 받아들일 것이니 다시 한 번, 이것은…… 이것은 나이다이진인 히데요시의 엄……엄……엄명이라고 말씀해주십시오."

"오오……"

히데요시는 다시 한 번 기성을 지르고 하늘을 쳐다보았다.

"말하겠네, 히데마사."

"예……"

"나이다이진인 히데요시의 엄명이다. 아사히를 돌려보내라!"

"예."

휴가는 쓰러지듯 엎드린 채 더 이상 아무 말도 하지 못했다.

밖에는 아직 해가 높다랗게 떠 있었다. 그리고 봄날의 조수가 가득 밀려오는 강가에서 뱃사람들이 장단을 맞추어 배를 끌어올리는 소리가 희미하게 들려왔다……

"그럼……"

휴가가 고개를 든 것은 4반각(30분)이나 지나서였다.

"지금부터 집에 돌아가 아사히를 내전의 장모님께 보내겠습니다마는, 선뜻 말을 듣지 않을 것 같습니다. 그러니 아무래도 밤이 되어야 도착하게 될지…… 아마 그럴 것 같습니다."

"오, 그래! 알고 있네."

"그럼, 안녕히 계십시오."

"히데마사, 성급한 생각을 하면 안 돼."

"물론입니다. 사지 휴가노카미 히데마사는 이래봬도 천하인인 성주님에게 발탁된 무사입니다."

조용히 일어나 하카마袴°의 주름을 바로잡고 옆방으로 물러갔다.

6

휴가의 집은 성의 뒷문 가까운 성곽 안에 있었다.

미노의 6만 석. 그 절반은 아사히히메가 출가할 때 가져온 일종의 지참금이라고 세상에서는 수군거리고 있었다. 개중에는 지참금이 아니라 그녀를 돌봐주는 삯……이라고 말하는 자도 있었으나 휴가는 별로 개의치 않았다.

아사히히메는 결코 사나운 말 같은 거센 성격이 아니었다. 어디까지나 휴가에게 어울리는 내조형의 아내였다.

조금 전까지만 해도 아사이 나가마사의 딸들 혼처가 갑자기 정해진 것을 가엾게 여겼던 자기 자신이 아니었던가—— 휴가는 히데요시의 거실에서 나오면서부터 큰 소리로 자신을 비웃고 싶어 견딜 수 없었다.

겨우 울분을 폭발시키지 않고 자기 집까지 올 수 있었던 것은 나이 탓이었을까. 아니, 그것은 역시 히데요시가 천진하게 드러내 보인 어린아이 같은 우는 얼굴 때문이었다.

'히데요시 자체가 나쁜 것은 아니다……'

어느 누가 그 자리에 앉아도 반드시 부딪치게 될 권력 그 자체가 가진 죄업……

히데요시의 말에는 휴가로서는 생각지도 못했던 부분이 있었다. 다름 아니라 챠챠히메를 아사히 대신 자기에게 줄 생각이라는 말이었다.

그런 일을 용납할 수 있는 휴가가 아니었다.

'그렇게 되면 히데요시의 죄업은 이중으로 쌓인다……'

열아홉 살의 챠챠히메를 어떻게 마흔다섯인 내가 아내로 삼을 수 있다는 말인가. 만일 그런 일을 한다면 히데요시의 악명은 후세에 이르기까지 씻을 수 없게 될 터.

'그 사람은 악인이 아니다……'

현관으로 마중 나온 하인을 가볍게 물리치고 휴가는 곧바로 아사히히메의 거실로 향했다.

"잠자코 있게. 갑자기 들어가 놀라게 해주려는 것이니까."

휴가는 안을 향해 그의 귀가를 알리려는 하인을 제지하고 저도 모르게 눈물을 닦았다. 20여 년이나 함께 살아온 아내에 대한 마지막 장난이 될 것이었다……

"지금 돌아왔소."

알리는 소리와 함께 장지문을 열었다.

"아!"

아사히히메는 당황해하며 옆에 있는 화로를 옷소매로 덮었다.

거실에서 구수한 냄새가 풍겨, 시녀와 둘이서 떡을 굽고 있었다는 것을 알 수 있었다.

"원, 또 떡을 굽고 있었군."

얼굴을 찌푸리고 가볍게 말했다.

아사히히메는 정말로 성난 얼굴로 쏘아붙이듯 말했다.

"왜 알리지 않았어요? 돌아오실 때가 되어 떡을 굽고 있었어요."

"그것 고맙군. 그래, 구워졌나?"

휴가는 칼을 건네고 자리에 앉았다.

"그러시면 안 됩니다."

자리에 앉는 휴가를 아사히히메가 다시 노려보며 말했다.

"당신이 늘 예절을 지키지 않아 제가 조롱받고 있어요. 출신이 나쁘다는 말을 들어도 저는 몰라요."

나이는 마흔이 지났으나 자식이 없는 탓으로 아사히히메의 피부는 아직 젊었다. 이러한 그녀의 흘기는 눈이 휴가는 더할 나위 없이 애절하게 느껴졌다.

7

'크게 의지하고 있다, 나를……'

아니, 의지하고 있는 것은 오빠 히데요시, 히데요시의 어머니(오만도코로)와 마님(네네)인지도 모른다.

'그렇다…… 어리광을 부리고 있다.'

자식을 갖지 못한 아사히가 마음껏 어리광을 부릴 수 있는 사람, 이 세상에 그런 사람은 오직 휴가 자신뿐이었다……

"아사히."

"어머, 아직 안 돼요. 한두 개 더 구운 다음에……"

작은 접시에 떡을 담아 내놓는 그녀의 손을 누르면서 말했다.

"할 이야기가 있소, 중요한 이야기가."

휴가는 단단히 마음을 먹고 시녀 코하루小春를 바라보았다.

"잠시 물러가 있거라."

턱으로 지시했다.

"어머, 무서운 얼굴을 하고 왜 그러세요? 코하루, 괜찮으니 그대로 있어. 아직 콩고물도 묻히지 않았는데."

"안 돼. 중요한 이야기가 있다고 하지 않았소."

"중요한 이야기라면 나중에 천천히 듣겠어요. 모처럼 떡이 잘 구워지고 있는 중인데……"

"아사히……"

"왜 그러세요? 그런 심각한 얼굴을 하고……"

말하다 말고 아사히는 무언가 섬뜩한 느낌이 든 모양이었다.

"중요한 이야기…… 듣지 않아도 알 것 같아요. 당신은……"

그러면서 이번에는 아사히가 먼저 휴가의 손목을 잡았다.

"코하루, 잠깐 나가 있거라. 곧 다시 부를 테니."

"예. 그럼, 잠시……"

코하루가 물러갔다.

"오빠가 소실을 두라고 했겠지요?"

"뭐……뭐라구! 성주님이 소실을?"

"그래요! 틀림없어요. 지난번 어머니를 찾아갔을 때 언뜻 그런 말을 내비쳤어요. 너는 자식을 낳지 못했으니 만일 소실을 둔다고 해도 질투하지 말라고……"

"장모님이 그런 말씀을?"

"예……"

아사히는 대답하고 다시 녹아들 듯이 눈을 가늘게 떴다. 주로 잠자리에서 남편에게만 보이던 아내의 웃는 얼굴이었다.

'굳게 믿고 있구나……'

휴가는 그만 가슴이 메어 얼른 상대의 손을 뿌리쳤다.

"어머……"

아사히는 깜짝 놀라며 눈을 흘겼다.

"지금 농담을 하고 있을 때가 아니오!"

휴가는 감정을 억눌렀다.

"그대는 내가 이혼하겠다……고 하면 어떻게 하겠소?"

"예? 이혼…… 호호호……"

"뭐가 우습단 말이오. 농담이 아니라고 한 말을 듣지 못했소?"

어느 틈에 장지문에는 그늘이 지고, 화로 위에서 떡이 검게 타고 있었다. 사지 휴가노카미는 타고 있는 떡을 난폭하게 접시에 담고는 자세를 바로 했다.

"아사히, 그대와 이혼하지 않으면 이 휴가는 무사로서의 체면을 지키지 못할 일이 생겼소. 그러므로 이혼할 것이오. 벼루와 종이를."

아사히는 갑자기 무릎 위에 얹은 휴가노카미의 손을 탁 쳤다.

"어림도 없는 소리! 가만히 있을 수 없어요!"

8

"성안에서 무슨 일이 있었는지는 모르지만, 아무리 부부 사이라도 할말이 있고 못할 말이 있는 거예요. 남자라면 남자답게, 이런저런 일로 참을 수 없다…… 달리 생각할 수 없겠느냐고 왜 말하지 못해요?"

아사히의 힐문에 휴가노카미는 더욱 자세가 굳어졌다.

히데요시 앞에서 충분히 생각하고 온 말이었다. 그러나 그가 말한 대로 아사히가 순순히 받아들일 리 없었다……

"당신은 지난번에 오빠가 한 일을 원망하고 있지요?"

"성주님이 한 일이라니…… 무얼 말하는 거요?"

"아사이의 타츠히메 님과 일족인 사지 요쿠로와의 일 말이에요. 요쿠로에게 타츠히메를 주겠다고 하고도 히데카츠에게 주기로 했다…… 그 일에 대해서는 이 아사히도 미요시三好의 언니도 오빠가 잘못했다는 것을 알고 있으니, 어머니에게 중재를 구해도 될 거예요. 그 일이겠지요, 체면이 서지 않는다는 것은……"

휴가노카미는 세게 고개를 내저으며 그 말을 중단시켰다.

"그 일이 아니오!"

"그럼, 무엇인가요? 그만 애를 태우세요."

"아사히!"

"싫어요. 이젠 그런 말은 듣고 싶지도 않아요."

"이봐, 아사히……"

"아니, 당신은……"

아사히는 이때 비로소 남편이 울고 있다는 것을 깨달았다. 결코 강하다고는 할 수 없는 남편, 그렇다고 여자 앞에서 눈물을 보이는 휴가도 아니었다.

아사히는 숨을 죽였다.

"말해보세요……! 무……무슨 일이 있었어요?"

소리를 낮추고 다시 가만히 남편의 손목을 잡았다.

휴가는 갑자기 어린아이처럼 어깨를 들먹이며 울기 시작했다.

해가 졌는지 어느새 방안은 어두워져 있었다. 서로의 표정도 잘 보이지 않을 정도로 어두운 가운데 화로의 불만이 빨갛게 살아 있었다.

"아사히, 이유는 묻지 말아요. 이 사지 휴가노카미는 그대와 이혼하지 않으면 무사로서의 체면이 서지 않게 되고 말았소."

"그렇다면…… 내가 히데요시의 여동생이기 때문인가요?"

"아, 그렇소. 그대가 성주님의 여동생이기 때문에……"

"……"

"남자에게는 남자로서의 어쩔 수 없는 의리가 있다고 생각해주시오. 그대가 싫기 때문은 아니오! 내 마음은 그대도 잘 알고 있을 것이오."

"그렇다면 내가 어머니에게 여쭈어 오빠와의 인연을 끊으면……"

아사히는 아직 이혼은 생각지도 않고, 어떻게 하면 헤어지지 않을 수 있을까 그것만 생각하고 있었다.

"어머니에게는 내가 눈에 넣어도 아프지 않을 막내딸이에요. 오빠는 어머니를 끔찍이 생각하고 있어요…… 어머니가 말한다면 틀림없이 오빠도 말을 들을 거예요. 내일까지 기다릴 것도 없이 지금 당장 성으로 가서 부탁할 테니 그 이유를 설명해주세요."

이렇게 말하면서 매달려오는 아사히를 휴가는 거칠게 뿌리쳤다. 그렇게 하지 않고는 일이 끝날 것 같지 않다는 생각이었다.

"잠자코 있어요! 그대는 나이다이진 히데요시의 여동생, 지나친 일을 해서 일가 일족의 이름을 더럽혀서는 안 돼!"

9

"그대 생각은 처음부터 잘못되었어. 잘못 추측하고 있어!"

휴가는 내친걸음에 계속 말했다.

"내가 성주님하고 말다툼이라도 한 줄 아오?"

"그럼…… 그렇지 않다는 말인가요?"

"물론이오! 어찌 이 휴가가 성주님과 감히 다툴 수 있겠소? 성주님은 나의, 아니 난세에 진절머리가 난 모든 일본 사람들의 빛이오. 그래서 나도 자신을 버리고 모셨던 것이오. 알겠소…… 그 충성을 관철시키기 위한 이혼이라 생각하시오!"

"아니, 오빠에 대한 충성 때문에……"

"알았으면 더 이상 말하지 마시오. 내 입으로는 말할 수 없는 일이오. 어쨌든 이혼할 수밖에 없소. 이혼하겠소. 오늘 밤 안으로, 아니 당장 성으로 돌아가시오. 그러면 누군가가 이유를 말해줄 것이오."

"누군가가 이유를……"

아사히히메는 갑자기 벌떡 일어났다. 그 모습에는 오빠처럼 예리하거나 깊은 연륜은 없었다. 하지만 그 눈빛은 우둔한 것과는 거리가 먼 번뜩이는 아름다움이 있었다.

"그래요, 이유를 알아보기 위해 성으로 가겠어요. 그때까지 이혼 따위는 절대로 승낙하지 않겠어요……"

"이봐, 기다려."

바람을 일으키며 재빠르게 거실을 나서는 아사히에게 이끌려 사지 휴가노카미는 당황한 채 급하게 복도로 향했다. 그러나 입구에서 생각을 바꾼 듯 뒤쫓지는 않았다. 아내에게는 이미 그 이상은 어떤 말도 할 수 없었다.

20여 년의 세월은 두 사람 사이를 혈육 이상으로 굵은 밧줄로 묶어놓았다. 손발도 눈과 마음도 하나가 되게 만들었다. 아마 아사히도 더 이상 남편의 입에서는 설명을 들을 수 없다는 것을 직감하고 일어났을 것이다.

휴가는 거실로 돌아와 망연히 앉아 있었다.

'어쩔 수가 없다……'

이런 생각을 하는데 다시 눈물이 쏟아졌다.

무언가 그동안에 할 일이 있을 듯했으나 힘이 빠져 아무것도 할 수 없었다.

"불을 가져왔습니다……"

시녀 코하루가 등불을 가져왔다. 아사히가 바람처럼 집을 나가면서도 역시 시녀에게 일렀던 모양이다.

"저녁상을 가져올까요?"

"아니다, 먹고 싶지 않아."

대답하고는 물었다.

"마님은?"

"예. 마님께서는 곧 돌아오시겠다고, 먼저 진지를 갖다드리라고 하셨습니다."

"어이가 없군…… 저녁상을 가져가라고 했다는 말이지?"

"예, 곧 돌아오시겠다면서……"

"돌아올 수 있을 리가 없지, 곧바로는……"

여기까지 말하고 등불에서 얼굴을 돌렸다.

"벼루와 종이를."

"예."

"가져왔으면 물러가 있도록. 용무가 생기면 손뼉을 칠 것이니 그때까지는 들어오지 마라."

"예, 알겠습니다."

벼루와 종이를 놓고 코하루는 조용히 물러갔다.

"기이한 인연이었어. 그렇지, 아사히……?"

휴가는 한마디 중얼거린 뒤 말없이 먹을 갈았다. 지금쯤 일본 제일의 오사카 성에서는 성주의 마음씨 착한 여동생이 눈물을 흘리면서 오빠와 어머니를 설득하고 있을 터. 그 모습을 싸늘하게 떠올리면서……

10

사지 휴가노카미는 이혼장을 쓰기 시작하면서부터 왠지 인생이란 것이 우습게만 생각되었다. 가혹하기만 한 현실의 모든 일이 전부 거짓인 것처럼 여겨졌다.

'이 종이 한 장으로 이십여 년에 걸친 화목한 생활이 사라지다니!'

인간이란 얼마나 얼빠지고 묘한 계율로 스스로를 얽어매는 것일까.

아사히히메를 아내로 삼는 것으로 이에야스가 오사카 성에 올 면목이 선다는 자체가 우스운 일이었고, 이를 당연하게 받아들이는 다이묘들의 사고방식 또한 아주 기묘한 것이었다.

이런 괴이한 행위를 거듭 쌓아올리는 가운데 차차 질서 비슷한 것이 싹튼다는 사실 또한 부인할 수 없었다.

'어쨌든 이것으로 내 평생의 일은 끝났다……'

더 이상 살아남아 아사히히메의 마음을 어지럽게 할 생각도 없었다. 히데요시의 동정을 받는다는 것은 더더욱 참을 수 없는 일이었다.

이에야스로서도 휴가가 살아 있으면 물론 거북할 터. 여러 다이묘들 또한 아내 한 사람을 얻었다 빼앗겼다 하는 남편을 훗날 웃음거리로 삼을 것이 분명하다.

그러나 오직 하나…… 휴가가 지금 믿을 수 있는 것은 아사히가 자기를 미친 듯이 사랑하고 있다는 거짓 없는 그 사실이었다.

'이것으로 됐다. 이것을 선물로 삼아 흙으로 돌아가자.'

이혼장을 다 쓰고 난 휴가는 일어서서 그것을 선반 위에 올려놓았다.

"아사히, 이건 내 진심이 아니오……"

작은 목소리로 중얼거렸다.

"그러나 우리의 아픔도 앞으로 세상의 평화를 위해서는 도움이 될 것이오. 참아주시오."

문득 노 젓는 소리가 성안에서보다 더 가까이 들려왔다. 누구를 살리기 위해 애써 일하는 소리가……

휴가는 고개를 끄덕이며 노 젓는 소리를 확인하듯 귀를 기울이고 나서 거실 가운데의 다다미 두 장을 쳐들어 뒤집어 깔았다. 남으로부터 아사히히메의 지참금 덕분에 살아왔다는 비웃음을 듣던 사나이, 그러나 마지막만은 깨끗이 장식하고 싶었다. 자신의 고집……이라기보다 역시 아사히의 애정에 대한 답인지도 몰랐다. 이미 마음은 평온했다.

사방침을 뒤에 놓고, 히데요시에게 받은 카네미츠兼光를 칼집에서 뽑는데 저절로 미소가 떠올랐다. 격식대로 가슴을 열고 하복부를 세 번 문질렀다. 문득 아사히가 구운 떡을 마지막으로 한 입 베어 먹을까 하는 생각이 떠오르면서 도리어 그것이 웃음을 유발했다.

왼쪽 아랫배를 푹 찌르자 온몸에 통증이 번졌다. 피 묻은 칼을 그대로 빼어 목 오른쪽 동맥에 갖다대었다. 칼날의 싸늘한 감촉을 느낄 수 있었고, 아사히의 얼굴이 눈앞에 크게 떠올랐다.

"알겠소? 그 이혼장은 진심이 아니오……"

이것이 마지막 중얼거림이었다. 사지 휴가노카미 히데마사는 칼날을 향해 밀어붙이듯 몸을 덮어씌웠다.

그 자신도 분사憤死인 줄 깨닫지 못하는 애처로운 분사였다.

11

히데요시는 어머니 오만도코로大政所* 앞에서 씁쓸한 표정을 짓고 있었다.

"인정을 모르는 사람이로구나."

칠십이 넘은 노모에게 이런 말을 듣는 것이 히데요시는 여간 괴롭지 않았다. 어머니는 히데요시의 아픈 데를 날카롭게 찌르면서도 조금도 그 사실을 깨닫지 못하고 있었다.

"출세만이 인간의 전부는 아닐 것이야. 신불神佛도 가난한 자의 등燈 하나가 더 소중하다고 가르쳤어. 비록 가난하다고 해도 부모형제가 화목하게 지내는 데 인간의 행복이 있는 게야."

"어머님, 잘 알겠습니다. 잘 알았으니, 그만 말씀을 거두십시오."

"이런 큰 성에 들어와, 이처럼 많은 부하들을 거느리고 있는데 또 무엇이 부족하다는 게냐. 천벌이라는 것이 있게 마련이야."

"어머님, 그렇지 않습니다. 저는 이런 큰 성에 들어왔기 때문에 그 은혜에 보답하기 위해 괴로워하고 있습니다."

"은혜에 보답하는 일이 되지 못해. 어째서 아사히와 그토록 화목하게 지내는 휴가노카미까지 죽게 만들고…… 앞서 미츠히데도 고마움을 잊어버리고 우다이진 님에게 그런 짓을 하다가 신세를 망쳤어. 고마움을 모르는 자에게는 반드시 천벌이 내리게 마련이야."

히데요시는 머리를 벅벅 긁고 어머니 앞에 합장했다. 어머니 말에 아주 깊은 의미가 담겨 있는 것처럼 생각되었다……

공동주택에는 공동주택에 사는 괴로움이 있는 대신 즐거움도 있었다. 히데요시는 이와 똑같은 괴로움과 즐거움이 오사카 성에도 있다는 것을 어머니에게 알리려 했다. 그러나 그의 말이 어머니에게 통할 리 없었다.

결국 인간이란 어떤 계급에 속하건 조물주의 뜻을 어길 수는 없는 것이었다. 인간들 모두는 만들어진 조화造花, 만들어진 인형이었다. 사지 휴가노카미와 아사히히메도, 히데요시와 이에야스까지도……

"어머님, 제발 가만히 계십시오. 저는 휴가노카미에게 죽으라고 하지는 않았습니다. 좀더 많은 사람의 목숨을 구하기 위해 참아달라고 했을 뿐입니다."

"그런 무리한 말을 듣고 휴가가 자결하지 않을 사람이라고 생각했다는 말인가? 그렇다면 네 눈도 대단한 것이 되지 못해."

"이렇게 사죄 드립니다! 어머님이 아사히 편을 드시면 이번에는 아사히가 자결합니다. 이 점을 생각하시고 그만 참아주십시오."

"으음, 아사히가……"

그제야 겨우 오만도코로는 입을 다물었다.

히데요시는 오만도코로와 아내 네네寧寧•에게 어쨌든 아사히히메를 잘 감시해달라는 부탁을 하고 자기 거실로 돌아왔다. 휴가의 할복 사실이 성안에 전해진 직후의 일이었다.

히데요시는 자기 거실로 돌아와 기다리고 있는 오다 우라쿠사이에게 화가 난 표정으로 말했다.

"사지 휴가가 나보다 더 가엾다고는 생각지 말게. 나도 여간 고통스럽지 않아. 모두가 눈에 보이지 않는 것에 조종되어 나를 꾸짖고 있어. 이렇게 되면 이 히데요시도 히데요시 나름대로 춤을 출 수밖에 없어. 이에야스에게 보낼 혼담의 사자로는 누가 좋을까? 아, 그리고 챠챠히메는 이제 누구에게도 주지 않겠어. 히데요시는 악인일세. 어머니까지도 그런 말씀을 하셨어…… 챠챠히메는 내 곁에 두겠네."

측근들은 아무도 대답하지 않았다. 아직 히데요시가 한 말의 의미가 잘 통하지 않았기 때문인지도 몰랐다.

저항

1

3월 25일, 이시카와 카즈마사에게 히데요시가 사자를 보내, 아사히 히메의 혼사에 대한 히데요시 쪽의 준비가 끝났다고 알려왔다. 히데요시가 10만 대군을 거느리고 키슈 정벌에 나선 나흘 후의 일이었다.

히데요시는 이미 21일에 키시와다 성岸和田城에 들어가 즉시 동생 하시바 츄나곤 히데나가羽柴中納言秀長와 조카 미요시 츄나곤 히데츠구三好中納言秀次에게 네고로 사根來寺 일당이 웅거해 있는 센고쿠호리千石堀를 공격케 했다. 호소카와 타다오키와 가모 우지사토에게는 세키젠 사積善寺를, 그리고 타카야마高山와 나카가와中川 및 츠츠이 연합군에게는 직접 본거지인 네고로 사를 습격하게 했다.

그러니까 23일 네고로 사가 불타고, 24일 코카와데라粉河寺가 소실된 그 다음날이었다.

카즈마사에게는 이미 노부오로부터 첫 전투에 승리했다는 연락이 있었다. 그래서 카즈마사가 직접 하마마츠에 가서 이에야스의 지시를 받으려던 참이었다.

이번 키슈 공격에는 이에야스의 친아들 오기마루도 첫 출전을 시키겠다고 히데요시가 말했다. 그런 만큼 전투가 절정에 달할 무렵에는 카즈마사도 약간의 군사를 거느리고 오기마루를 따라 출전하지 않으면 의리가 서지 않는다.

이런 상황에 히데요시는 오기마루의 출전에 대해서는 아무 언급도 없이, 아사히히메 쪽에서는 준비가 되어 있는데 이에야스 쪽은 어떻게 되었느냐고 마치 자기 가신을 대하듯이 밀사를 보내 타진해왔다.

카즈마사는 웃으면서 사자를 돌려보내고 곧 하마마츠로 말을 달렸다. 히데요시는 아마도 아사히히메와의 혼인을 키슈에서 개선하는 즉시 실현시킬 생각인 듯했다.

카즈마사는 그 이후 아사히히메에 대한 말을 이에야스에게 하지 않고 있었다. 섣불리 말을 꺼냈다가 불쾌감만 증폭시키면 도리어 일이 복잡해질 것이었기 때문이다. 그보다는 히데요시로부터 강력한 독촉이 있을 때 비로소 솔직하게 털어놓을 생각이었다.

"데려다놓되 오사카에 안 가시면 되지 않습니까."

이렇게 말할 생각이었다.

'일이 좀 어렵게 되지 않았을까?'

혼인과 오기마루의 첫 출전 — 그러니까 히데요시의 진중 위문과 일이 겹쳤다. 그렇다면 이에야스에게 더 숨겨둘 수만은 없었다.

'별일은 없을 것이다. 주군도 히데요시와 싸울 생각은 없으실 테니.'

도중에 약간 불안하다는 마음은 들었다. 그러나 끝내는 동의할 것이라 여겼기 때문에 별로 무거운 짐으로는 생각지 않았다.

여기저기 환하게 피어 있던 벚꽃은 이미 지고, 세상은 부드러운 녹음으로 뒤덮여 있었다.

'사쿠자에몬이 어느 정도 이야기를 해놓았으면 좋으련만, 아마도 그 사나이는 하지 않았을 거야……'

이런 기분으로 하마마츠 성에 들어갔다. 그런데 여기서도 새로 무장한 사람들이 어디론가 떠나기 위해 집합명령을 받고 있었다.

"아니, 어디로 가려는가?"

"예, 주군이 코슈를 시찰하러 가시게 되어……"

"뭣이, 주군이……? 그것은 안 돼. 키슈에서 전투가 벌어지고 있는데 일부러 성을 비우시려 하다니."

고개를 갸웃하고 얼른 이에야스 앞으로 갔다. 이미 진바오리로 갈아입은 이에야스가 나그네 차림의 낯선 승려와 무언가 열심히 이야기를 나누고 있었다.

카즈마사는 왠지 모르게 가슴이 섬뜩했다.

'혹시 네고로 사에서 피신해온 자가 아닐까?'

순간 이런 생각이 마음에 와닿았다……

2

"오, 카즈마사, 마침 잘 왔네. 나는 급히 코슈와 시나노信濃 가도를 돌아보고 와야겠어."

이에야스는 아무 거리낌 없이 말했다. 그러나 카즈마사는 섣불리 대답할 수 없는 느낌이었다.

히데요시가 공격하고 있는 바로 그 적을 감싸는 것은 때가 때인 만큼 온당한 일이 아니었다. 만일 이 때문에 오기마루의 신상에 해가 미친다면 그야말로 큰일이었다.

"주군께 긴히 드릴 말씀이 있습니다마는."

"그래? 좋아, 그러나 내가 먼저 말하겠네. 실은 말일세, 여기 있는 사람은 네고로 사에서 온 사람일세."

카즈마사는 고개도 끄덕이지 않고 가만히 있었다.

"전에 우리편을 들었던 탓으로 히데요시에게 공격당하고 있어. 그냥 내버려두면 인정에 어긋나는 일, 목숨을 잃지 않고 전쟁터에서 벗어난 자들은 내가 거두어 안심하고 하마마츠에 머무를 수 있게 하겠다…… 고 말하고 있던 중일세. 자네도 그렇게 알고 있게."

이에야스가 이렇게 설명했을 때였다. 서른두세 살쯤 되어 보이는 승려는 카즈마사에게도 공손히 머리를 숙인 뒤 혼자 마사노부를 따라 물러갔다.

"주군! 갑자기 코슈에 가시려는 이유가 무엇입니까?"

"그러면 히데요시는 내가 없는 틈을 노릴 것일세."

이에야스는 태연한 표정으로 말했다.

"히데요시가 키슈를 공격한다고 하지만, 그동안 아무 짓도 하지 않을 사람이라고 생각하나? 반드시 우리의 가장 허술한 방어선에서 소란을 피울 것일세. 코슈와 시나노를 돌아보고 수비를 강화한 뒤 히데요시가 오사카로 개선할 때까지는 나도 하마마츠로 돌아올 생각일세."

"아, 그러시면 납득이 됩니다. 그러나 네고로 사 무리는……"

"카즈마사!"

"예."

"나는 히데요시와는 충돌을 피하겠어. 하지만 굴복은 하지 않아. 히데요시의 적이라고 해서 내가 가엾게 여겨서는 안 된다는 법은 없는 것일세. 지금 네고로 무리들의 말을 들어보니 이번에는 쵸소카베도 별로 힘이 되지 않는다는 거야…… 노부오는 이미 그 모양이 되었고. 그러니 일본에서는 나에게밖에 도움을 청할 자가 없을 것일세. 히데요시 따위에게 어찌 구애될 필요가 있겠나?"

이에야스는 잠시 짓궂은 미소를 떠올렸다.

"히데요시란 인간에게는 지나치다고 생각될 만큼 저항해 보이는 것이 좋아."

카즈마사는 또다시 가슴이 섬뜩했다.

'이거 정말 난처하게 되었구나! 아사히히메에 대한 말을 꺼낼 수 없게 됐어……'

그렇다고 이 기회를 놓치면 점점 더 일이 어려워질 것 같았다.

"주군, 실은 오늘 제가 온 것은 두 가지 지시를 받기 위해서입니다."

"으음, 그 하나는 오기마루를 진중 위문을 겸해 처음 출전시키는 일이겠지?"

"그렇습니다."

"그러면, 또 하나는?"

"언젠가 말씀 드린 혼사에 관한 일입니다."

"뭐, 혼사라니…… 누구와 누구의 혼사 말인가?"

"히데요시의 여동생 아사히히메와 주군의 혼사입니다."

"카즈마사."

"예."

"그런 이야기는 아직 일러. 좌우간 이번에는 오사카에 가서 오기마루를 데리고 진중의 의리만 보이고 돌아오게."

이에야스는 전혀 대수롭지 않다는 투로—

"용건은 그것뿐인가?"

툭 던지듯 한마디하며 일어서려고 했다……

3

카즈마사는 이때처럼 당황한 적도 없었다. 이미 그는 사쿠자에몬과의 밀담을 통해 이에야스도 승낙했다고 회답해주었다. 확실히 이 일은 경솔했고, 지나친 음모였던 모양이다. 그러나 이에야스가 이처럼 히데요시의 실력을 가볍게 생각하고 있을 줄은 몰랐다.

"주군!"

카즈마사는 당황하여 이에야스를 붙들었다.

"저쪽에서는 이미 누구를 정사正使로 삼아 이 혼담을 정식으로 제의할 것인가 그 준비를 하고 있는 모양입니다."

"그쪽에서는 준비를 하더라도 대답은 이쪽에서 할 일일세. 나에게도 생각이 있네. 그대로 내버려두게."

"혹시 이것이 전쟁의 도화선이라도 된다면……"

"그렇지 않아."

이에야스는 한마디로 부인했다.

"내 계산에 따르면 그것은 키슈 정벌이 끝나고 시코쿠 문제가 정리된 후의 일이야. 그때까지는 히데요시도 나를 공격할 여력이 없어. 어쨌거나 말일세, 큐슈 공격으로 접어들 무렵…… 그때까지 나는 히데요시란 인간에게 되도록 골탕을 먹일 생각일세."

"……"

"알겠나? 그럼, 나도 떠날 것이니 자네도 얼른 오카자키로 돌아가 오기마루의 일을 잘 도모하도록 하게. 자네가 없는 동안 오카자키는 사쿠자에몬에게 맡기겠네."

"저어……"

입을 떼었으나 이미 카즈마사에게는 이에야스를 만류할 만한 말이 준비되어 있지 않았다.

'잘못 판단했다!'

단호한 이에야스의 말을 듣고 보니 그의 정세 판단에는 전혀 빈틈이 없었다. 오히려 자기 쪽이 어느 틈에 히데요시에 대한 공포의 소용돌이에 말려든 것만 같았다……

그러나저러나 이에야스의 방침이 히데요시에 대한 저항, 히데요시를 골탕 먹이기로 확실하게 정해져 있다니 이 얼마나 기묘한 일인가.

지난번에 사쿠자에몬도 말했듯이, 그렇게 하는 것이 현재로서는 이에야스의 입장을 더욱 유리하게 만든다는 점은 히데요시의 성격으로 미루어 생각할 수 있는 일이었다.

카즈마사는 망연한 심정으로 이에야스의 뒤를 따랐다. 이미 그의 태도는 이에야스의 행렬을 전송하는 것에 지나지 않았다.

'정말로 난처하게 되었다……'

이러한 생각은 어디까지나 이시카와 카즈마사 개인의 입장, 이에야스와는 아무 상관도 없는 것 같았다. 아니, 그뿐이 아니었다. 냉정하게 생각해보면, 이번 아사히히메의 문제에 대해서는 거절하면 할수록 오히려 이에야스의 입장은 유리해졌다. 그 반대로 히데요시는 근거도 없는 소문의 집중공격을 받게 될 것이다. 강제로 아사히히메를 이혼시키고 그 남편이었던 사지 휴가노카미를 할복하게 만들었다는 것은 이미 모든 사람들이 다 알고 있었다.

히데요시는 어째서 그렇게 하면서까지 이에야스와 인연을 맺으려 하는 것일까?

또 이에야스는 그런 히데요시의 제안을 어떻게 한마디로 거절할 수 있는 것일까……?

그런 의문을 갖게 된다면 히데요시에게는 더욱 불리했다.

그 잘못된 계산을 획책한 것이 다름 아닌 이시카와 카즈마사……라고 한다면, 카즈마사 자신은 히데요시의 가신으로서 히데요시를 위해 큰 실책을 저질렀다는 묘한 착각마저 들었다……

카즈마사는 서둘러 하마마츠를 떠나 오카자키로 돌아가는 말 위에서, 몇 번이나 자기 자신에게 말했다.

"이시카와 카즈마사는 도쿠가와의 가신이다. 그런 내가 히데요시에게 불리한 일을 도모했으므로 이것은 하나의 큰 공로……"

그러나 아무리 스스로에게 그렇게 중얼거려도 카즈마사 자신의 낭패감은 쉽게 사라지지 않았다.

4

카즈마사는 오카자키에 도착하자 즉시 500명 정도의 군사를 거느리고 오사카를 향해 떠났다.

오사카에서 다시 오기마루를 동반하고 키슈의 진지에 있는 히데요시에게 갔다.

히데요시를 만나 진중 위문을 한 것은 신록이 우거지고 동풍에 섞여 두견새 소리가 들려오는 4월 18일. 장소는 사이가의 임시막사였다.

히데요시는 카즈마사를 보자 눈을 가늘게 뜨고 웃었다.

"오오, 그대가 다시 와주었군. 정말 잘되었네. 그대에게 할 이야기가 많아."

마침 막사에 들어와 있던 오다 노부오가 물러간 뒤 히데요시는 그가 자랑하는 투구를 근시에게 건네고 가슴을 젖혀 땀을 닦게 했다.

"카즈마사, 이제는 대강 키슈의 일이 정리되었기 때문에 사오 일 후에는 오사카로 돌아갈 생각일세. 오사카로 돌아가면 이번에는 시코쿠 공략인데……"

이렇게 말하면서 히데요시는 약간 엄한 표정을 띠었다.

"이번에 내가 미처 공격하지 못한 아이센인愛染院, 네고로 다이젠根來大膳, 에이후쿠인永福院, 이즈미보和泉坊 등 십여 명이 모두 하마마츠의 이에야스에게 피신해간 모양이더군."

"글쎄요, 그런 것은 전혀……"

"자네는 전혀 모르고 있다는 말인가? 길이 엇갈렸는지도 모르지."

"예. 지난달 이십오일에 이미 오카자키를 떠났기 때문에……"

"그리고 또 한 가지 재미없는 소식이 들리더군. 호쿠리쿠의 삿사 쿠라노스케 나리마사佐佐內藏助成政도 이에야스에게 도망쳤다는 소문이 있는데, 자네는 모르고 있나?"

"그런 이야기도 전혀……"

"그렇다면 좋아. 이에야스는 이미 자네가 이 히데요시의 편이 된 줄 알고 숨기고 있을 테지."

"설마, 그럴 리가……"

"아니란 말인가, 카즈마사? 하하하……"

히데요시는 즐거운 듯이 웃었다.

"이에야스는 결심을 한 거야."

"예? 무슨 말씀인지요?"

"지금은 히데요시를 난처하게 만들수록 이익이라 생각하고 그렇게 배짱을 부리기로 한 거야."

히데요시는 이 역시 아무것도 아니라는 듯 천연덕스럽게 말했다. 그러나 카즈마사는 숨이 멎는 것 같았다.

히데요시를 만났을 때 혼사 이야기를 꺼내면 무어라 대답할지에만 신경을 쓰고 있던 카즈마사에게 이 얼마나 뜻하지 않은 히데요시의 말인가……

"그래서 하는 말인데, 이런 상황이라면 당분간 아사히에 대한 일은 자네가 주선한다 해도 성사가 될 것 같지 않아."

"예……?"

카즈마사는 갑자기 머리 위에 벼락이 떨어진 것 같은 충격을 느끼고 목소리마저 굳어졌다.

"알겠나, 그 대신 시코쿠를 평정하고 돌아오면 그때는 도쿠가와 일족은 이 세상에서 사라질 거라 생각하게. 시기는 아마…… 칠월 중순쯤이 될 거야. 그렇다고 기습은 하지 않겠어. 이번에는 정식으로 오사카 성에 오라는 사자를 보내겠네. 그것이 마지막일세."

히데요시는 여전히 웃는 얼굴이었다.

"그러나 자네는 지금까지 많은 애를 썼으니 구제하겠어. 전쟁이 불가피해졌을 때는 도망오게. 빨리 오지 않으면 죽게 될 것일세. 이에야스란 자는 생각했던 것보다는 멍청이였어. 하하하……"

가볍게 말하고 시동이 가져온 보리차를 맛있게 마셨다.

"나이다이진 님!"

카즈마사는 넋을 잃은 채 히데요시를 불렀다.

5

드디어 카즈마사가 가장 두려워하던 때가 닥쳐왔다.

이에야스도 전혀 양보하지 않고, 히데요시 또한 이에야스의 계산을 빤히 꿰뚫고 있어, 도쿠가와 일족의 운명은 7월 중순까지……라고 웃으면서 말하고 있지 않은가.

"나이다이진 님!"

카즈마사는 다시 한 번 다급하게 불렀다. 그러면서 두 개의 거대한 바위 사이에 끼여 우지직 소리를 내며 부서져가는 자기 몸을 현실로 느끼고 있었다.

'도저히 내 능력으로는 감당할 수 있는 일이 아니었다……'

히데요시도 이에야스도 모두 카즈마사와는 질이 다른 광물이었다. 카즈마사가 주위의 압력으로 모양이 변하는 납이라면, 히데요시와 이에야스는 잘 단련된 남만철 같은 강도를 지니고 있었다.

그러한 사실을 뼈저리게 느끼면서도 잠자코 물러날 수 없는 자기 자신이 애처로웠다. 역시 '도쿠가와 쪽 사람' 이라는 의식이 그의 골수에 박혀 떨어지지 않은 증거였다.

"한 번 더 생각을 고쳐주십시오. 그렇게 되면 이 카즈마사가…… 너무 비참해집니다."

"뭐라고……?"

히데요시는 가볍게 웃었다.

"그것이 도대체 무슨 뜻인가? 싸움이 벌어지게 되면 그전에 자네를 구해주겠다고 하지 않았는가?"

"황송합니다마는, 이 카즈마사는 결코 저희 주군과 나이다이진 님 중간에 서서 일을 추진시킬 수 있는 사람이 되지 못합니다. 두 분에 비하면 저는 아주 작은 벌레 한 마리…… 그렇습니다, 한치밖에 안 되는 벌레입니다."

"묘한 소리를 하는군, 카즈마사……"

"하지만 그 벌레에게도 서 푼어치의 넋은 있습니다. 그 서 푼어치 넋을 가지고 두 분이 싸우시지 않도록 하겠다…… 두 분이 싸우시게 되면 천하를 위해 이롭지 못하다고 여겨 노력해왔습니다."

"카즈마사."

"예."

"그것을 알고 있어서 나는 아사히까지 이에야스에게 보내려 했어. 그런데도 이에야스는 도리어 그것을 나에 대한 방패로 삼았어. 이 히데요시를 세상의 웃음거리로 만들려고 했어. 나의 인내에도 한계가 있네. 그쪽에서 이렇게 나온다면 분개하지 않을 수 없어."

"바로 그 일입니다. 새삼스럽게 제가 말씀 드릴 것도 없이, 저의 주군 이에야스는 그런 일로는 전쟁이 일어나지 않는다……고 가볍게 여기신다는 것은 나이다이진 님도 아시리라 믿습니다."

"카즈마사…… 그런 이에야스의 마음을 알고 있어서 이번에는 용서할 수 없다고 결심한 것일세."

말하다 말고 히데요시는 고개를 들어 그때 막사에 들어오는 코쇼를 향해 무섭게 꾸짖었다.

"아직 이야기가 남았다. 아무도 들어오지 마라!"

"나이다이진 님……"

새싹을 어루만지며 불어오는 부드러운 봄바람을 거짓말처럼 느끼면서 카즈마사는 정신없이 고개를 숙였다.

"다시 한 번 이 작은 벌레에게 주군 이에야스를 설득할 수 있는 기회를 주십시오. 주군을 설득하지 못하는 것은 제가 미약한 탓…… 아니, 미약하다는 것을 알면서도 목숨을 걸고 설득해보겠습니다. 예, 이렇게…… 이렇게 부탁 드립니다."

그러면서 카즈마사는 느꼈다. 고개 숙인 자신의 옆에 또 하나의 자기가, 꾸밈없는 감정으로 울면서 고개 숙이는 성실하기만 한 이시카와 카즈마사를 싸늘하게 내려다보고 있다는 것을.

6

"카즈마사, 새삼스럽게 너는 무얼 하겠다는 것이냐……?"

또 하나의 카즈마사가 말했다.

"히데요시도 이에야스도 네 힘으로는 감당할 수 있는 사람들이 아니다. 너의 진심에 감동할 정도로 그런 순수한 감정 따위는 조금도 가지고 있지 않다. 양쪽 모두 자신의 뜻을 방해하는 모든 것을 짓밟고 거칠게 전진해나가는 무쇠 같은 자들 아닌가……"

자기 안의 신랄한 소리를 들으면서, 그러나 고지식하고 완고하기만

한 또 하나의 카즈마사는 집요하게 히데요시를 물고 늘어졌다.

'어떻게든지 지금 히데요시를 속여 국면을 호전시키지 못하면 내 생애가 무의미해진다……'

이와 같은 불순한 집념이 무의식중에 작용하고 있는지도 몰랐다.

"부탁 드립니다. 혼담은 반드시 이 카즈마사가 성사시키겠습니다. 잠시만 잠자코 기다려주십시오……"

"……"

"작은 벌레의 뜻이라도 쌓이고 쌓이면 결국 천하를 움직일 때 힘이 될 수 있습니다. 이것을 간과하시면 참된 대장이라 할 수 없습니다. 현재 천하의 평정은 백성들이 소망하는 것입니다. 그 소망을 위해 조금만 더 참으시면…… 반드시 이 카즈마사가 벌레의 의지를 관철시키고야 말겠습니다. 그러므로 그때까지만……"

울며 애원하는 정도가 아니었다. 위신도 체면도 모두 버리고…… 그 모습은 분명 한 마리의 버마재비가 하늘을 잘라내려고 광란하는 것처럼 보였다.

마침내 히데요시는 소리내어 웃기 시작했다.

"하하하…… 알겠네! 알겠어, 카즈마사."

"헤아려주시겠습니까, 이 카즈마사의 마음을?"

"알겠어! 아니, 그토록 애걸하는데 끝내 모른다고 할 수는 없지. 길가의 돌부처도 감동할 것일세."

"감사합니다. 그 말씀 듣고 이 카즈마사는 비로소 사는 보람을 느꼈습니다."

"이에야스는 훌륭한 가신을 두었어. 그런데, 카즈마사."

"예."

"자네는 내가 아사히에 대한 말을 꺼내지 않았다면 나에게 무어라 말할 생각이었나? 나는 자네가 난처해하리라 싶어 편하게 해주려고 말을 꺼냈던 것일세. 걱정하지 말게, 별로 화를 내고 있지는 않아."

히데요시는 이렇게 말하고 눈 가장자리를 약간 붉힌 채 유쾌하게 웃었다.

카즈마사는 깊이 고개를 숙였다.

'이제 됐다. 이렇게 하기를 정말 잘했다……'

이렇게 생각하는 카즈마사, 그러나 또 하나의 자기가 짓궂게 그런 카즈마사를 야유하고 있었다.

"이시카와 카즈마사, 이것으로 또 하나의 너는 히데요시에게 의리를 지켰다. 너는 히데요시를 속인 줄로 알고 있어. 그러나 참아서 득을 보는 것은 히데요시 자신…… 히데요시는 처음부터 소심한 네 마음을 알아차리고 조롱했던 거야……"

그래도 좋다고 카즈마사는 생각했다.

이렇게 되면 두 개의 거대한 바위 틈에서 카즈마사는 카즈마사로서의 고집을 관철시켜 보일 수밖에 없었다.

'굽히지 않을 것이다, 나도 역시!'

다시 두 손 위에 우스울 정도로 뚝뚝 눈물이 떨어졌다.

7

"알겠네. 그럼, 아사히에 대한 일은 당분간 자네에게 맡겨두겠네."

히데요시는 분명히 감동의 빛을 떠올렸다.

"하지만 카즈마사, 그렇다고 무리하게 일을 추진하라는 말은 아닐세. 이 히데요시가 자네의 진심에 부응하는 것……이라고 가볍게 생각하는 게 좋아."

"황송합니다. 그럼 이만……"

카즈마사는 얼른 일어나 막사를 나왔다. 더 이상 자신의 꼴사나운 모습을 또 하나의 카즈마사에게 보여주고 싶지 않았다.

밖으로 나온 카즈마사—아직 해는 높이 떠 있어 투구를 뜨겁게 달구어주고, 푸른 나뭇잎에 와닿는 서늘한 바람을 느낄 수 있었다.

먼저 인사를 마쳤던 오기마루, 곧 히데야스는 2정쯤 떨어진 언덕에 세워진 오동나무 무늬의 장막 안에서 쉬고 있었다. 이제 오기마루도 도쿠가와 가문의 사람이 아니었다. 이미 하시바 미카와노카미 히데야스가 되어 있었다.

카즈마사는 곧장 그 장막을 향해 걸어가다가 도중에 갑자기 걸음을 멈추었다. 오른쪽 좁은 길을 사이에 두고 푸른 벚나무 가로수가 짙은 녹색 그림자를 드리우고 있었다.

카즈마사는 자신이 왜 이쪽 길로 들어서게 되었는지 알 수 없었다. 어쩌면 마음의 동요를 간직한 채로는 오기마루나 카츠치요, 센치요의 얼굴을 대하기가 민망스러워서였는지도 모른다.

'활짝 갠 하늘이야, 구름 한 점 없이……'

녹음 사이로 하늘을 쳐다보며 길섶 나무 그루터기에 걸터앉았다. 주위에는 매어놓은 말도 드물었고 병졸들의 그림자도 보이지 않았다.

카즈마사는 왠지 모르게 세 번, 네 번 연거푸 한숨을 쉬었다.

이에야스와 히데요시—그 사이에 꼭 끼여 꼼짝도 하지 못하는 한 마리의 버마재비. 그 버마재비는 지금 히데요시 앞에서 뜻하지 않게 호언장담을 했다.

그렇다고 해서 이에야스를 설득할 자신이 그에게 있을 리 없었다. 히데요시라면 혹시 카즈마사의 말에 움직이게 될지 몰랐다. 그러나 이에야스는 일단 결정한 일은 누가 무어라고 하면 듣는 체하면서도 실은 절대로 자신을 굽히려 하지 않았다.

'정면으로 설득해보아도 소용없는 일……'

그러한 사실을 분명히 알고 있었던 만큼 몇 번이나 한숨을 쉬었는데도 여전히 한숨이 이어졌다……

문득 발 밑으로 시선을 떨구었을 때였다. 부스러기처럼 지상에 떨어지는 얼룩진 햇빛 가운데서 개미의 행렬이 나무 그루터기 부근으로 이어져 있었다.

카즈마사는 그 행렬을 짓밟아버렸다.

'잔인한 짓을……'

그리고는 후회하면서 눈길을 돌렸다. 그러나 이 작고 빨간 개미떼는, 그가 눈길을 되돌렸을 때는 아무 일도 없었다는 듯 다시 행렬을 이루고 있었다.

카즈마사는 깜짝 놀라 개미행렬을 내려다보았다.

무언가 마음에서 새로 꿈틀거리는 것이 있었다…… 무엇일까? 생각해도 확실히는 알 수 없었다. 그러나 그 개미 한 마리 한 마리가 히데요시나 이에야스보다 자기와 가까운 존재인 것만 같아 반가웠다.

무슨 생각에라도 사로잡힌 듯 카즈마사는 다시 한 번 발에 힘을 주어 개미떼의 행렬을 밟아 짓이겼다……

8

카즈마사가 힘차게 일어난 것은 두 번이나 짓밟힌 개미의 행렬이 다시 원상을 회복했을 때였다. 그의 가슴속에서 한 줄기 빛이 뻗어나와 갈팡질팡하는 그의 마음을 선명하게 비쳐주었다.

"그렇구나…… 바로 이것이었구나."

카즈마사는 일어서서 하늘을 향해 크게 기지개를 켰다.

지금까지 그는 히데요시와 이에야스의 이익이 어디까지나 첨예하게 대립되어 있다고만 생각해왔다.

히데요시의 이익은 이에야스의 불이익. 이에야스의 이익은 히데요시의 불이익……이라기보다도 이에야스에게 소속된 카즈마사로서는, 모든 일에서 이에야스에게 속박되어 그 대립을 벗어나지 못하고 있었다. 개미의 행렬에서 찾아볼 수 있는 위대한 자연의 뜻은 히데요시와 이에야스의 대립이라는 작은 일과는 관계가 없었다.

"그렇다. 또 하나의 진실이 있어야만 한다."

이에야스의 이익은 그대로 히데요시의 이익, 히데요시의 불이익은 그대로 이에야스의 불이익과 통하는 것이었다. 어느 면으로 보나 싸우는 것은 양쪽 모두에게 전혀 이익이 되지 않았다.

'그런데도 불구하고 이시카와 카즈마사라는 사나이는 스스로의 좁은 소견 때문에 고민하고 있었다……'

"나는 우선 나 자신을 누구의 가신도 아닌 입장에서 보아야 한다."

이미 오기마루는 히데요시의 아들이 되어 있지 않은가. 현실적으로 예전의 오기마루는 지금은 오동나무 무늬 장막 안에 있는 하시바 미카와노카미 히데야스……

카즈마사는 자신이 망설이고 있는 초점에 새로운 빛을 비추어봄으로써 완전히 마음이 가벼워졌다.

히데요시도 이에야스도 앞으로 30년만 지나면 이 세상에서 물거품처럼 사라지고, 그 뒤에 남는 것은 자연의 뜻을 터득하고 사는 또 다른 개미…… 다른 인간들이다. 만일 카즈마사가 생각을 바꾸어야 한다면, 이에야스 개인의 이익이나 히데요시의 이익을 추구하는 것이 아니라, 위대한 자연의 뜻을 찾아내는 일을 위해서였다……

위대한 자연의 뜻 앞에서는 히데요시도 이에야스도 아무 차이가 없는 똑같은 공동운명체에 지나지 않았다.

카즈마사는 하늘을 향해 두 팔을 높이 들어 기지개를 켜고 나서 얼굴

가득히 미소를 띠고 걷기 시작했다.

이미 각오는 되어 있었고, 마음은 더욱 가벼워졌다. 아니, 어쩌면 고민 끝에 당도한 자신의 마지막 저항인지도 몰랐다. 그러나 그 순간부터 카즈마사에게는 두 사람이 그를 사이에 두고 괴롭히는 거대한 바위는 아니라는 생각이 들기 시작했다.

'그렇다! 나는 오늘 무의식적으로 진정한 나 자신을 드러내어 히데요시를 대했던 거야……'

이와 똑같은 태도로 이에야스를 대할 뿐이다. 지금 두 사람을 충돌시켜서는 안 된다는 그 하나만을 목표로 하여……

카즈마사가 장막 안으로 들어갔을 때 맨 먼저 혼다 사쿠자에몬의 아들 센치요가 입을 열었다.

"아저씨, 도련님의 첫 출전은 결정되었습니까?"

"첫 출전은 말이지……"

카즈마사는 애매하게 웃으면서 걸상에 앉았다.

"결정되었나요, 영감?"

오기마루도 재촉했다.

"하하하…… 서두르면 안 됩니다. 앞으로의 전쟁은, 더 이상 적을 쓰러뜨리는 것만의 전쟁은 아닙니다. 어떻게 하면 많은 적을 살리 수 있는가…… 많이 살리는 것이 승리하는 길입니다."

이렇게 말하고 다시 한 번 소리내어 웃었다.

중병重病

1

히데요시가 키슈에서 오사카로 개선한 것은 4월 25일이었으며, 이에야스가 카이甲斐(코슈)와 시나노를 돌아보고 하마마츠에 돌아온 것은 6월 7일이었다. 오사카로 돌아온 히데요시가 당장에는 군사를 동원할 수 없다는 것을 정확하게 계산한 여행이었기 때문에, 여행 도중 이에야스는 키슈의 잔당殘黨을 받아들이기도 했고, 삿사 나리마사의 밀사를 만나기도 했다.

이에야스가 6월 초, 하마마츠 성으로 돌아온 것은, 히데요시가 토야마 성富山城을 공격하기 위해 호쿠리쿠로 서서히 군사를 움직이기 시작했다는 것을 알았기 때문이었다.

히데요시가 군사를 가까이 이동시킬 때는 이에야스도 성에 머물면서 방비에 충실할 필요가 있었다.

이러한 움직임은 참으로 놀라운 것이었다. 그러나 히데요시 쪽에서도 만만하지는 않았다.

히데요시는 토야마의 삿사 나리마사를 공격하기에 앞서 토미타 사콘쇼겐富田左近將監과 츠다 하야토노쇼津田隼人正를 사자로 삼아 오다 노부오와 연서連署한 각서를 보내왔다.

히데요시가 지금 엣츄로 군사를 출동시키려 하므로 이에야스는 가신 중에서 두서너 사람을 인질로 키요스에 보내도록 하라, 그렇게 해야 하는 이유는 이에야스가 나리마사와 특히 긴밀한 사이이기 때문이다, 새로 보내는 인질을 오기마루나 센치요 및 카츠치요 등을 거론하면서 이중의 일이라고 여기면 안 된다, 오기마루 등은 결코 인질이 아니다, 혹시 염려가 된다면 세 사람을 잠시 오카자키로 돌려보내도 좋다, 만일 나리마사가 이에야스의 영지로 도주해오는 것을 용인한다면, 그때는 히데요시에게도 생각이 있다……는 내용이었다.

히데요시의 사자와 대면한 것은 혼다 사쿠자에몬이었다. 그는 사자에게 이렇게 대답했다.

"지금 이에야스 님은 병중이시므로 내가 대신 각서의 내용을 분명히 주군께 전해드리겠소."

"아니, 이에야스 님은 또 병환이십니까?"

사자는 아사히히메에 대한 것은 입 밖에 내지도 않고, 병중이라는 말을 듣고는 서로 얼굴을 마주보았다. 마치 그런 말이 나오리라 예상하고 왔던 사람들처럼—

"그렇다면 몸조리 잘 하시도록 전해주십시오. 그러나 가신의 인질문제와 나리마사의 일에 대해서는 조속히 회답해주시기 바랍니다."

뜻밖에도 간단히 말하고 돌아갔다.

사쿠자에몬은 사자가 돌아간 뒤 귀밑머리를 긁으며 이에야스의 거실로 향했다.

그러나 이번에는 결코 꾀병이 아니었다. 지금 이에야스는 심한 고열로 헛소리를 하기도 했으며, 때로는 고개를 돌리고 싶을 정도로 크게 고통스러워하고 있었다.

병은 오른쪽 가슴의 종기 때문이었다. 코슈에서 돌아온 뒤, 병이라고는 거의 앓아보지 않은 이에야스가—

"원, 이상한 데 종기가 생기다니."

무심코 손끝으로 종기를 건드린 것이 원인이 되었다.

"아무래도 이상해. 지금까지 없던 통증이야."

이런 말을 하게 된 것은 6월 20일경. 사흘째가 되었을 때는 목도 손도 움직일 수 없을 만큼 부어올랐고 온몸이 분홍빛을 띤 연보라색으로 변했다.

그때부터 통증과 고열이 교대로 엄습해왔다. 그래서 웬만한 일에는 끄떡도 않던 이에야스도 진땀을 흘리며 병상에서 몸부림치고 때로는 의식마저 잃곤 했다.

더구나 이에야스가 병상에서 심하게 앓고 있는 것은 공교롭게도 상대 히데요시를 드디어 칸파쿠의 자리에 앉히려고 측근의 공경公卿들이 부지런히 오사카와 쿄토 사이를 왕래하고 있을 무렵이었다.

2

처음 히데요시는 세이이타이쇼군이 되기 위해 당시 빈고備後에 은거해 있던 전 쇼군將軍° 아시카가 요시아키足利義昭를 설득하여 자기를 양자로 삼고 쇼군 직을 양도하도록 교섭해보았다. 그러나 실각한 뒤 점점 더 편협해진 요시아키는 이에 응하지 않았다.

그러고 있는데, 히데요시와 가장 가까운 사이이자 우다이진인 키쿠테이 하루스에菊亭晴季가 뜻밖의 제안을 해왔다.

"그보다도 차라리 칸파쿠가 되시면……"

사다이진左大臣° 코노에 노부타다近衛信尹는 칸파쿠 니죠 아키자네

二條昭實를 실각시키고 자기가 칸파쿠가 되기 위해 무섭게 암투를 벌이고 있었다. 이 기회에 두 사람 모두 몰아내고 히데요시를 전 칸파쿠인 코노에 사키히사의 양자로 삼아 뒤를 잇게 하려는 것이 하루스에의 생각이었다. 이 일은 6월 중순에 거의 실현단계에 이르러 있었다.

히데요시가 정식으로 칸파쿠로 임명된 것은 7월 11일 — 그 무렵은 도요토미豊臣란 성이 하사되어 정식으로 칸파쿠 도요토미 히데요시가 탄생하기 바로 직전인 6월 26일이었다.

아마도 히데요시로서는 그의 생애를 통해 가장 충실하게 삶의 보람을 느꼈던 시기였을 터. 그런데 바로 그 무렵 이에야스는 평생에 단 한 번뿐인 중병을 앓고 있었다.

시의侍醫는 이미 손을 들었다.

"저로서는 주군의 병을 고칠 수 없습니다. 정말 이상한 종기입니다. 이 상태라면 오래지 않아 온몸이 곪아 썩어들어갈 것입니다."

아닌 게 아니라 그렇지 않아도 살찐 몸이 보기 흉할 정도로 비대해진 데다가 목덜미에서 왼쪽 뺨에 이르기까지 사람이 달라진 것처럼 무섭게 부어 있었다.

혼다 사쿠자에몬은 그 참담한 모습의 이에야스가 누워 있는 병상으로 들어갔다.

"사자만은 쫓아보냈으나…… 까다로운 요구를 해왔네."

사쿠자에몬은 이에야스가 혼수상태에 빠져 있는 것 같아, 침통하게 앉아 있는 카즈마사와 마사노부에게 조용한 소리로 말했다.

"까다로운 요구라니요?"

마사노부가 물었다.

"중신 두서너 사람을 다시 키요스 성에 인질로 보내라는 것이었네."

"그렇다면, 엣츄를 공격할 모양인가요?"

"그런 것 같아. 주군이 이처럼 병환이 나실 줄 알았다면 나리마사를 일부러 가까이하지 않았어야 하는 것이었는데……"

"사쿠자에몬."

이시카와 카즈마사는 가만히 이에야스의 이마에 손을 얹었다.

"여간 열이 높으시지 않아. 이런 상태라면 아마도 오늘 내일이 고비일 것 같네."

"그런 약한 소리는 하지 말게. 인간의 생사는 누구도 알 수 없어."

"그런데, 사자에게는 주군의 병을 숨겼을 테지?"

"아니, 분명히 병중이시라고 했네. 하지만 그쪽에서는 믿지 않는 눈치였어. 묘한 일이야."

"으음."

카즈마사는 나직하게 신음했다.

"역시 아사히히메를 받아들이는 것인데 그랬어."

"허튼소리 말게, 카즈마사."

"허튼소리가 아니야. 인간에게는 오직 한 가지 내다볼 수 없는 것이 있어. 병과 죽음…… 말일세. 무엇보다도 먼저 대비해두어야 하는 문제였다는 말일세."

카즈마사의 말에 사쿠자에몬은 혀를 찼다.

"어떤가, 과감하게 극약처방을 써보면?"

그러면서 사쿠자에몬도 거친 손을 이에야스의 이마에 얹었다.

3

"극약처방을……?"

"음, 그렇다니까."

카즈마사와 사쿠자에몬이 눈길을 마주쳤다.

마사노부가 깜짝 놀라 고개를 저었다.

"그 일은 잠시 보류하십시오."

"허어, 어째서?"

"만일의 경우를 생각하여……"

마사노부는 이에야스가 혼수상태라는 것을 다시 확인하고는 말을 이었다.

"그렇게 하시려거든 그전에 만일의 경우를 생각하여 잘 상의한 뒤에…… 하셔야 합니다."

"음, 그렇기는 하군."

카즈마사가 말했다.

"오기마루 님은 오사카에 계시고 나가마츠마루 님은 아직은 너무 어리시니."

"흥."

사쿠자에몬은 약간 비웃듯이 말했다.

"작은 주군이 어리다고 해서 새삼스럽게 놀랄 것은 없어."

"……이상한 말을 하시는군요. 지금 주군에게 만일의 경우라도 생기면 그때는……"

마사노부가 다시 말했다.

"잠자코 있게!"

사쿠자에몬이 꾸짖었다.

"선대 히로타다廣忠 공이 돌아가셨을 때 주군은 불과 여덟 살이셨어. 더구나 오다 가문이라는 적의 수중에 계셨으나 가신들이 마음을 합쳐 오늘날 같은 번영을 누리게 되었지 않아. 중신이란 언제나 주군의 죽음을 고려에 넣고 있어야 하는 것일세."

"그러면, 아무래도 극약처방을……?"

"당연하지. 어떤가, 카즈마사?"

그들이 말하는 극약처방이란 카스야 마사토시 뉴도 쵸칸糟谷政利入道長閑이라는 사람이 제안한 것을 말한다. 쵸칸은 원래 타케다 가문에 있던 사람으로 의술에 밝았다.

"과감하게 큰 뜸을 놓아보시면……"

쵸칸은 이에야스의 상태를 살펴보고 나서 이렇게 제안했다. 그의 말에 맨 먼저 시의들이 반대했다. 온몸이 종기 때문에 불덩어리처럼 열이 올라 있는데, 여기에 다시 뜸을 놓는다면 그 열이 더 높아져 쇠약해진 심장이 견디지 못한다는 이유에서였다.

사쿠자에몬은 그들과 생각이 달랐다.

"주군의 심장은 보통 사람과는 구조가 다르다. 이번 병환도 말하자면 천하를 손에 넣느냐, 아니면 이런 병에도 이기지 못하고 죽을 자인가를 시험하고 계시는 거야. 다른 방법이 없다면 쵸칸의 말대로 해보는 수밖에 없네."

쵸칸은 크게 뜸을 떠서 부어오른 종기의 피부를 태우고, 고름이 나올 구멍을 만들자는 것이었다.

여기저기 피부를 칼로 째보아도 고름이 나올 구멍 같은 것은 생기지 않는다. 그러므로 뜸으로 밖에서 피부를 태움으로써 안에 있는 병소病巢에 자극을 주어 안의 병독病毒이 뿜어나오도록 해야 한다고 쵸칸은 설명했다.

그러나 아직까지는 그 방법을 채용하지 않고 미루어왔다.

"어떤가, 쵸칸을 불러올까?"

"하지만…… 그렇더라도 주군이 정신을 차리셨을 때 의향을 여쭈어 보는 것이……"

다시 마사노부가 말했을 때 혼수상태에 빠진 줄 알았던 이에야스의 입이 희미하게 움직였다.

"사쿠자에몬, 운을 시험하겠어. 쵸칸을 불러 뜸을 뜨게 하게."

눈은 가늘게 뜨고 있었다. 그러나 그 시선은 부어오른 눈꺼풀 안에서 애처로울 정도로 초점까지 흐려 있었다.

4

"오, 깨어 계셨군요."

"으……"

이에야스는 힘없이 머리를 움직여 사쿠자에몬에게 대답했다.

연보랏빛 피부에 진땀이 솟아 있고, 내쉬는 숨소리가 여간 고통스러워 보이지 않았다.

"덥군…… 어처구니없는 일이야."

"예? 무어라 하셨습니까?"

이번에는 카즈마사가 눈이 휘둥그레져 이에야스의 얼굴을 들여다보았다. 언제나 자신만만하던 이에야스의 입에서 이렇듯 반성 비슷한 말이 나오리라고는 생각지도 못했다. 그런 만큼 병세의 위독함이 가슴을 찌르는 칼날이 되었다.

"주군! 마음을 굳게 가지십시오."

"으으…… 인간의 생애에는 크, 큰 위기가 세 번 있어."

"세 번 말씀입니까?"

"그래. 어린아이에서 어른이 될 무렵의 무분별한 색정色情…… 그리고 장년기의 혈기에 찬 투쟁심…… 이것으로 끝나는가 했더니…… 또 하나가 있었어. 불혹의 나이가 지나…… 자기가 이미 완성되었다고 믿는 자만심……"

사쿠자에몬은 혀를 찼다. 지금에 와서 그런 말을 한들 무슨 소용이냐는 듯 심하게.

"주군! 쵸칸을 불러 뜸을 뜨도록 하겠습니다."

"오…… 그렇게 해주게. 히데요시가…… 히데요시가…… 칸파쿠가 되려 하고 있을 때…… 이 이에야스는 병으로 쓰러지다니…… 이것은 신불의 경고야. 망설이지 말게…… 여기서 죽을 자라면 신불의 뜻을 따르지 못하는…… 어리석은 자일세."

"주군!"

"마사노부는…… 잠자코 있어. 사쿠자에몬…… 어서 부르게."

이렇게 말한 뒤 이에야스는 무슨 생각을 했는지 카즈마사를 바라보며 힘들게 말했다.

"자네에게는…… 정말 미안해…… 내 자만심 때문에 많은…… 고생을 시켰어."

카즈마사는 가슴이 뭉클하여 얼른 고개를 돌렸다.

사쿠자에몬은 이에야스가 다시 눈을 감고 나직이 신음하는 것을 보고 자리에서 일어섰다.

'이러다가는 돌아가실지도 모른다……'

신음소리에 전혀 힘이 없고, 눈의 부기가 더욱 두드러졌다. 손만이 아니라 발등까지 부어오르고 있었다.

"주군의 허락이 내렸으니 뜸을 뜰 수밖에 없어."

마사노부가 다시 심각한 표정으로 이에야스를 들여다보고 있기 때문에 카즈마사가 위로하듯 말했다.

"어떨까요, 뜸을 뜨기 전에 나가마츠마루를 부르시는 것이?"

카즈마사는 고개를 저었다.

"그러면 주군의 기력이 더욱 쇠해지실 것 같으니……"

혹시 듣고 있을 경우를 생각하고 흰 부채를 귀에 대고 마사노부의 귓전에 속삭였다.

사쿠자에몬이 카스야 쵸칸을 데리고 들어왔다. 그리고 약쑥과 향을 쟁반에 담은 시동이 그 뒤를 따랐다.

어느 틈에 해가 기울었는지, 호수를 건너오는 시원한 바람이 흘러들어와 실내에서도 상쾌하게 느껴졌다.

끊어질 듯 말 듯 신음하는 이에야스의 이마에서는 여전히 땀이 흐르고 있었다. 그러한 이에야스의 모습은 필사적으로 고통을 견디고 있는 것을 모두에게 의식하게 했다.

5

"그러면 쇼칸, 마음대로 해보게."

사쿠자에몬은 어색하게 웃었다.

"하하하…… 주군이 이대로 병에 지시다니…… 그렇게 될 리가 없지. 병의 뿌리를 단숨에 뽑아버리게."

자신의 말과는 달리 사쿠자에몬의 이마에서도 불안으로 인한 진땀이 빛나고 있었다.

'혹시 임종의 때가……?'

내심으로는 카즈마사 이상으로 걱정하고 있는 것이 분명했다.

쇼칸은 사쿠자에몬의 말은 들은 척도 않고 엄숙한 표정으로 다가와 이에야스의 이마에 가만히 손을 대어보고 나서 맥을 짚었다.

"어떤가, 맥은 괜찮나?"

쇼칸은 대답 대신 더욱 미간의 주름을 깊이 새겼다. 그리고는 고개를 갸웃거리기만 했다. 그의 진맥결과는 병자의 맥박이 서서히 멎어가고 있다는 것이었다.

'내가 뭐라고 했나. 이러기 전에 좀더 일찍 내 말을 들었더라면 좋았을 텐데……'

쵸칸이 흘끗 엄한 눈을 들어 세 사람을 돌아보았을 때 그들은 그 시선에서 은연중에 사태의 악화를 깨달았다.

"늦었더라도 괜찮아, 어서 뜸을 뜨게."

사쿠자에몬의 말이었다.

"주군! 주군! 쵸칸이 왔습니다."

이번에는 마사노부가 말했다.

그러나 이에야스는 눈을 뜨지 않았다. 희미한 신음소리가 대답을 대신했으며, 다시 호흡이 가빠졌다.

카스야 쵸칸은 가만히 이불을 젖히고 부어오른 이에야스의 가슴을 펼쳤다. 종기 언저리는 이미 빨갛게 되어 퉁퉁 부어 있었다.

"어떤가, 쵸칸……"

쵸칸은 대답도 않고 약쑥을 집어 빨갛게 부어오른 환부의 중심을 찾아 쌓아올렸다. 한 줌이나 되는 약쑥을 손끝으로 올려놓고 다시 그 갑절이나 되는 약쑥을 그 위에 놓고 눌렀다.

"그렇게 많은 양을……"

마사노부가 작은 소리로 말했다.

"쉿."

쵸칸이 제지하고 굵은 선향線香에 불을 붙였다.

카즈마사와 사쿠자에몬은 꼭 쥔 주먹을 무릎에 얹고 마른침을 삼키고 있었다.

주위가 갑자기 어두워진 것은 서산으로 해가 졌기 때문이다.

"주군!"

약쑥에 불을 붙이기 전에 쵸칸은 일단 이에야스를 불러보았다.

"대답이 없으셔. 어쩌면 의식이……"

중얼거리면서 불을 붙이고 부채로 바람을 일으켰다.

파란 연기가 저물녘의 어둠 속으로 피어오르고, 순식간에 피부가 타기 시작했다.

바지직바지직하는 소리가 났을 때 이에야스의 몸은 한 번 꿈틀 움직였으나 뜨겁다는 말은 끝내 나오지 않았다.

한 차례 뜸이 끝났다.

쵸칸은 손끝으로 재를 누르고 다시 두번째 뜸에 불을 붙였다.

이번에는 전보다 더 크게 바지직 소리가 나고, 타들어가는 약쑥이 그대로 빨갛게 되어 보리수 열매처럼 보였다.

"주군! 주군!"

전혀 몸이 움직이지 않는 것을 눈으로 확인하며 사쿠자에몬은 숨이 끊어질 듯 이에야스를 불렀다.

쵸칸은 초조하게 세번째 약쑥을 집어 뭉치기 시작했다.

6

"조용히 하십시오."

쵸칸은 주의를 주고 다시 약쑥을 올려놓았다.

이미 어느 누구도 입을 열 수 없었다. 생명이 갖는 허무와 신비로움이 새삼스럽게 모두의 가슴을 죄어왔다.

건강할 때는 거의 '있다' 고 생각되지 않던 생명이 꺼져가려 할 때는 무한대의 압력으로 각자의 마음을 압박해왔다.

그것은 전쟁터에서 생각하는 '목숨' 과는 전혀 다른 것이었다. 전쟁터에서는 칼을 들고 내닫는 순간 삶도 죽음도 거짓말처럼 중량감이 감소되어버리고는 했다. 문자 그대로 생사는 터럭처럼 가벼워지고, 있는 것이라고는 오직 타오르는 투쟁심뿐이었다.

지금 병상에서 보는 목숨 그것은 지각地殼에 눌어붙어 떨어지지 않는 거대한 바위나 거목巨木 같았다. 아니, 어쩌면 좀더 깊이 대지의 중심에 뿌리내린 불가사의한 무게로 보였다.

이시카와 카즈마사는 네번째 뜸이 빨간 불덩어리로 변할 무렵부터 그만 눈을 감고 열심히 염불을 외기 시작했다.

카즈마사는 누구에게나 차별 없이 '죽음'이 찾아온다는 엄연한 자연의 이치를 깨달았을 때 자신의 고통스러운 입장이 거짓말처럼 가벼워진 경험을 한 적이 있었다. 바꾸어 말하면, 어떤 인간이라도 결국에는 '죽음'이라는 똑같은 형벌을 받아들여야 하는, 운명적으로는 누구나 같다……는 냉혹한 자연을 알게 됨으로써 구원을 받았다. 그러나 이 '죽음'이 히데요시보다 젊고 히데요시보다 훨씬 더 건강하게 보였던 이에야스를 이처럼 병을 통해 끌어가리라고는 상상도 하지 못했다.

그렇다면 죽음이라는 자연 역시 공평한 것처럼 보이지만 전혀 공평하지 못한 것은 아닌가……?

히데요시가 칸파쿠의 하명을 기다리고 있을 때 이에야스에게는 죽음이 찾아오려 하다니……

"나무아미타불…… 나무아미타불……"

무거운 침묵 속에서 부처의 모습을 떠올리며 애써 망상을 떨쳐버리려 하고 있을 때였다.

"끝났습니다."

쵸칸의 목소리가 들렸다.

깜짝 놀라 눈을 떴다.

"임종하셨나?"

"아닙니다, 아직은 알 수 없습니다. 뜸이 끝났습니다. 저는 잠시 옆방에 물러가 있겠습니다."

"수고가 많았네."

사쿠자에몬은 크게 눈을 부릅떴다.

"신음소리가 멎었어. 지금 주군의 수호신들과 죽음의 신이 무섭게 싸우고 있는 중이야."

이렇게 중얼거렸다.

아무도 대답하는 사람은 없었다.

아닌 게 아니라 어느 틈에 고통스러워하던 이에야스의 신음소리가 멎고, 희미한 숨소리만이 들려왔다.

혼다 마사노부가 가만히 코 위에 손을 대어본 것은, 이 숨이 그대로 끊어지지나 않을까 애가 타서였을 터.

"있어…… 확실히 숨이……"

그 후 세 사람은 입을 다물고 이에야스의 부어오른 얼굴을 다시 들여다보았다.

뜸을 떠서 편해졌을까, 아니면 그대로 혼수상태에 빠진 채 숨이 끊어지려 하고 있는 것일까?

그것은 이미 아무도 알 수 없는 일, 인간의 힘으로는 어쩔 수 없는 일이라 생각되었다.

시동들이 발소리를 죽이고 촛대를 가져왔다.

해는 이미 완전히 저물었다.

7

"나가마츠마루 님을 모셔오지 않아도 될까요?"

마사노부가 다시 가만히 이마에 손을 얹어보고 말했다.

"마치 불덩어리 같습니다. 열이 아까보다 더 올라 있어요."

대꾸하는 사람은 아무도 없고 시간만 계속 지나갔다.

이미 숨막히는 순간은 지나가고, 기적을 바라는 여섯 개의 눈동자가 모든 기력을 이에야스의 회복에 쏟아붓고 있었다. 그것은 터질 듯한 긴장감의 연속이었다.

"벌써 이 각(4시간)이 지났군요."

옆방에서 다시 쇼칸이 건너왔을 때 세 사람은 비로소 안도의 숨을 내쉬었다.

긴 시간인 줄은 알았으나 벌써 2각이나 지났을 줄은 아무도 모르고 있었다.

"벌써 그렇게 되었나요?"

마사노부가 깜짝 놀라 말했을 때, 쇼칸은 가만히 이에야스의 이마에 손을 대어보고 이어서 맥을 짚었다.

"주무시고 계십니다, 편안하게."

"뭐, 주무신다고?"

"맥이 훨씬 고르게 뛰고, 열도 내렸습니다."

"그……그……그게 정말인가?"

사쿠자에몬은 기성을 지르고 스스로 자신을 나무랐다.

"바보 같은 것…… 카스야가 거짓말을 할 리 없지. 오오, 정말 열이 내렸어!"

"조용히 하십시오. 뜸을 뜬 자리를 좀 보아야겠습니다. 역시 주군은 운이 강하신 것 같습니다."

쇼칸은 다시 가슴에서 얇은 이불을 젖히고 검게 솟아 있는 뜸자리에 손을 대었다고 생각되는 순간이었다. 허공으로 불그스레한 흰 선이 확 치솟았다. 그리고 손을 대었던 쇼칸이 —

"아!"

외치며 목을 움츠렸다.

허공으로 솟구친 엄청난 양의 피고름이 옷깃에서 목 언저리로 쏟아져내렸다.

"오, 구멍이 생겼습니다."

"뭐, 구멍이?"

"이것 보십시오."

쵸칸이 다시 두 손을 이에야스의 가슴에 대자 이번에도 또 분수처럼 고름이 주위 가득히 뿜어나왔다.

"마츠마루松丸 님, 준비한 것을 이리로."

쵸칸은 수염과 얼굴에 튄 고름도 아랑곳하지 않고 큰 소리로 마츠마루를 불렀다.

"알겠습니다."

마츠마루가 흰 헝겊과 소주병을 담은 쟁반을 가지고 들어왔다.

쵸칸은 기세 있게 하오리羽織°를 벗어던지고 히토에單衣° 소매를 걷어붙이고는 이에야스에게 덤벼들었다.

"으음……"

이에야스가 나직이 신음하기 시작한 것은 이때부터 —

그 뒤로 잠시 동안 가슴의 환부를 누르는 쵸칸과 환부의 피고름과의 격투가 벌어졌다.

눈앞에 전개되고 있는 광경은 결코 기적이 아니었다. 인생에서 어느 나이에 도달하여 세포에 변화를 일으킬 수밖에 없었던 것이 바로 병의 발생이었을 터. 그리고 그렇게 하여 생긴 육체의 종기가 적절한 요법에 의해 그 안에 쌓이고 쌓였던 병독을 마침내 발견한 돌파구를 통해 내뿜고 있는 것이었다.

그러나 그 자리를 지키고 있던 세 사람에게는 눈앞의 모습이 지상 최대의 기적으로 생각되었다. 그 모습이 대자연이란 조화의 신이 인간을 희롱하는 것으로도, 또 훈계하는 것으로도 여겨졌다.

"편해졌어……"

번쩍 눈을 뜬 이에야스가 세 사람의 얼굴을 교대로 바라보며 뜻밖에도 분명한 어조로 말한 것은 그로부터 반 각(1시간) 가량 지나서였다.

8

"정신이 드셨습니까, 주군?"

"많은 고름이 나왔습니다. 이제 걱정하실 것 없습니다."

"과연 쇼칸 님입니다. 뜸의 위력에 감탄했습니다."

세 사람이 환성을 올렸다.

눈을 뜬 이에야스는 전과는 사람이 달라진 듯한 시선으로 천천히 실내를 둘러보았다.

"편해졌어."

다시 한 번 말했다.

"나는 스스로도 죽는 줄 알고 있었는데."

"그러니까 돌아가셨다가 다시 소생하신 것인지도 모릅니다. 확실히 그런 것 같습니다."

사쿠자에몬이 흥분한 어조로 말했다.

"사쿠자에몬……"

이에야스는 시선을 사쿠자에몬에게 보냈다.

"물을 주게, 목이 마르군."

"알겠습니다."

소주로 손을 소독한 쇼칸이 옆에서 물을 따라주자 이에야스는 맛있게 입맛을 다셨다.

"나는 삼도내°를 보고 왔네."

불쑥 말했다.

"오카자키의 스고가와菅生川와 아주 비슷하더군. 어떻게든지 그것을 건너야 한다는 생각이 들어서 나는……"
"주군, 그렇게 말씀을 하셔도 되겠습니까?"
"아, 괜찮아. 꿈에서 깬 상쾌한 기분일세. 그래서 나는 옷을 모두 벗고 대번에 헤엄쳐 건너려고 했어."
"허어, 여전히 씩씩하셨군요."
사쿠자에몬이 말했다.
"그래서, 무사히 건너셨습니까?"
"웬걸, 뒤에서 목덜미를 잡히는 바람에."
"누가…… 그랬습니까?"
"보현보살普賢菩薩, 신다라다이쇼眞達羅大將였어."
"아니, 그렇다면 호랑이의 신, 그러니까 주군의 수호신이군요. 그래, 신다라다이쇼가 무어라 했습니까?"
"꾸중을 들었어, 꾸중을."
"하하하…… 이거, 우습군요. 주군이 꾸중을 들으시다니."
"느닷없이 강가의 자갈 위에서 발길질을 하며, 너는 이 강을 건널 때는 돈 여섯 푼을 내야 한다는 것도 모르느냐고 하면서."
이에야스는 이렇게 말하고 입가에 희미한 미소를 떠올렸다.
"배로 건너야 할 강을 헤엄쳐 건너려는 무법자이기 때문에 너는 훌륭한 대장이 못 된다. 왜 배가 올 때까지 기다리려 하지 않느냐. 어째서 마음을 좀더 느긋하게 갖고 인내의 미덕을 쌓으려 하지 않느냐……이렇게."
"으음."
"그런 뒤 너 같은 자는 이렇게 해주어야 한다면서 갑자기 칼을 뽑아 내 가슴에 들이대는 것이었어…… 그 순간 뒤에서 부르는 자가 있었네. 아마 자네들이었던 것 같아."
이번에는 누구도 입을 열지 않았다. 이에야스가 빈사상태에서 꾸었다는 꿈이 그럴듯했기 때문이다.

'혹시 주군은…… 우리에게 힘을 북돋아주기 위해 이런 생각을 하고 있었던 것이 아닐까……'

서로 얼굴을 마주보았을 때 이에야스는 다시 가벼운 숨소리를 내고 잠들어 있었다.

9

이에야스가 구사일생으로 목숨을 건졌다고 스스로도 생각하고 주위 사람들도 마음을 놓게 된 것은 그로부터 이틀 후, 드디어 한여름에 접어든 6월 28일이었다.

그 무렵은 히데요시가 칸파쿠에 오를 것이 결정적이어서 칙사가 떠나기 직전이었고, 이미 도요토미란 새로운 성도 내부에서는 정해진 상태였다.

이에야스가 죽기라도 했다면 두말없이 히데요시의 창 끝은 방향을 돌렸을 것이 분명했다. 이미 히데요시는 토야마의 삿사 나리마사를 치기 위해 만반의 준비를 갖추고 병력을 정비하고 있었기 때문이다.

이에야스는 28일 처음으로 병상에서 일어났다.

"내 병을 오사카에서도 알고 있을까?"

맨 먼저 카즈마사에게 물었다.

"알려지지 않았을 것입니다. 그 증거로……"

카즈마사가 몸을 앞으로 내밀고, 히데요시가 중신 두서너 명을 인질로 키요스에 보내라고 했다는 말을 전했다.

"허어."

이에야스는 자못 불쾌한 표정으로 아직 이마에 띠를 동여맨 채 고개를 갸웃거렸다.

"사자는 토미타 헤이에몬富田平右衛門과 츠다 시로자에몬津田四郎左衛門 두 사람이었을 테지."

"예. 두 사람 모두 주군의 병환을 처음부터 꾀병으로 알고 있는 모양이었습니다. 의외로 선뜻 돌아갔습니다."

"그것 참 기묘한 일이로군. 그럼, 자네는 곧 오카자키로 돌아가, 그쪽에서 제의한 일에 대해 이에야스가 뜻하지 않은 일이라고 생각한다는 서신을 써 보내게."

"뜻하지 않은 일로 생각하시다니요?"

"내가 삿사 나리마사와 접촉한 것은 결코 그에게 모반을 꾀하도록 하기 위해서가 아니다, 천하를 위해 눈을 크게 뜨고 어서 히데요시에게 항복하라고 권했다, 그 증거는 히데요시 자신이 토야마를 공격함으로써 알 수 있을 것이다, 삿사는 내가 잘 설득했으므로 이렇다 할 저항 없이 항복할 것이라고 써서 보내게."

"그……그……그것이 사실입니까?"

"오, 어찌 사실이 아니겠는가. 또 이에야스가 네고로 잔당들을 포섭한 것은 그런 자들이 여기저기 흩어져 있으면 다시 어딘가에서 소요를 일으킬 여지가 있다……고 생각했기 때문이다. 그래서 일부러 모아놓은 것이다. 이 모든 것은 히데요시의 천하 평정을 돕기 위한 배려……그런데도 계속 중신 세 사람을 인질로 요구하려 하는가…… 이에야스는 히데요시의 뜻에 따를 뿐 천하를 어지럽힐 행동을 일으킬 마음은 추호도 없다고 하게."

카즈마사는 순간 병으로 피로해진 이에야스의 얼굴을 망연히 바라보았다.

평생 처음 앓는 중병을 통해 이에야스는 히데요시와의 날카로운 대립에서 벗어날 수 있었다는 말일까……?

카즈마사는 자기 주변을 뒤덮고 있는 불쾌한 구름이 순식간에 새로운 바람에 불려가는 것을 깨달았다.

"천하의 평정……"

이 시대적인 요청을 위해 만일 이 두 영웅이 진정으로 융합할 수 있다면 천하 평정은 이미 성취된 것이나 마찬가지 아닌가.

"잘 알겠습니다."

마침내 그 기쁨이 기운찬 대답과 동작으로 나타났다.

이에야스는 그를 부드러운 표정으로 물러가게 했다.

카즈마사가 사라지자 곧 사카이 타다츠구를 불렀다. 지금 타다츠구는 사쿠자에몬 이상으로 강경파의 중심에 자리잡고 있었다.

10

이에야스는 사카이 타다츠구가 들어왔을 때는 카즈마사에게 그랬던 것과는 완전히 다른 태도로 대했다.

"주군! 병환이 쾌차하셔서 정말 기쁘옵니다."

눈을 붉히고 진정으로 인사하는데도 가볍게 고개를 저었다.

"내가 그 정도의 병으로 죽을 리 없지 않은가. 쓸데없는 소리는 하지도 말게."

"그렇지만, 마사노부의 말에 따르면 이미 십중팔구는……"

"듣기 싫네."

이에야스는 가볍게 제지하고 옆에 대령하고 있는 혼다 사쿠자에몬과 마사노부에게 턱을 쳐들어 보였다.

"타다츠구는 내가 태어난 의미를 모를 것이야."

"그러시면, 주군께서는 처음부터 쾌유하실 자신이 있었습니까?"

"물론일세."

이에야스는 카즈마사를 대할 때와는 사람이 달라진 것처럼 대수롭지 않게, 자못 의기양양한 태도로 말했다.

"지금 이렇게 살아 있는 것이 무엇보다도 그 좋은 증거가 아니겠나. 이 병은 말이지, 당당하게 히데요시와 맞서라, 네 생명은 내가 확실하게 지켜주겠다, 알겠느냐 이렇게 말하는 신불의 다짐이야."

"으음…… 그러시면 주군 뒤에는 신불의 가호가……"

여기까지 말하고 타다츠구는 싱긋 웃었다. 그는 이에야스가 이 중병의 영향으로 마음이 약해질 것을 제일 걱정하고 있었다.

"그러니까 신불의 시련도 끝났으므로 이제부터는 강력하게 히데요시를 대한다…… 이런 말씀이시군요."

이에야스는 부기는 가라앉았으나 아직 수척한 채 고개를 끄덕였다.

"천하의 일을 히데요시가 혼자 멋대로 요리하도록 내버려둘 수는 없지. 자네가 나를 대신하여 다시 한 번 히데요시가 공격하는 엣츄와 인접한 지역의 군비를 돌아보고 오게."

"알겠습니다. 그 말씀을 듣고 안심했습니다."

"그렇다면 앓고 나서 마음이 약해진 줄 알고 있었다는 말인가, 타다츠구?"

"하하하…… 설마 그럴 리는 없다고 생각하고 있었습니다마는, 에치젠의 키타노쇼에 있던 니와 나가히데의 병사病死는 거짓이고, 사실은 히데요시의 압박으로 할복을 했다고 해서 말씀 드리는 것입니다."

"뭣이, 나가히데가 병사한 것이 아니란 말인가?"

"예. 지난 사월 십육일에 죽었는데, 자세히 알아보니 할복이었습니다. 히데요시가 오사카로 오라고 했으나 가지 않은 것은 두 사람뿐, 그 중 하나가 니와 나가히데이고 나머지 한 사람은 주군입니다. 그 한 사람이 히데요시에게는 당할 수 없다고 판단하여, 자식들에게 중신의 의견에 따르라는 유서를 남기고 할복한 것입니다. 만치요万千代 시절부터 친구였던 현재의 적 히데요시에게도 유품을 보내고, 전쟁터에서 살아온 무사가 다다미 위에서 병사하는 것은 억울한 일이므로 할복으로 삶을 마치겠다는 글을 써놓고 죽었다고 합니다. 물론 그 뒤 히데요시가 행한 처사는 가공할 만한 것이었습니다…… 주군도 마음이 약해지셔서 오사카에 가시는 것은 아닌지…… 걱정하고 있었습니다."

이에야스는 적잖이 괴로운 모양이었다. 당연히 그럴 것이다. 노부나가의 측근에서 지금까지 히데요시를 위해 온갖 노고를 아끼지 않았던 나가히데까지 그런 최후를 마치다니……

그러나 이에야스는 가볍게 웃었다.

"하하하…… 나와 나가히데를 같은 수준으로 보고 있었단 말인가. 자네는 멍청이로군."

11

"정말 죄송합니다. 과연 주군은 맹호이십니다. 그런 기백이시라면 아무것도 두려울 것이 없습니다."

타다츠구는 다행이라는 듯이 소리내어 웃었다. 이에야스도 따라 웃으면서 코쇼를 불렀다.

"잠시 누워야겠다. 좀 도와다오."

이에야스는 자리에 누워 타다츠구와 마사노부가 새삼스럽게 이야기하는 병중에 있었던 일을 조용히 눈을 감은 채 듣고 있었다. 그렇다고 결코 표정처럼 편안하게 누워 있기만 한 것은 아니었다.

'으음, 니와 나가히데도 당했구나……'

그 일로 인해 점점 더 험악해질 자신의 앞날을 곰곰이 생각해보는 것이었다.

결국 노부나가의 중신들은 모두 잇따라 자멸自滅해갔다.

맨 처음 야마자키山崎에서 죽은 미츠히데는 그렇다 치고라도 노부타카信孝와 카츠이에도 제거되었다. 그리고 지금은 삿사 나리마사가 목표가 되어 있다. 이케다 쇼뉴池田勝入는 스스로 위기를 자초하여 전사하고, 노부나가의 중신 중에서 남은 것은 마에다 토시이에와 니와 나가히데 두 사람뿐이었다.

이 두 사람만은 틀림없이 히데요시와 끝까지 충돌하지 않고 지낼 줄 알았는데 역시 그렇게는 될 수 없었던 모양이다.

니와 나가히데의 할복은 그동안의 미묘한 감정을 잘 말해주고 있었다. 나가히데도 죽지 않을 수만 있었다면 분명 사는 길을 택했을 터였다. 그러나 히데요시의 요구대로 즉시 오사카 성에 가지 않았기 때문에 오늘날까지 협력을 아끼지 않았던 모든 일이 허사가 되고 말았다.

"히데요시의 미움을 받은 이상 어찌 가문을 유지할 수 있겠습니까."

중신들의 이런 말에 안타까운 표정으로 생각에 잠겼을 나가히데의 얼굴이 눈에 선히 보이는 것 같았다.

"곧 오사카 성에 가셔서 해명하십시오."

중신들의 말—

"토키치藤吉, 토키치."

옛날의 만치요 시절부터 그를 반말로 부르던 자기와 히데요시의 관계를 생각하고, 히데요시에게 사과하느니 차라리 할복하는 편을 택한 나가히데의 심정을 충분히 짐작할 수 있었다.

더구나 병으로 오사카에 가지 못했다는 구실을 대고 다다미 위에서 죽은 것은 분한 일이므로 할복을 하고 유품까지 보냈다고 하는 그의 최후는 이중 삼중으로 가엾었다.

그러나 이것은 결코 남의 일이 아니었다. 이에야스 자신도 같은 처지에 놓여 있었고, 더구나 생사를 내다볼 수 없는 중병을 앓았다.

'용케도 살아났어……'

이런 생각을 하는 한편, 살아난 이상 한치의 틈도 보이지 않고 히데요시의 뻗어가는 행운과 당당히 맞서지 않으면 안 된다…… 이것이 이에야스가 생각하는 목표의 전부였다.

"여보게, 사쿠자에몬……"

잠시 후 세 사람의 대화가 중단되었을 때 이에야스는 다시 번쩍 눈을 떴다.

"여러모로 생각해보았는데 어떤가, 이번에 자네 아들 센치요만은 히데요시로부터 되돌려 받는 것이?"

"그게 무슨 말씀입니까. 저쪽에서는 도리어 중신 두서너 사람을 더 인질로 보내라고 요구하는 마당인데……"

"그래서 하는 말이네만, 이쪽에서 먼저 센치요를 돌려달라고 요구해 보자는 것일세. 자네 부인이 중병에 걸렸다, 생사를 알 수 없을 지경이므로 잠시 돌려달라고 해보게. 카즈마사와는 별도의 경로를 통해서 말일세."

갑자기 이에야스로부터 의외의 말을 들은 사쿠자에몬은 눈만 끔벅거리고 있을 뿐이었다.

12

"내 말 뜻을 모르겠나?"

이에야스가 부드러운 목소리로 말했다.

"신불은 히데요시에게 유례없는 행운을 누리게 하고 있네만, 그렇다고 나를 죽이지는 않았어."

"과연 그렇습니다."

사쿠자에몬보다 먼저 타다츠구가 대답했다.

"그렇기 때문에 운을 겨루시려는 것입니까?"

"자네는 좀 가만히 있게. 어떤가, 사쿠자에몬. 나에게는 전혀 다른 뜻이 없다는 내용의 서신을 카즈마사가 히데요시에게 보낸다…… 그 서신에 대해 히데요시가 어떻게 나올 것인가. 그 속셈을 알아보는 수단으로 자네가 센치요를 보내달라고 제의해보면 어떨까 하는 것일세."

사쿠자에몬은 비로소 무릎을 탁 쳤다. 이에야스가 무슨 생각을 하고 있는지 겨우 납득하게 되었다.

중신 두세 사람을 인질로 삼아 키요스에 보내라고 한 히데요시의 요구를 카즈마사로 하여금 부드럽게 거절하게 하고, 그 후 즉시 센치요를 돌려보내라고 맞불을 놓는다……

'과연 우리 주군다운 생각이다!'

그 정도가 되지 않고는 히데요시와 맞설 수 없었다.

이틀 전까지만 해도 생사가 달린 중병을 앓으며 헛소리까지 하던 이에야스가 눈을 뜨자마자 벌써 이렇게 되었다—고 생각하니 사쿠자에몬의 얼굴에 환한 미소가 떠올랐다.

"과연 강경한 태도입니다. 그렇지 않아도 제 안사람은 내일을 알 수 없는 중병을 앓고 있습니다."

사쿠자에몬은 진지한 표정으로 돌아왔다.

"죽기 전에 한번 만나보게 하고 싶었는데, 주군이 허락하신다면 곧 맞아들일 사람을 보내겠습니다. 아, 이제야 마음이 놓입니다."

"사쿠자에몬, 그럼 자네 부인은 정말 병중이었나?"

사쿠자에몬의 말이 너무 진지했기 때문에 사람 좋은 타다츠구는 깜짝 놀라 반문했다.

"사실일세. 주군께서 병환이시라 말을 하지 못했는데, 하나밖에 없는 아들을 오사카에 빼앗기는 바람에 울화병이 생겨 지금은 언제 죽을지 모를 정도로 위독하네. 하하하……"

"원, 이런."

타다츠구는 혀를 찼다.

"그럼, 히데요시가 순순히 돌려주었을 때의 일도 생각해야 할 텐데, 돌려주면 어떻게 하겠나?"

"다시는 오사카에 보내지 않겠어. 히데요시의 말 따위는 듣지 않는 사람이 이 세상에 있다는 것을 분명하게 알려주기 위해서일세."

그때 이에야스는 다시 조용히 눈을 감고 반쯤 자고 있는 표정이었다. 아마도 센치요를 돌려보내겠다고 할 것인지 아닌지…… 그 대답을 기다렸다가 히데요시에 대한 태도를 결정할 생각인 듯했다.

상대가 강하게 나오면 부드럽게 물러서고, 상대가 부드럽게 나오면 더욱 강하게 밀어붙인다…… 이러한 태도야말로 중병이란 시련을 가하면서도 죽이지 않은 신불에 대한 당연한 보답이라고 이에야스는 생각하고 있었다.

문제는 모든 수단을 동원하여 히데요시의 인물됨을 시험해보아야만 한다. 그에게서 결함이 발견되면 어떤 시기에는 그것을 보완하고 어떤 시기에는 대비해야만 한다.

'그러는 동안에 조금이라도 무리가 있어서는 안 된다……'

이에야스가 생사를 넘나들면서 터득한 것은 바로 이런 생각이었다.

13

"그러면, 저는 이만 물러가겠습니다."

타다츠구는 안심한 듯 커다랗게 이에야스에게 인사를 했다. 이에야스는 가늘게 눈을 뜨고 대답했다.

"잘 부탁하네."

그리고는 다시 남쪽에서 불어오는 서늘한 바람을 받으며 자신의 생명에 부과된 신불의 뜻을 생각하기 시작했다.

신불은 절대로 그에게 직접 말하지는 않았다. 하지만 그 존재와 뜻을 이번의 중병을 통해 분명히 그에게 전한 것처럼 생각되었다. 그가 만일 신불의 뜻을 어기고 히데요시에게 대항하려 한다면 그의 생명을 끊을 것이고, 히데요시 이상으로 신불의 뜻을 옳게 받아들여 살아간다면 무한한 가호를 내려줄 것으로 생각되었다.

"사쿠자에몬……"

"예."

"자네 눈에는 내가 약해졌다고 보이나?"

"아니, 도리어 강해지셨습니다. 주군께서는 몸의 독이 빠져나간 것 같습니다."

"독이 말이지……"

"예. 망상의 독즙이."

그러면서 사쿠자에몬은 갑자기 목소리를 낮추었다.

"센치요에 대한 일은 곧 착수하겠습니다마는, 독이 빠져나간 주군께 한 가지 더 여쭙고 싶은 것이 있습니다."

"무언가, 그것이……?"

"주군께서는 히데요시가 제의한 혼담을 어떻게 하시렵니까? 중병을 앓으시고도 전혀 심경의 변화가 없으십니까?"

"흥."

잠시 눈을 감고 생각하다가 말했다.

"있었어, 변화가."

"어떻게 변하셨습니까?"

"히데요시가 내 뜻에 합당한 인물이라면 그 혼담, 기꺼이 받아들여도 좋아."

"히데요시가 주군의 뜻에 합당한 인물이라면……?"

"그렇지 않은가, 사쿠자에몬?"

"예."

"나는 지금까지 히데요시와 호각互角을 겨루는 인간이었어. 그러므로 신불이 그 같은 중병을 앓게 한 것일세."

"예."

"이제부터는 히데요시도 없고 이에야스도 없네. 좀더 높은 곳에 마음을 두고 양자를 판단하는 사람이 되고 싶어."

"음, 과연 훌륭한 생각이십니다."

"히데요시 쪽에도 치우치지 않고 이에야스의 편도 들지 않는, 어느 쪽에 편중하는 일 없는 생활태도가 가장 신불의 뜻에 합당할 게야…… 생사문제는 우리의 생각 밖의 일이네. 나는 절대로 니와 나가히데처럼 처량하게 할복하지는 않아."

사쿠자에몬은 싱글벙글 웃으며 듣고 있다가 말했다.

"주군은 병환을 통해 이득을 보셨군요…… 아, 쵸칸이 온 모양입니다마는 오늘은 뜸이 뜨겁다는 말씀은 하지 마십시오."

"못난 자 같으니라구. 그것과 이것은 이야기가 달라. 자네도 한번 뜸을 떠보게."

혼다 사쿠자에몬은 웃으면서 일어났다.

"자, 이리 들어오게. 주군은 뜸에 재미가 들리신 것 같아."

이렇게 말하며 쵸칸을 맞이했다.

쵸칸은 문 앞에서 머리를 조아리고, 마츠마루가 가져온 뜸질 도구를 받아 머리맡으로 가까이 갔다.

"맥을 짚겠습니다."

이에야스는 잠자코 오른팔을 내밀었다.

"올해는 너무 가뭄이 오래 계속되는군. 그래. 논에는 물이 마르지 않았나?"

벌써 다른 일을 생각하고 있었다.

여자 칸파쿠關白

1

히데요시의 아내 네네는 시누이 아사히히메에게 손수 차를 권하면서 스스로 자기가 한 말을 우습게 생각하고 있었다.

우란분재盂蘭盆齋인 16일, 두 사람이 소에키에게 다도茶道 수업을 받은 뒤의 일이었다. 사지 휴가노카미가 죽은 뒤 계속 허탈감에 빠져 있는 아사히히메에게 네네는 마치 어머니가 된 심정으로 계속 위로하고 있었다.

아무리 비탄에 빠져 있다고 해도 죽은 사람은 돌아오지 않는다, 이제 심기일전하여 한 사람은 칸파쿠의 아내답게, 또 한 사람은 여동생답게 살아가자고 설득했다.

설득하고 있는 네네는 올해로 38세, 망연히 그 말을 듣고 있는 아사히히메는 다섯 살 위인 43세였다.

네네는 설득하면서도 나이에서 오는 부자연스러움은 별로 느끼지 않고 있었다. 열네 살에 스물여섯 살인 히데요시의 아내가 되어, 그 후 계속 올케로서 손위인 아사히히메를 대해왔다.

우스운 것은 네네 자신 쪽에 있었다.

성안에서는 니시노마루西の丸 님이라고도 불리고, 남편이 나이다이진이 된 뒤에는 정식으로 키타노만도코로北の政所라 불리고 있었다. 그러다가 이번 11일에 히데요시가 칸파쿠에 오르는 것과 동시에 그녀 역시 종3품 도요토미 요시코豊臣吉子로 성과 이름이 모두 바뀌었다.

생각해보면 정말 꿈만 같은 일이었다.

열네 살 때 키요스의 숙모네 집에서 혼례를 올렸을 적에는 짚 위에 멍석을 깔고 식을 치렀다. 그런데 지금은 이 광대한 오사카 성의 안주인이 되어 있었다.

생전에 신처럼 우러러보던 노부나가나 노부나가의 아내보다 그들 부부가 훨씬 더 높은 지위에 오르지 않았는가.

처음에는 노부나가에게 '원숭이'란 조롱의 말을 듣고 또 '털 빠진 쥐'라 불리기도 했던 히데요시가 지금은 칸파쿠 전하가 되었다. 그리고 그 아내 네네는 종3품 키타노만도코로……

설득하는 쪽은 세상에 둘도 없는 행운아의 아내고, 설득당하는 쪽은 극도로 불행한 미망인이었다.

그런데도 역시 네네는 아사히를 설득하지 않을 수 없었다. 오만해져서가 아니었다. 더 이상 이 가엾은 시누이의 운명을 불행의 심연에 빠지지 않도록 하는 것이 올케의 의무라고 생각했다.

"아사히 님이 이렇게 비탄에 빠져 있으면 우리 그이는 말할 것도 없고 어머님까지 병환이 드실지 몰라요. 그리고……"

네네는 소나기가 내릴 듯한 정원 너머 하늘을 쳐다보았다.

"돌아가신 휴가 님의 유지遺志에도 어긋나는 일이에요."

아사히는 대답 대신 흘끗 네네를 바라보기만 했다.

"휴가 님은 모든 것을 천하를 위해…… 어려운 결단을 내리신 거예요. 이제는 그 죽음을 헛되게 하지 않는 것이 여자의 가장 중요한 도리라 생각해요…… 이렇게 말하면 아사히 님은 또 울음을 터뜨릴지도 몰라요. 그 심정을 모르는 바 아니지만, 이제는 생각을 바꾸세요. 주군의 뜻을 거역한다고 휴가 님도 지하에서 아사히 님을 원망하실 거예요."

그러면서 과자를 권했다. 그러나 이번에는 그렇게 하고 있는 스스로가 싫어졌다.

상대는 네네의 말 따위는 전혀 마음에 와닿지 않는 모양이었다. 어쩌면 죽음만을 곰곰 생각하고 있는지도 모른다……

'그런데도 나는 말과 목소리에 활기를 띠고 있어……'

2

남을 설득하거나 꾸짖는 데도 적절한 때라는 것이 있다. 그때를 잘못 택하면 도리어 반감만 불러일으킬 뿐…… 그런 점을 잘 알고 있으면서도 설득하지 않을 수 없는 입장에 있는 것이 네네, 그 네네는 행운에 겨운 네네이기도 했다.

"만도코로 님, 아사히 님은 먹고 마시는 것을 줄이다가 그대로 휴가 님의 뒤를 따르시려는 것이 아닐까요? 시녀들의 말로는 거의 식사를 들지 않으신다고 하는데."

네네의 동생으로 아사노 나가마사淺野長政의 아내가 된 야야屋屋가 가만히 귀띔해주었다.

야야의 말을 들을 것까지도 없이, 네네는 그런 걱정을 시어머니 오만도코로로부터 자주 들어 알고 있었다. 그래서 일부러 오만도코로와 네네 양쪽에서 살필 수 있도록 같은 건물에 아사히의 방을 마련하고 기회가 있을 때마다 기분을 전환시켜주기 위해 애쓰고 있었다.

그러나 네네도 여자였다. 자신의 기쁨과 위세를 숨기지 못하고 때때로 저도 모르게 강요하듯 설득하는 경우가 있었다.

지금도 그런 자신을 깨닫고는 입을 다물었다.

아사히는 차를 들면서 움직이지 않는 정원의 나뭇잎을 멍하니 바라보고 있었다.

지금까지는 나이에 비해 훨씬 젊어 보였던 아사히였다. 그런데 여름을 타서 그렇기도 하겠지만, 그 일이 있은 뒤로 아사히는 갑자기 늙고 시들어 보였다.

네네의 말을—

'또 시작하는군……'

이런 식으로 받아들이고 귀담아들으려 하지 않는다는 것을 잘 알 수 있었다.

"아사히 님."

"예."

"지나치게 깊은 생각을 하고 있군요."

"……"

"인간에게는 스스로도 어쩌지 못할 기분이라는 것이 있게 마련. 그러면 내가 그이에게 아사히 님의 생각을 전할까요? 내가 그만 아사히 님을 화나게 만든 것 같군요."

아사히는 흘끗 네네에게 눈길을 던졌다.

"소용없어요."

그리고는 크게 한숨을 쉬었다.

"소용없다니…… 그이가 들어주지 않을 거라는 의미인가요?"

"예. 이미 옛날의 오빠가 아니에요."

네네는 애써 부드럽게 말했다.

"아무래도 칸파쿠라는 중책을 맡게 된 신분이기 때문에."

"그렇기 때문에…… 아무 말도 않겠어요. 마음대로 하세요…… 하지만 병에는 이길 수 없어요."

"정말이지 그 몸으로는 어떻게도 할 수 없겠군요."

네네는 일부러 부인하지 않고 맞장구를 쳤다.

"무엇보다도 건강이 제일이에요. 그이에게 부탁해서 아리마有馬에 가서 온천이라도 하지 않겠어요?"

남편 히데요시가 아사히의 혼담을 서두르지 않는 것은 상상 이상으로 여동생이 상심해 있기 때문……이라는 것을 알고 있는 만큼 네네는 다시 생각을 바꾸지 않을 수 없었다.

네네가 알고 있기로는 이에야스 쪽에서는 이의가 없고, 중간에 선 이시카와 카즈마사로부터 언제 맞이해도 좋다는 말을 듣기는 했지만, 아사히가 이런 모양이기 때문에 이야기를 진전시키지 못해 난처해하고 있는 모양이었다.

"온천 요양이 좋겠어요! 어머님도 같이 셋이 아리마에 가서 기분전환을 하기로 해요. 그게 좋겠어요……"

아사히는 대답하지 않았다. 가만히 찻잔을 놓고 다시 넋을 잃은 듯 정원에 눈길을 보내고 있었다.

3

네네는 자기가 미워졌다. 같은 여성으로서 상대를 동정하기보다 칸파쿠인 히데요시의 훌륭한 아내가 되고자 하는 생각이 더욱 강한 자신. 남편의 일을 돕기 위해 어떻게 해서든지 아사히를 설득하려 하는 자신을 스스로도 싫증이 날 만큼 잘 알고 있었다.

'매정한 올케, 사죄할게요……'

마음으로는 사죄하면서도 역시 이번 일에서 뒤로 물러설 수 없는 네네의 기질이었다.

히데요시가 칸파쿠에 오르자 세상에서는 곧 네네에게 '여자 칸파쿠'라는 별명을 붙였다. 네네는 누구 앞에서도 히데요시에게 절대로 양보하지 않았다.

"멍석 위에서 혼례 올리던 때를 잊었습니까?"

때로는 시녀나 오토기슈御伽衆° 앞에서도 이렇게 거침없이 쏘아붙였다. 네네의 이런 직설적인 지적은 묘하게도 익살이 되어 결코 히데요시를 노하게 하지 않았다.

노부나가의 정실로 뛰어난 여장부였던 노히메濃姬 마님도 마에다 토시이에의 아내 오마츠阿松와 네네는 여자로 태어난 것이 아깝다고 극찬을 했을 정도인 재녀였다. 그런 재녀인 만큼 네네는 아사히의 마음을 환히 꿰뚫어보고 있었다. 알고 있으면서도 남편의 의사에 따르도록 해야 하기 때문에 더더욱 안타까운 마음이 들고는 했다.

"그래요, 온천 요양이 좋겠어요!"

네네는 다시 몸을 앞으로 내밀듯이 하고 말했다.

"아사히 님이 동의하면 곧 그이에게 부탁하겠어요. 어떤가요?"

"그냥 두세요. 나는 어디에도 가고 싶지 않아요."

"그러면, 몸이……"

네네는 상대가 동의하지 않으리라는 것을 너무 잘 알고 있었다. 그러면서도 무언가 실마리를 찾기 위해 계속 말을 이어나갈 수밖에 없었다.

"아리마는 여기보다 훨씬 더 서늘해요. 하루 속히 건강을 되찾아야만 하고 싶은 일도 생각할 수 있을 것 아닌가요? 하고 싶은 말도 하지 않고 하고 싶은 일도 하지 않으면 아사히 님 입장만 더욱 안타까워질 뿐이에요. 마음대로 하라……고 하지 말고 아사히 님이 그이가 놀랄 만한 말씀을 해보세요."

"올케."

"예, 왜 그러세요?"

"나는 오빠의 말 같은 것은 듣지 않겠어요."

"그럼, 마음대로 하라고 한 것은?"

"단식을 하고 앓다 죽겠어요."

"예?"

네네는 큰 소리로 말하고 짐짓 놀라는 체했다. 모든 것을 지나칠 정도로 잘 알고 있으면서도……

"그 무슨 당치도 않은 말을 하세요! 그런 말은 함부로 하는 게 아니에요. 어머님이 아시면 크게 놀라실 거예요. 하지만 잘 말해주었어요. 대관절 어째서죠?"

"더 이상 수치스럽게 살고 싶지 않아요. 내가 죽었다는 것을 알면 이에야스 님도 안도하실 거예요. 이 나이에 그런 곳으로…… 그것도 진정으로 행복을 원하기 때문이 아니라, 나를 보내 이에야스 님을 안심시켜놓고 멸망시키려는 속셈인 줄 잘 알면서도 시집을 가다니…… 이 아사히는 그렇게 할 수 없어요."

"호호호……"

네네는 재미있다는 듯이 웃었다. 웃으면서도 한 여인의 마음에서 터져나오는 절규…… 그런 생각이 들자 가슴이 메어왔다.

4

"아사히 님……"

밝은 소리로 웃고 나서 네네는 상대가 깜짝 놀랄 정도로 진지한 표정을 지었다.

"아사히 님은 오빠를 그런 사람으로 보시나요, 정말로 오빠를?"

아사히히메는 대답 대신 올케로부터 가만히 눈길을 돌렸다.

"센고쿠戰國의 현실 때문일 거예요. 나는 오빠를 비난하지는 않아요."

"원, 이런…… 아사히 님이 그런 뒤떨어진 생각을 가지고 있다니! 아사히 님 말을 들으면 그이는 마음이 아파 울 거예요."

"그럼, 도쿠가와 쪽에 대해 적의 같은 것은 가지고 있지 않다는 말인가요?"

"아사히 님!"

"예."

"조금 전에 센고쿠의 현실이라고 했지요?"

"그래요. 따라서 여자의 행복 따위는……"

"잠깐!"

네네는 그 말을 가로막았다.

"그 센고쿠는 이미 끝났어요. 타이쇼군이었던 무로마치室町 일족은 영락한 것과 다름없이 되고, 오빠가 칸파쿠가 되어 천하를 손에 넣었어요. 그러므로 지금은 센고쿠 시대가 아니에요."

"그렇지만 아직 지시에 따르지 않는 자가……"

"물론 그런 자가 없지는 않아요. 바로 그래서 아사히 님을 이에야스 님에게 출가시켜 미요시 님, 히데나가 님 일족에 이에야스 님의 힘을 합쳐 천하를 다스릴 생각인데, 어찌 이에야스 님을 적으로 돌릴 마음이 있겠어요? 아사히 님이 잘못 생각하고 있는 거예요."

가혹하다……고 할 정도의 어조로 명쾌하게 잘라 말하고, 네네는 다시 웃기 시작했다.

"호호호…… 연상인 아사히 님에게 내가 언니 행세를 하는 것 같군요. 용서해주세요. 그러나…… 역시 말하지 않을 수 없어요. 오빠가 어째서 여동생의 불행을 원하겠어요? 이에야스 님은 누가 보아도 오빠에

버금가는 일본에서 손꼽는 무장이에요. 그 무장을 하나밖에 없는 여동생의 남편, 매제로 삼으려는 거예요…… 그 생각으로 애절한 여심女心을 간과한 면은 있지만 아사히 님의 불행을 바라는 마음은 추호도 있을 수 없어요."

네네는 갑자기 눈을 빛내며 목소리를 떨구었다.

"이것은 절대 비밀인데, 누구에게도 말하지 마세요."

"절대 비밀이라니요……?"

"오빠의 본심 말이에요. 나는 사카이 사람들을 만나 이야기하는 자리에서 흘러나오는 말을 들었어요. 오빠의 뜻은 이미 일본에 있지 않아요. 명나라와 천축, 남만으로 뻗어가고 있어요."

"예? 명나라와 천축, 남만으로……?"

"그래요. 지금처럼 국내에서 작은 전투에만 시달리고 있다가는 남만인에게 세계가 짓밟힐 거예요. 그것을 막는 것이 칸파쿠의 임무, 세계의 칸파쿠가 되라는 사카이 사람들의 건의에 크게 공감했어요. 알겠나요, 아사히 님…… 그래서 오빠는 더 이상 일본에 머물러 있을 수 없는 거예요. 일본의 칸파쿠를 맡겨도 안심할 수 있는 사람은…… 이렇게 생각하고 이에야스 님을 점찍어 여동생의 남편으로…… 이런 마음을 갖게 된 거예요. 이 말은 아직 누구에게도 하면 안 돼요."

순간 아사히히메는 망연한 표정으로 부지런히 움직이는 올케의 입을 바라보고 있었다.

5

아사히히메에게 네네의 말은 걷잡을 수 없는 꿈같은 것이었다. 그녀가 남편이나 주위 사람들에게 들은 바에 따르면, 히데요시의 방해자는 이에야스이고, 이에야스 한 사람을 제거하기 위해 히데요시는 온갖 지혜를 다 짜내고 있다는 것이었다.

그런데 지금 네네의 이야기는 전혀 다르다. 히데요시의 뜻은 이미 해외로 향해 있고, 일본에서 자기를 대신할 믿을 수 있는 인물을 찾고 있다는 것. 그 결과 히데요시의 눈에 든 큰 인물이 이에야스고, 따라서 그를 여동생의 남편으로 삼으려 한다……는 것이었다.

"아사히 님, 그 말이 일찍 세상에 새나가면 오빠가 없는 틈을 노리는 자가 나타날지도 몰라요. 당분간은 비밀에 부쳐야 해요."

아사히는 아직 멍하니 올케를 바라보고만 있었다. 그러나 이상하게도 지금까지 어둡고 꽉 막혀 있던 가슴에 한 줄기 푸른빛이 비친 듯한 기분이 들었다.

'야심을 위해서는 혈육까지도……'

이런 생각을 하고 있던 마음에 뻥 구멍이 뚫렸다.

'오빠라면 그 정도의 일을 생각하고 있을지도 모른다……'

아닌 게 아니라 요즘에는 '차 모임'을 구실로 사카이의 상인들과 자주 만나고 있었다. 시코쿠 공략, 큐슈 공략도 물론 생각하고 있을 테지만, 그 일을 끝낸다고 해도 어렸을 때부터 무섭게 달려온 오빠의 발걸음이 멈출 것 같지는 않았다.

"아사히 님, 그러니 기분전환으로 어머님을 모시고 아리마에 가실 생각을 해보는 것이 좋아요."

"아니, 그럴 수는 없어요."

"고집이 여간 아니군요. 왜죠?"

"오빠가 홋코쿠北國 공략에 심혈을 기울이고 있는데, 그런 말을 하면 신불의 은혜를 모른다고 어머니에게 꾸중을 들을 거예요."

네네는 그만 웃음이 터져나오려는 것을 억지로 참았다.

'이제 마음이 풀리기 시작하는구나……'

이런 생각과 함께 너무나 착한 아사히히메가 더없이 가여웠다.

이에야스는 어떤 기질의 사나이일까?

어찌 되었든 아사히히메처럼 모질지 못한 사람이라면 능란하게 상대를 조종할 수는 없을 것이고, 부부간의 다툼에서도 처참하게 패배할 것만 같았다.

'그런 점까지 잘 알고 있으면서도 출가를 권하다니…… 나는 나쁜 사람이야.'

"괜히 마음에도 없는 말을 해서 죄송해요. 지금 그 말을 오빠가 들으면 틀림없이 눈물을 흘리며 기뻐할 거예요."

아사히히메는 대답하지 않았다. 다시 눈길을 정원으로 보내더니 이따금 들려오는 매미의 울음소리에 귀를 기울이는 기색이었다.

구름의 흐름이 빨라지고 주위가 갑자기 어두워졌다.

한바탕 소나기라도 쏟아질 듯한 기세였다…… 아니, 이미 야마자키가도 부근에서는 비가 내리고 있는지도 모를 정도였다.

"비가 한 줄기 내리면 시원해질 것 같군요."

"그래요. 바람이 제법 시원해졌어요."

"야마시로山城에서 불어오는 강한 바람일 거예요. 참, 나는 마루에 빨래를 널어놓았는데……"

네네는 더 이상 설득해도 소용없을 것 같아 그대로 마루로 나가 큰 소리로 시녀를 불렀다.

아사히도 그 뒤를 따라 자리를 떴다.

6

네네가 보는 히데요시는 세상 사람들의 평가와는 달랐다.

그녀에게 히데요시는 조금도 무서운 인간이 아니었다. 놀라울 정도로 빠른 두뇌 회전과 이를 능가하는 행동력…… 이밖에 또 하나 네네가 경탄하는 것은 더할 나위 없는 정직함이었다.

세상에서는 히데요시를 권모술수의 화신으로 생각하고 있었다. 그러나 사실은 전혀 그런 사람이 아니었다.

인간은 갑자기 아주 차가운 얼음에 닿았을 때는 착각을 일으켜 —

"뜨거워!"

외칠 때가 있다. 히데요시를 권모술수가 뛰어난 인물이라고 보는 사람들에게서 네네는 그와 같은 착각을 느끼고는 했다.

지나칠 만큼 정직함을 나타내면, 보는 사람은 당황하게 된다. 히데요시의 경우 화를 낼 때도 진실했고, 바로 그 뒤에 미안하게 되었다며 어깨를 툭툭 치는 것도 진실이었다.

"어쩌면 그런 호언장담을?"

생각하게 만들 때도 그 나름의 신조에 바탕한 것이었으며, 놀라운 선전술도 그의 자신감과 환희의 표현이었다.

다시 말해서 히데요시는 세상 사람들의 정직에 대한 생각으로는 잴 수 없는 정직함을 가지고 있었다. 더구나 히데요시는 자신의 정직함이 사소한 책략이나 허위와는 비교도 안 될 '힘'을 발휘하는 것임을 본능적으로 아는 인간이었다.

그런 만큼 네네도 자신에게 음흉한 계략이 없는 한 조금도 물러서지 않았다.

정치에 관한 일이나 대인관계, 부부의 애정, 모자간 갈등 등 무엇이든지 당당하게 개입하여 때로는 다투고, 때로는 히데요시 이상으로 솔직하게 사과하기도 했다. 지금은 그와 같은 양쪽의 적나라한 태도가 적당히 서로를 존경할 수 있게 된 생활을 쌓아올린 부부로 만들었다.

이러한 네네가 남편을 위해 아사히히메를 설득하여 한 줄기 빛을 찾아내게 만들었다. 이 일을 이룬 네네는 역시 타고난 재녀才女였다.

네네는 거실에 들어온 남편에게 고고하고 오만하게 보일 정도의 어조로 말했다.

"칸파쿠 전하는 생각을 크게 잘못하고 있었어요."

"뭐라구?"

오늘은 궁성축조의 일로 무언가 심기가 편치 않았던 듯, 히데요시가 반문하는 말투는 평소보다 상당히 날카로웠다.

"그대는 내 지위를 비웃고 있는 거요, 네네?"

"아니에요. 그 지위에 눌려 부서져버릴 등뼈인지 아닌지 그 굵기를 걱정하고 있는 거예요."

"입이 거친 여자로군! 내 등뼈는 말이지, 가늘어 보이기는 하지만 남만철이야. 걱정할 것 없어."

"호호호…… 자, 어서 상을 가져오너라. 그리고 술도 잊지 말고. 오늘 저녁에는 좀 대담해지시게 하여 여쭈어보고 싶은 게 있어. 어서 준비하여라."

시녀들은 난처한 듯 씨익 웃고 식사 준비를 시작했다. 모두 익숙해져 있는 일이어서 별로 당황하지는 않았다.

"어이없는 여자로군."

히데요시는 입술을 일그러뜨리고 쓴웃음을 지었다.

"이런 식이니까 여자 칸파쿠라는 엉뚱한 소문이 나도는 거야. 마치 주제넘게 날뛰는 사나운 말과도 같군."

7

"호호호…… 주제넘게 날뛰는 사나운 말이어서 다행이에요. 하지만 그 정도의 악담쯤은 아무렇지도 않아요. 돌아가신 우다이진 님은 그보다 더한 악담의 명수였으니까."

네네가 웃으면서 시녀가 가져온 술병을 받아들었다.

"그대가 따를 것은 없어. 젊은 여자들에게 시키도록."

"그건 안 됩니다. 제 앞에 있는 털 빠진 쥐는 주제넘게 날뛰는 사나운 말의 소중한 남편이니까요."

히데요시는 혀를 찼다.

"입으로는 당하지 못하겠어. 좌우간 우다이진 님은 고약한 별명을 붙여주셨어. 털 빠진 쥐라고 하다니……"

"아니, 그보다 더 적절한 별명도 없어요. 그분에 대한 그리움이 샘물처럼 솟아나는군요."

"네네!"

"원 이런, 화가 나셨나요?"

"그대가 이런 식으로 말할 때는 반드시 무슨 속셈이 있기 때문이야. 종삼품인 키타노만도코로 님이 무어가 부족해 이렇게 독설을 퍼붓는 거지?"

"호호호……"

네네는 즐거운 듯이 웃고 다시 술을 따랐다.

"금방 알아차리시니 말하기가 쉬워졌네요. 아사히 님이 좀처럼 승낙하시지 않는 이유를 알았어요."

"뭐, 알았다고?"

"예. 마음을 풀게 할 열쇠만은 발견했어요."

"그래? 그거 다행이로군. 단순한 미련 때문만은 아니었던 것 같군."

"예, 오빠에 대한 불신 때문이었어요."

"나에 대한 불신……?"

"이것은 아주 중요한 일이에요. 자, 한 잔 더 받으세요. 그러고 나서 이 불신을 풀 수 있겠는지 여쭙겠어요."

히데요시는 고개를 갸웃하고 잔을 놓았다.

"불신을 풀 수 있겠는지……라니, 그렇다면 내가 아사히에게 증거라도 내보여야 한다는 말인가?"

"예, 그래요."

"도대체 무어라고 하던가?"

"그전에 여쭙고 싶은 것이 있어요. 칸파쿠 전하는 이에야스 님을 두려워하고 있지 않나요?"

"뭣이…… 내가 이에야스를 두려워한다고?"

"예. 달리 전하가 두려워할 사람은 이 일본에 없어요. 그러나 이에야스 님만은……"

"아사히가 그렇게 말하던가?"

"아사히 님이 그렇게 생각할 정도라면 다이묘 중에서도 그런 생각을 할 사람이 많지 않을까…… 이것은 나의 추측일 뿐이에요."

"으음."

히데요시의 얼굴이 갑자기 불쾌감으로 일그러졌다. 이것은 히데요시가 가장 싫어하는 말이고, 또한 진실에 가까운 말이기도 했다.

"으음, 아사히가 그런 생각을……"

"만일에 그렇다면 출가할 마음이 들지 않을 거예요. 나 같아도 거절하겠어요."

"와하하하……"

갑자기 히데요시는 큰 소리로 웃으면서 잔을 들었다.

"알겠어! 와하하하…… 그래서 키타노만도코로 님이 이 히데요시의 등뼈가 가늘다고 한 것이었군. 알겠어! 그러나 걱정할 것 없어. 이에야스는 내가 조금만 뒷받침하면 일본을 휘저을 사나이가 될 수 있어. 본인은 아직 깨닫지 못하고 있지만. 그래서 이 히데요시가 천하를 위해 뒷받침해주려 하고 있어."

네네는 가만히 웃으면서 무릎걸음으로 한 걸음 앞으로 다가갔다.

8

네네는 히데요시가 무어라 대답할 것인지 충분히 계산한 뒤 교묘히 이야기를 유도하고 있었다. 상대가 생각했던 대로 이야기에 말려들자 이번에는 갑자기 진지한 표정을 지었다.

네네의 그런 태도로 미루어볼 때 히데요시가 이에야스를 두려워하고 있다는 소문은 네네에게도 히데요시 이상으로 안타깝고 화가 나는 일이었다.

"전하……"

네네는 똑바로 남편을 쳐다보았다.

"내버려두면 안 됩니다. 이런 소문이 퍼지면 전하의 위신에도 영향이 미칩니다."

"이번에는 충고를 하는 거요, 만도코로?"

"전하의 넓은 뜻을 다른 사람들은 모르고 있어요. 전하에게도 실수가 있기 때문이에요."

"뭐, 내게 실수가 있다고……? 놀라운 소리를 하는군, 사나운 말이. 설마 그런 소리를 해서 만도코로 자신이 남편인 칸파쿠의 위신을 추락시키려는 것은 아닐 테지?"

"농담이 아닙니다."

네네는 터져나오려는 웃음을 억제했다.

"전하의 전투방식이 칸파쿠답지 않다는 것을 깨닫지 못하셨습니까? 하시바 치쿠젠의 전투방식과 칸파쿠 히데요시의 전투방식 사이에는 어떤 차이가 있어야 하는지 생각이 미치지 못하셨습니까?"

"뭐……뭣이! 하시바 치쿠젠의 전투방식과 칸파쿠의 전투방식이?"

히데요시는 정말로 깜짝 놀란 모양이었다.

'무언가 하고 싶은 말이 있구나……'

그렇지 않다면 이렇듯 진지한 농담으로 맞서려고 할 네네가 아니다…… 문득 이런 생각을 하고는 있었다. 그러나 네네가 하고 싶은 말이 그토록 큰 의미를 지닌 간언諫言일 줄은 생각지도 못했다.

'무서운 말을 하고 있구나!'

이렇게 생각되는 짜증스러움에 —

'역시 네네야!'

아내에 대한 야릇한 애정이 뒤섞였다.

"으음."

히데요시는 복잡한 감정에 사로잡혀 신음했다.

"그렇다면 키타노만도코로는 이 히데요시보다 먼저 칸파쿠가 되어 있다는 말이로군."

"예. 그렇다고 해도 화를 내실 전하는 아닐 것입니다."

"네네, 알고 싶어! 그대는 키슈를 공략하는 나의 전투방식에 불만이 있다는 말인가?"

말하고 나서 히데요시는 과연 옆에 있는 시녀들이 들어도 괜찮을까 하고 주위를 돌아보았다.

네네는 웃으면서 히데요시에게 그런 염려는 말라고 눈짓으로 암시했다. 아닌 게 아니라, 믿을 수 없는 여자라면 처음부터 신변에 두지 않았을 네네였다.

"그 경우에는, 키슈 공략이어서는 안 됩니다. 어디까지나 정벌이어야 합니다."

"건방진 소리! 공략과 정벌은 어떻게 다르지?"

"공략이라면 이겨서 멸망시키지 않으면 안 되고, 정벌은 항복을 받기만 하면 되는 싸움……이겠지요. 그런데도 전하는 일부러 네고로의 무리 십여 명을 항복시키지 않고 토토우미로 쫓아버렸다면서요? 네네는 그런 전투방식은 천하인의 전투방식이라고는 생각지 않아요."

히데요시는 탁 소리를 내고 잔을 놓았다. 당장에는 가볍게 응수할 말이 나오지 않았기 때문이었다.

9

히데요시를 향해 이처럼 따끔한 말을 할 수 있는 사람은 네네말고는 달리 없었다.

네고로의 무리 중에서 아이센인, 네고로 다이젠, 에이후쿠인, 이즈미보 등 16명을 죽이지 못하고 이에야스가 있는 하마마츠로 도주하게 한 것은 쿠로다 칸베에와 함께 히데요시가 이를 갈며 분하게 여기는 일이었다.

네네가 알고 있는 것만도 이상한 생각이 드는데, 그것은 천하인의 전투방식이 아니라고 서슴없이 꼬집고 있었다. 전적으로 네네의 말이 옳아, 히데요시로서는 당장에는 대답할 말이 없었다.

히데요시가 치지 못한 그 네고로의 무리가 버젓이 이에야스의 보호를 받고 있었다. 그리고 이것이 토야마 성에 웅거한 삿사 나리마사의 반심叛心을 크게 조장하고 있었다.

"그래, 천하인의 전투는 항복시키는 것이 목적이란 말이로군."

"그런데도 공격하여 멸망시키려는 것으로 보였기 때문에 상대는 겁을 먹고 도쿠가와 님에게 도망쳤습니다. 도망쳐온 사람을 보호하지 않을 수 없고…… 그러자니 전하의 적이 되고. 그래서 도쿠가와 님도 내

심으로는 고민했겠지요. 앞으로도 여기저기서 마음이 움직이는 사람이 나올 것입니다. 그런 전투는 두 번 다시 하지 마십시오. 전하답지 않은 옹졸한 일입니다."

"후후후……"

히데요시는 다시 잔을 들고 웃으면서 네네 앞에 내밀었다.

"네네…… 아니, 여자 칸파쿠 님."

"예. 아직도 납득이 가시지 않습니까?"

"그대의 의견에 따르기 위해 나는 삿사 나리마사도 공격해 멸망시키지 않고 항복만 받아야 할 모양이군."

"물론입니다! 칸파쿠는 이미 천하인입니다. 천하인이 자기 부하를 마음대로 움직일 수 없다면 큰 치욕. 그와 같은 자신의 역량부족에 화가 나 소중한 부하를 공격해 멸망시킨다면 그것은 분명 도리에 어긋나는 일입니다."

히데요시는 느닷없이 네네의 한 손을 끌어당겼다. 여느 때처럼 익살스러운 얼굴로 돌아가 그 손을 공손히 이마 위로 받쳐들었다.

"여자 칸파쿠 님, 황공합니다, 황공해요!"

"전하."

"예, 왜 그러십니까?"

"삿사 나리마사는 고집스럽기로 세상에 이름이 났다면서요?"

"그러합니다."

"그 고집쟁이를 손에 넣어보십시오. 그러면 모든 다이묘들은 물론이고 도쿠가와 님의 마음도 풀릴 것이고, 아사히 님 역시 전하를 의심하실 리 없습니다. 이것이 천하인의 도량입니다."

히데요시는 어느 틈에 익살맞게 웃던 얼굴을 긴장시키고 있었다. 노한 것이 아니라, 이 무례하고 거센 아내의 마음에 감동하여 하마터면 눈물을 흘릴 뻔했다.

"으음, 정벌이란 멸망시키는 것이 아니란 말이지."

"멸망시키면 원한이 남습니다. 복종시켜 일을 할 수 있도록 해야만 진정한 칸파쿠가 될 수 있습니다."

"네네!"

"예."

"이 털 빠진 쥐의 머리를 한번 쥐어박아주지 않겠나?"

"당치도 않습니다! 예전의 우다이진 님 서신에도, 일본 전체에서 아무리 찾아보아도 그처럼 훌륭한 남편은 없을 것이니 고분고분해야 한다고 하셨습니다. 당치도 않습니다, 당치도!"

10

히데요시와 네네의 화목에는 언제부터인지 모르게 하나의 규칙이 있었다.

처음에는 농담조로 말다툼이 시작되고 이것이 차차 격렬해지면 옆에 있는 자들은 안절부절못했다. 이렇듯 어느 쪽에서도 전혀 양보하려 하지 않았으나 마지막에는 어김없이 손을 잡고 상대를 칭찬해주었다.

지금도 두 사람이 손을 잡는 것을 보고 모두 안도의 숨을 내쉬었다. 개중에는 눈물을 흘리는 사람까지 있었다.

'이것이 바로 진정한 부부이리라……'

이 기승스런 네네는 시녀 한 사람에 이르기까지 그런 생각을 갖도록 만드는 기질의 소유자였다. 그런 기질이 처음에는 히데요시가 세상을 걸어가는 속도와 발전에 뒤떨어지지 않으려는, 세상의 다른 여자들과 같은 열의에 집중해 있었다. 그 열의가 격렬한 투지로 바뀌어간 것은 역시 히데요시가 여러 명의 소실을 두기 시작했을 때부터였다.

히데요시는 결코 소실에 빠져 거취를 그르치거나 하지는 않았다. 그러나 지나칠 정도로 여자의 신분을 존중했다. 자신의 출신이 미천했기 때문에 명문 출신의 여자를 좋아한다……는 소문이 세상에 나돌고 있었지만 네네의 눈에는 그렇게 비치지 않았다.

당시의 무장이라면 누구나 그랬듯이 히데요시도 소실을 하나의 장식물로 생각하고 있었다. 장식물이라면 젊고 아름답고 또한 명인의 손으로 만들어져야 하며, 출처도 분명하지 않으면 안 된다. 말하자면 일종의 골동품 취미, 미술품에 대한 취미라고도 할 수 있었다.

네네가 히데요시에게 강하게 나오기 시작한 것은 이러한 견해가 정착된 후의 일이었다.

만일 명문 출신의 명품에 자기 이상으로 재능을 가진 자가 나타나면 네네는 설 곳이 없어질 터. 그러므로 네네는 누구보다도 깊이 노부나가가 말한 '털 빠진 쥐'의 가치와 성격을 이해하는 데 노력했다.

그것은 예사로운 투쟁이 아니었다. 한발 뒤처져 히데요시의 모습을 잃어버리기라도 했다면, 노부나가나 노히메 마님으로부터 '재녀'임을 인정받은 네네는 이 세상에서 가장 비참한 아내가 되었을 것이다. 소실이 모두 명문 출신임은 우둔하고 미천한 정실을 살아 있는 가축으로 전락시키는 가장 손쉬운 길이었다.

지금의 네네는 이미 완전히 그런 위험성에서 벗어나 있었다.

종3품인 만도코로. 소실들은 모두 예의를 다해 네네를 대했고, 히데요시도 그녀를 아주 높이 평가하고 있었다.

그러나 지금도 네네는 조금도 방심하지 않았다.

그녀가 분석한 남편의 성격은 한마디로 말해 '뒤를 돌아보지 않는 사나이'였다. 아니, '뒤돌아보게 해서는 안 될 사나이'라는 것이 옳은 표현인지도 몰랐다.

어디까지 뻗어갈 것인가?

그것은 네네도 알지 못했다. 하지만…… 그래도 좋다고 네네는 생각한다. 아마도 죽을 때까지 무언가를 바라보고 걸어갈 사람. 그 걸음의 길잡이가 되고 있는 한 히데요시는 네네를 경멸하거나 무시할 수 없다. 그런 의미에서라면 네네는 확실한 자신감을 가지고 있었다.

'나는 칸파쿠 히데요시의 지팡이다. 나를 제외하고는 이 털 빠진 쥐의 지팡이가 될 여자는 없다……'

그러한 히데요시가 이번에는 자기가 직접 술병을 들고 공손히 네네에게 술을 따랐다.

11

"네네, 나는 이제 눈을 떴어."

히데요시가 평소의 버릇대로 과장해서 말했다. 네네도 소녀처럼 수줍어하며 대답했다.

"거짓말…… 무엇이든 다 알고 계시면서 공연히."

"그렇지 않아. 나는 마음으로부터 이에야스를 두려워하고 있었어. 두려워하고 있었다는 말이 적당치 않다면, 최소한 나와 대등한, 방심해서는 안 될 사나이라 생각하고 있었어. 그것이 처음부터 잘못이었어."

"전하와 도쿠가와 님은 전혀 비교가 되지 않아요. 겉은 비슷하다고 해도 구리 주전자와 금 주전자만큼이나 차이가 있어요. 자, 한 잔 더 드세요."

"암, 마셔야지. 아주 맛이 좋아. 네네."

"예. 네네는 정말 행복한 여자에요."

"아니, 행복한 것은 바로 나야. 나는 전고典故를 조사하게 해서 여자에게 줄 수 있는 최고의 위계位階를 그대에게 내리도록 조정에 건의할 생각이야."

"아니에요. 이 네네는 지금의 위계만으로도 과분해요. 다만 전하만은 앞으로도 계속 전진하시기 바라겠어요."

"알겠어, 알겠어!"

이렇게 말하고 히데요시는 안도하고 있는 시녀들에게 장난기 있는 눈길을 보냈다.

"나는 이미 일본의 총대장이 됐어. 앞으로는 이에야스도 나리마사도 모토치카元親도 모두 부하로 삼아 그 부하들을 데리고 명나라와 천축까지 나가겠어. 알겠느냐, 만도코로 님은 그 세계를 다스리는 총대장의 마님인 거야. 결코 소홀함이 있어서는 안 돼."

진지한 말에 모두들—

"예."

대답하며 머리를 조아렸다.

히데요시는 다시 부채질을 하듯 손을 흔들며 말했다.

"모두 만도코로 님을 잘 본받아야 한다. 만도코로 님이야말로 여자 중의 여자. 세계 제일의 여장부야. 알겠느냐?"

그 앞에서 네네는 조금도 수줍어하는 기색 없이 응대했다.

"아니, 나 같은 것은 하찮은 여자. 그러나 전하는 천년에 한 사람도 나오지 않을 분, 태양의 아들이셔. 그 덕으로 모두 이렇게 편안히 살고 있는 거야. 이 은혜를 절대로 잊어서는 안 돼."

그러면서 네네는—

'이 털 빠진 쥐는 정말로 명나라와 천축까지 진출할지도 모른다.'

문득 이런 생각을 떠올리기도 했다.

사카이 사람들이 열심히 설득하고 있고, 그렇지 않아도 배를 만들고 있었다. 히데요시는 수명이 다해 쓰러질 때까지 아마 그 꿈을 계속 추구할 사람이었다.

하지만 그것으로 좋다고 네네는 생각했다. 그런 자신감이 없다면 힘의 비교만을 생각해온 지금의 다이묘들을 누를 수 없었을 것이다. 그들은 굴복하면 좋은 가신이었으나 틈을 보이면 모두 적이었다……

히데요시는 상당히 취한 모양이었다. 취하면 심하게 고개를 흔드는 평소의 버릇이 다시 크게 눈에 띄었다.

"전하, 그만 침소로 드시지요. 카가 부인이 오시기를 기다리고 있다고 합니다."

"아니, 오늘은 그리로 가지 않겠어. 오늘 밤엔 그대와 같이 지내겠어…… 천하 제일의 여장부와. 자, 한 잔 더 따라줘."

"호호호."

네네는 우스워져 가볍게 웃었다. 역시 그녀도 여자였다. 어딘가에 질투의 실오라기가 달라붙어 있었다. 그러나 이것을 냉정하게 돌이켜 볼 수 있는 네네였다.

허허실실虛虛實實

1

중병을 앓고 나서 이에야스가 한 말은—

"히데요시도 없고 이에야스도 없다. 천하를 위해 양자를 심판하는 신불의 입장에 서겠다."

이러한 것이었고, 칸파쿠가 된 히데요시의 심경은 이에야스 따위는 문제시하지 않는 입장에서 큰 뜻을 펼쳐나가려는 것이었다.

이 두 사람이 각각 군사를 거느리고 움직이기 시작한 것은 7월 말경.

병석에서 일어난 이에야스가 먼저 슨푸로 나가 군사를 지휘하지 않을 수 없게 된 것은 공교로운 일이었다.

히데요시는 이시카와 카즈마사를 통해 이에야스가 중신을 인질로 보내라는 자신의 요구를 의외로 생각한다는 회답을 받았다.

"그렇다면 내가 잘못이었다. 이에야스가 그런 생각이라면 굳이 인질을 요구하지 않겠다."

깨끗이 인질요구를 철회했다.

이어 혼다 사쿠자에몬을 통해—

"모친이 위독하니 혼다 센치요를 급히 돌려보내주었으면 한다."

이렇듯 의미심장한 이에야스의 탐색에 대해서도 히데요시는 선선히 응했다.

"오, 잘 알겠다. 인간에게는 효심이 제일이다. 정성을 다해 어머님을 간호해드리도록 하라."

인질을 보내지 않았을 뿐 아니라 센치요까지 돌려받은 이에야스 쪽의 책략은 일단 성공한 듯이 보였다.

히데요시의 두뇌 역시 그렇게 쉽게 당하도록 되어 있지는 않았다. 그는 인질을 요구하지 않는 대신 이에야스의 전투력을 한 군데 묶어놓고 절대로 삿사 나리마사의 토야마 성에 대한 공격을 방해하지 못하도록 단호한 조치를 취해두었다.

그 조치란 다른 게 아니었다. 에치고의 우에스기 카게카츠上杉景勝로 하여금 신슈信州의 우에다 성上田城에 있는 사나다 마사유키眞田昌幸 부자가 이에야스에게 반기를 들도록 만들었다.

어쩌면 이 책략은 인질의 거부와는 비교도 되지 않을 정도의 묘수였는지 모른다.

현재 도쿠가와 가문에 대한 가장 큰 협력자는 이에야스가 자기 딸 스케히메督姬를 출가시킨 오다와라의 호죠 우지나오北條氏直와 그 아버지 우지마사氏政였다.

그 무렵 이 호죠와 우에다 성의 사나다 마사유키 사이에 한 가지 분쟁이 일어났다. 사나다 부자가 공격하여 빼앗은 죠슈上州의 누마타 성沼田城을 호죠가 인도하라고 요구했다. 사나다 부자는 물론 이를 거부했다.

이 분쟁에 이에야스가 개입하여 다른 땅을 주고 양자를 적당한 선에서 납득시키려 했다. 영리한 히데요시가 그 분쟁을 모른 체하고 있을 리 없었다. 그는 재빨리 우에스기 카게카츠에게 마사유키를 뒷받침하도록 획책했다.

우에스기의 원군이 온다면 마사유키가 호죠의 요구에 응할 리 없었다. 호죠가 불만을 토로하면 유일한 아군인 이에야스는 이를 묵과할 수만은 없을 터. 결국 마사유키를 공격하지 않을 수 없게 된다.

이에야스가 마사유키의 우에다 성을 공격하면 그동안에 히데요시는 두서너 명의 인질을 데려오는 것보다도 더 안심하고 삿사 나리마사를 공격할 수 있다. 말하자면 졸卒을 죽이고 마馬를 잡는 장기와 같은 묘수를 써서, 병석에서 일어난 지 얼마 안 되는 이에야스로 하여금 어쩔 수 없이 슨푸까지 나가게 하고, 히데요시보다 한발 앞서 우에다 성 공격의 지휘를 맡지 않을 수 없게 했다.

그렇다고 이에야스의 장기판에 패색이 짙어진 것은 아니었다. 그 증거로 이에야스는 슨푸로 떠나는 날 말 위에서 어느 때보다도 더 희색이 만면해 있었다.

2

히데요시에게는 히데요시의 계산이 있고, 이에야스에게는 이에야스의 계산이 있었다. 그리고 이들의 이러한 계산은 종종 양자에게 모두 이익이 되는 경우가 있었다.

히데요시로서는 이에야스의 주력을 우에다 성에 못 박아두는 것이 삿사 나리마사를 공격하는 데 절대적으로 필요한 일이고 또 이익이기도 했다. 그러나 히데요시의 이익은 이에야스에게도 결코 불리하지 않았다.

이에야스는 자기 뒤에서 말을 달리고 있는 혼다 마사노부를 돌아보고 빙긋 웃었다.

"일이 잘 풀려가고 있어."

오이가와大井川를 눈앞에 둔 뙤약볕 밑에서 비로소 입을 열었다.

"그렇습니다."

마사노부도 이에야스를 바라보고 웃었다.

"히데요시도 제법 좋은 일을 할 때가 있군요."

"응…… 이것으로 호죠 부자의 의심을 받지 않고 당당하게 슨푸 성을 수리할 수 있게 됐네."

이에야스가 코슈와 신슈의 방비를 튼튼히 하기 위해 슨푸 성을 대대적으로 개조해두려고 한 것은 오랜 숙원이었다.

전국戰國의 우군友軍은 결코 우군이 아니었다. 지금은 우지마사의 아들 우지나오를 사위로 삼은 이에야스였으나, 우지마사는 사위인 우지나오를 아직 한 번도 이에야스와 만나게 하지 않았다. 스케히메를 출가시킨 지 4년이나 지났는데도……

표면적으로는 더할 나위 없는 우군도 이면에서는 누구라 할 것 없이 계속 경계를 게을리 하지 않았다. 이번의 우에다 성 공격도 물론 그와 같은 타산을 의리로 둔갑시킨 행동이었다. 이 때문에 슨푸 성의 대대적인 개조라는 숙원이 달성된다면 코슈나 신슈뿐 아니라 호죠에 대한 방비를 위해서도 절대적으로 필요한 일이었다.

"히데요시가 나리마사를 공격하고 있는 동안 내가 굳이 팔짱을 끼고 있어야 할 이유는 없겠지."

"물론입니다……"

"생각해보니 이번 전투에는 세 가지 이득이 있어."

"세 가지뿐일까요?"

"응, 첫째는 슨푸 성이고, 둘째는 이것으로 사기가 높아져 코슈와 신슈의 방비가 튼튼해질 거야."

"셋째는……"

말하다 말고 마사노부는 자기 허리에서 대나무 물통을 끌러 이에야스에게 건넸다.

"땀이 많이 나셨습니다. 여기 냉수가 있습니다."

"그래. 역시 아직은 몸이 시원치 않구나."

이에야스는 순순히 그 물을 한 모금 마시고 대나무 물통을 마사노부에게 돌려주었다.

"셋째는 히데요시와도 손을 잡기가 쉬워질 것 같아."

"그렇다면 넷째도 있습니다."

"하하하, 넷째는 무엇이냐?"

"호죠 부자가 의리가 강하신 성주님이라고 감탄할 것입니다. 이것은 결코 적은 이득이 아닙니다."

"하하하……"

길이 바싹 말라 행렬의 뒤쪽은 흙먼지 때문에 보이지 않았다. 바람도 없고 구름도 없었다. 양쪽 논에서 김이 날 정도로 무더웠다.

"주군께 한 가지 여쭙고 싶은 것이 있습니다."

"무엇이냐? 다섯번째 이득 말인가?"

"아닙니다. 주군은 정말 사나다 부자를 멸망시킬 생각이십니까?"

이 말을 듣고 이에야스는 몹시 당황해하며 주위를 둘러보았다.

"쉿. 쓸데없는 말은 묻는 게 아닐세, 마사노부."

3

꾸중을 듣고 마사노부도 주위를 돌아보았다.

그 말은 아무도 듣지 못한 듯, 바로 뒤에서 따라오는 아베 마사카츠阿部正勝와 마키노 야스나리牧野康成는 앞에 보이는 북쪽의 산맥을 가리키며 열심히 무언가 이야기를 나누고 있었다.

"멸망시키느니 않느니 하는 말은 섣불리 입 밖에 내는 게 아니야. 사기에 영향을 주면 어떻게 하겠나?"

"황송합니다."

"그런데……"

이에야스는 말을 마사노부 가까이 접근시키면서 목소리를 낮추어 말했다.

"마사노부, 무리를 하면서까지 멸망시켜야 할 상대는 아닐세, 사나다 부자는."

"저도 그렇게 생각합니다."

"히데요시가 나리마사와 싸우고 있는 동안 우리도 열심히 싸우면서 슨푸에 성을 쌓으면 되는 것일세."

마사노부는 깊이 고개를 끄덕이고 말머리를 돌렸다.

여기까지 들으면 이에야스의 속셈은 충분히 알 수 있었다.

사나다 부자 뒤에는 우에스기 카게카츠가 있고 히데요시가 있었다. 섣불리 사나다 부자를 멸망시키려 든다면 삿사 나리마사를 처리한 뒤 히데요시와 카게카츠의 무력이 이에야스에게 돌려질 것은 불을 보듯 빤한 일이었다.

사나다 부자와 호각지세互角之勢로 굳이 승부를 결판 짓지 않고 있으면 히데요시가 화의를 주선할 터. 그러면 히데요시의 체면을 세워주고 철수하여 사나다 부자를 살려 돌려보낸다.

이렇게 하면 히데요시에 대한 호죠 부자의 증오가 가중되고, 그 증오가 도쿠가와 쪽으로의 접근을 부채질한다. 그 결과로 사나다 부자를 멸망시키는 것 이상의 효과를 얻을 수 있으니, 곧 반反히데요시의 '힘'은 그만큼 커질 터.

이와 같은 미묘한 역학적 계산이 과연 이에야스의 머릿속에 확실하게 정리되어 있는지를, 혼다 야하치로 마사노부本多彌八郎正信는 알고 싶었던 것이다……

이전에는 이에야스도 노부나가도 단지 살아남기 위해서 어떻게든 적을 쓰러뜨리고 이겨야만 하는 시대가 있었다. 그러나 이런 가혹한 전국戰國의 양상은 일단 사라지고, 이제는 승부를 다른 각도에서 생각해야 할 시대로 접어들고 있었다.

강한 것만이 무장이 아니라, 뛰어난 정치적 수단과 외교적 수단이 필요하게 되었다.

용맹으로 이름을 떨치던 사카이, 혼다(타다카츠), 이이井伊, 사카키바라榊原 외에 혼다 마사노부, 아베 마사카츠, 마키노 야스나리 등이 계속 이에야스 곁에 있으면서 의견을 개진하게 되었다……

이에야스가 슨푸 성에 들어간 지 10여 일이 지난 8월 초에 이르러 히데요시도 오사카 성을 출발했다.

히데요시가 출전하는 모습은 더욱 여유로웠다.

쿄토에서 오사카에 이르는 강줄기에 배를 띄워 새로운 칸파쿠의 위세를 과시하기도 하고, 사카이에 가서 새삼스럽게 세계 정세에 대한 설명을 들으면서 차를 마시기도 했다. 드디어 나리마사 공격의 진두에 섰을 때는 그 군비의 호화로움에 사람들의 눈이 휘둥그레지고 간담이 서늘해졌다.

앞서 미노의 사이토 타츠오키齋藤龍興를 공격할 때부터 사용하기 시작했던 호리병박 우마지루시馬印°는 지금 뙤약볕 아래 황금빛으로 찬란히 빛나고 있었다. 그리고 히데요시가 자랑하는 타래붓꽃 장식의 투구도 눈부신 황금빛 후광으로 빛났다.

눈썹에 수염을 붙이는 등 새로운 칸파쿠로서 화장을 한 히데요시의 면모는 완전히 바뀌어, 마치 그림에서 막 뛰쳐나온 듯한 위대한 모습을 보여주고 있었다.

이렇게 모든 준비를 굉장하게 갖춘 히데요시도 물론 삿사 나리마사와 진정으로 싸울 의사는 전혀 없었다……

4

이에야스의 주력은 우에다 성 주위에 집결되어 있을 것이고, 시코쿠에 대한 견제도 충분히 해놓았다. 따라서 히데요시의 이번 출전은 일종의 유람과도 같았다.

사카이의 상인들이 권하여 일부러 데려온 소로리 신자에몬曾呂利新左衛門을 오다 우라쿠織田有樂 등과 더불어 새로 오토기슈로 대동하여, 가는 곳마다 새로운 칸파쿠가 얼마나 평민적이고 인정이 많은가 하는 것을 천하에 선전하기만 하면 되었다.

나리마사가 아무리 반항한다 해도 니와 나가히데는 이미 할복했고, 이에야스의 주력은 다른 곳에 묶여 있기 때문에 어쩔 도리가 없을 것이었다. 따라서 그를 완전히 포위해놓고 이 유명한 고집쟁이를 마음껏 희롱해줄 생각이었다.

이 경우의 희롱은 결코 전술과 전략에 의한 것이 아니었다. 어디까지나 인간과 인간의 그릇 차이, 철두철미 옛날 식인 무장과 새로운 칸파쿠의 정치력 차이를 보여주려는 것이었다……

그런 의미에서 삿사 나리마사는 일찍이 없었던 하나의 행운과 하나의 불운을 만나려 하고 있었다. 행운은 전혀 멸망할 두려움이 없다는 것이고, 불운은 겨우 목숨은 유지하지만 히데요시의 위대함을 증명하는 선전도구로 이용된다는 것이었다.

이에야스는 히데요시도 제법 좋은 일을 한다면서 웃었다.

히데요시 역시 그 점에서는 마찬가지였다. 그는 노부오가 밀고해온,

우에다에서 도쿠가와 군이 어떻게 포진해 있는가 하는 정보를 입수하고는 눈을 가늘게 뜨고 웃었다.

이에야스는 슨푸에서 지휘하고 있었다. 현지에 파견된 군사는 오쿠보 타다요, 토리이 모토타다鳥居元忠, 히라이와 치카요시平岩親吉, 시바타 야스타다柴田康忠, 오카베 나가모리岡部長盛, 스와 요리타다諏訪頼忠, 호시나 마사나오保科正直, 마츠다이라 야스쿠니松平康國, 야시로 카츠나가屋代勝永, 사에구사 마사요시三枝昌吉, 죠 마사시게城昌茂, 소네 마사요曾根昌世 등을 제1군으로 하고, 직속 무장인 이이 나오마사井伊直政, 오스가 야스타카大須賀康高, 마츠다이라 야스시게松平康重, 마키노 야스나리, 스가누마 토조菅沼藤藏 등 약 1만 5,000이 동원되어 있다는 것을 알았다.

"그 정도로 군사를 동원시켰다면 양동작전은 불가능하다."

그러나 히데요시는 누구에게도 말하지 않은 기대를 가슴에 간직하고 있었다.

그 역시 이에야스가 진심으로 우에다 성 부근에서 대대적인 소모전을 펴리라고는 생각지 않고 있었다. 그러나 이에야스가 깊이 개입하고 있는 동안, 다행히도 우에스기 카게카츠의 에치고越後 군이 원군으로 도착했으면…… 하는 가상假想이 그것이었다.

전투는 유동적인 것.

만일 도쿠가와 군이 시나노에서 우에스기와 사나다의 연합군에게 퇴로가 차단되기라도 하면 생각지도 않았던 대대적인 조우전遭遇戰이 벌어질지도 모를 일이었다.

그렇게 되면 사나다 군 따위는 문제가 되지 않고, 이에야스도 카게카츠도 피비린내 나는 결전을 계속하지 않을 수 없게 될 터. 따라서 양쪽 모두 큰 손실을 입어 그 힘이 반감될 것이었다.

'……그렇게만 된다면 도쿠가와도 우에스기도 발톱 빠진 고양이가

될 텐데……'

첫째 안案으로 충분히 견제의 효과를 거두면서, 여기에도 또 제2단계, 제3단계 등 허허실실虛虛實實의 비책이 숨겨져 있었다.

그런 의미에서 양쪽 모두 승리를 장담할 수 없는 대비 속에, 한쪽은 우에다 성에서, 다른 한쪽은 호쿠리쿠에서 동시에 전투가 시작되었다.

5

8월 2일 이에야스는 우에다 성의 사나다 마사유키를 공격하기 시작했다. 그 후 이에야스는 화를 내는 것도 같고 그렇지 않은 것도 같은 자세였다. 그대로 전진시켰는가 싶으면 후퇴시키고, 후퇴시켰는가 싶으면 원군을 보냈다.

이때의 일을 전기戰記에서는 모두 사나다 군의 뛰어난 방비와 왕성한 사기 때문에 도쿠가와 군이 고전하여 감히 공격해나가지 못했다고 기록하고 있다.

물론 사나다 군을 얕볼 수는 없었다. 그러나 이에야스로서는 우에스기 군의 도착과 히데요시의 움직임을 살피면서, 코슈와 신슈 땅에서 얻은 새로운 부하의 실력을 시험하는 대대적인 연습을 전개한 셈이었다. 그동안 슨푸 성이 착착 축조되었던 것은 말할 나위도 없었다.

사나다 군은 새로운 가신의 연습 대상으로서 그야말로 구하기 힘든 상대였다. 그들은 지금까지 적이었던 도쿠가와 군과 처음으로 손을 잡고 신출귀몰한 사나다 군을 상대하면서 아주 자연스럽게 우군友軍으로서의 공감과 친밀도를 깊이 하고, 나아가 '도쿠가와 군'에 대한 신뢰감을 심어나갔다.

그들 가운데서도 특히 우에스기의 원군을 거느리고 신슈에 들어온

후지타 노토노카미藤田能登守와 키소木曾에서 온 오가사와라小笠原 원군 등을 이이 나오마사가 혼자 떠맡아 무찔러버린 실력은 이 신뢰를 더욱 굳게 만들었다.

이에야스가 히데요시의 진퇴를 감안하면서 우에다 부근의 군사에게 철수를 명한 것은 9월 26일이었다.

이에야스 자신은 그 닷새 전에 일단 하마마츠 성으로 돌아왔다. 하마마츠에 남아 있던 여러 장수들을 불러 회의를 마치고, 우에다에 철수 명령이 전달된 26일에는 미카와의 니시오西尾부터 키라吉良의 성채를 여유롭게 순시하고 있었다.

홋코쿠 공략을 예정대로 끝마친 히데요시는 다시 우에스기 카게카츠와 동맹을 맺고 오사카로 돌아와 마침내 시코쿠 공략에 나서려 하고 있었다.

우세한 히데요시의 해상군海上軍이 혹시 미카와에 기습상륙하기라도 하면 안 된다는 조심성에서였는데, 그곳 역시 사기가 충천하고 방비도 허술한 점이 없었다.

히데요시도 뜻대로 일이 성취되었으나, 이에야스 역시 허실의 전략에서 결코 히데요시에 못지않은 효과를 거두고 있었다. 다만 사나다 마사유키 부자를 격멸하지 않고 철수한 일 때문에 오다와라의 호죠 우지마사가 몹시 불쾌하게 여긴다는 것이, 비록 예상했던 일이기는 했으나, 단 한 가지 꺼림칙한 점이었다.

우지마사가 이번 사나다 공격 중에 슨푸 성 축조 계책이 있었다는 것을 깨닫는다면, 혹시 격노해 슨푸로 진격해올지도 모를 일이었다.

'이쯤에서 그의 감정을 누그러뜨리지 않으면 안 되겠다.'

10월 3일 하마마츠 성으로 돌아온 이에야스는 이때 비로소 우지마사 부자에 대한 대책 마련에 고심하기 시작했다.

자기 사위인 우지나오와는 아직 대면도 하지 못하고 있었다. 이 기회에 우지마사, 우지나오 부자와 만나, 이번의 철군은 히데요시라는 공통된 적을 경계하기 위해 취한 부득이한 조치였다는 것을 납득시킬 필요가 있었다.

그런 의미에서 호죠 우지마사 부자에게는 떼를 쓰는 어린아이와 비슷한 일면이 있었다. 히데요시와는 비교도 안 될 정도로 고집스럽기만 할 뿐 하찮은 인물이었다……

이런 생각을 하며 여러 가지로 궁리하고 있을 때 뜻하지 않은 난제難題를 히데요시가 제기해왔다.

6

히데요시가 제기한 난제란, 지금부터 시코쿠와 큐슈 등 일본 전체를 평정하기까지 모든 다이묘는 오사카에 인질을 보내 히데요시에게 협력하기로 했다, 모두가 다 승복했으므로 이에야스도 다른 다이묘들처럼 새로운 인질을 시급히 차출하라는 것이었다.

히데요시의 의향이 어째서 이처럼 강경하게 변한 것일까?

그것은 히데요시가 삿사 나리마사를 공격할 때 시도한 새로운 정책이 훌륭히 성공을 거둔 일 외에 또 하나의 원인이 있었다. 히데요시는 칸파쿠인 동시에, 그 무렵 이미 다죠다이진太政大臣° 자리를 내락받아 단순히 일본의 실권자일 뿐 아니라, 불세출의 영웅으로서 최고 지위에 오를 날이 눈앞에 다가와 있었다.

이렇게 되자 히데요시는 힘과 힘의 대결로 다이묘들을 제압하는 것이 아니라, 조정의 위엄을 배경으로 당당한 명령자가 되었다. 게다가 그는 이번 일로 더욱 이에야스를 우습게 여기고 있기도 했다.

이에야스는 결국 히데요시의 입김이 닿은 우에다 성을 처리하지 못하고 철수했다. 이번의 철수는 이에야스가 히데요시에게 의미있는 눈짓을 보냈다고도 볼 수 있고, 자신의 힘을 알고 신중을 기한 것이라고도 판단되었다.

삿사 나리마사는 그의 두둔으로 순진하다고 할 수 있을 정도로 단순하게 정벌에 참가했던 히데요시를 따라 어슬렁어슬렁 쿄토에 나타나 그의 위력을 과시했고, 우에스기 카게카츠도 역시 거의 적의를 드러내지 않고 새로운 칸파쿠에게 협력할 것을 맹세했다.

여러 다이묘들이 아무런 저항도 않고 히데요시를 위해 인질을 차출한 것은 말할 나위도 없었다. 상황은 더욱 히데요시에게 호전되었다.

'이제는 이에야스도 거절할 수 없을 것이다.'

이에야스 한 사람에 대한 요구가 아니라, 명령자로서 모든 다이묘에게 요구하는 쪽으로 뜻을 정했다.

그런데 오다 노부오를 통해 이 명령을 전달받은 도쿠가와의 중신들은 안색을 바꾸고 격분하기 시작했다. 그들은 이번 출전에서도 전혀 히데요시에게 졌다고는 생각지 않았다.

비록 우에다 성은 함락하지 못했으나 이것은 병력의 무의미한 손상을 피하기 위해, 슨푸의 축성을 위해, 또 호죠 우지마사를 견제하기 위해서일 뿐, 도쿠가와의 실력 그 자체는 더욱 충실해졌을망정 조금도 쇠퇴하지 않았다고 믿고 있었다. 더구나 혼다 사쿠자에몬의 아들 센치요를 돌려받아 모두가 쾌재를 부르고 있던 때였다.

이럴 때 새삼스럽게 이에야스의 아들에 중신의 가족들을 딸려 오사카에 인질로 보내라고 요구해왔다.

아마도 히데요시는 이것이 난제라고는 생각지 않았을 터. 이제는 대세를 깨닫고 당연히 해야 할 일인 줄 알라는 의미였을 테지만, 사기가 올라 있는 도쿠가와 쪽으로서는 철두철미 —

'히데요시의 가증스런 난제!'

이렇게 생각되었을 뿐이었다.

이 난제에 어떻게 대처할 것인가?

중신들이 바쁘게 왕래하기 시작한 것은 10월 15일.

재차 독촉을 받고 모든 중신들이 하마마츠 성에 비상소집된 것은 서리가 내릴 무렵인 같은 달 28일이었다.

7

본성 큰 서원으로 삼삼오오 모여드는 중신들. 그들의 얼굴은 한결같이 격렬한 분노로 잔뜩 긴장되어 있었다.

사카이 타다츠구, 혼다 사쿠자에몬, 사카키바라 야스마사榊原康政, 이이 나오마사, 마츠다이라 이에타다松平家忠, 오쿠보 타다요, 혼다 마사노부 등등……

그중에서 이시카와 카즈마사만이 이상하게도 침착해 보이는 것은, 유독 그만이 냉정하기 때문이 아니었다. 오히려 다른 사람들이 다른 때에 비해 크게 격노해 있다는 증거였다.

이에야스도 정면에 앉아 역시 씁쓸한 표정을 짓고 있었다.

"타다츠구, 그대부터 의견을 말해보게."

이에야스가 말했다.

"벌써 다른 인질들은 모두 오사카에 모였다. 아마 무사히 큐슈 정벌이 끝날 때까지 그 인질들은 오사카에 억류해둘 것이라고 노부오 님이 알려왔네."

이에야스의 말이 채 끝나기도 전이었다.

"거절하십시오."

내뱉듯이 말하는 타다츠구의 대답이었다.

"우리는 히데요시에게 꼬리를 흔들어야 할 가문이 아닙니다. 오기마루 님만으로는 부족하다니 당치도 않습니다!"

이에야스는 아무런 반응도 나타내지 않고 옆에 있는 이에타다에게 물었다.

"그대의 생각은……?"

"예……"

온후한 성격인 이에타다였다.

"칸파쿠가 된 히데요시 님의 명령이기 때문에 반항하는 것처럼 보여서는 안 되지만, 이미 오기마루 님이 칸파쿠의 양자가 되신 인척 사이이므로 가신처럼 취급하는 것은 곤란하다고 정중히 말씀 드리는 것이 좋다고 생각합니다."

"그럼, 사쿠자에몬은?"

지명을 받은 사쿠자에몬은 잔뜩 몸을 앞으로 내밀고 가증스럽다는 듯이 단 한마디로 대답했다.

"우쭐거리지 말라고 하십시오."

"타다요는?"

"오기마루 님의 신상에 만일의 경우가 생기지 않도록 온건하게 거절하는 편이 좋겠습니다."

"타다카츠는?"

이에야스의 목소리는 물처럼 조용했으나 그 눈은 무서운 빛을 띠고 차차 고뇌가 짙어졌다.

"일전을 벌일 각오로 거절하십시오. 이대로 끝날 것이라 생각하시면 큰 낭패를 당하게 됩니다. 이쪽에서 그 각오가 되어 있는 줄 알면 틀림없이 히데요시 놈은 물러설 것입니다."

"야스마사는?"

"타다카츠와 같은 의견입니다. 지금 굴복하면 또 다른 난제를 들고 나올 것입니다. 가신이 될 것인가, 일전을 벌일 것인가 하는 그 갈림길이라 생각합니다."

"나오마사는?"

가장 젊은 이이 나오마사는 노골적으로 분노를 드러내고 꾸벅 고개를 숙였다.

"여러분의 의견대로 저는 언제든지 전쟁터로 달려가겠습니다."

이에야스는 비로소 씁쓸히 미소를 떠올렸다.

"그렇다면 한 사람도 찬성하는 사람이 없군. 모두 거절하라는 것이 아닌가…… 카즈마사, 그대는 어떻게 생각하나?"

카즈마사는 아까부터 눈을 감은 채 움직이지 않고 있었다.

8

"카즈마사, 그대의 의견을 말해보라고 했네."

이에야스가 무릎을 두드리며 묻는 바람에 비로소 카즈마사는 눈을 떴다.

"제 생각은 이미 여러 번 주군께 말씀 드렸습니다. 새삼스럽게 할말이 없습니다."

"으음. 그럼, 그대만은 히데요시와 싸우지 말라는 것인가?"

이에야스가 중얼거리듯이 말했다. 그 말이 채 끝나기도 전에 혼다 사쿠자에몬이 다다미를 치며 무릎을 세웠다.

"카즈마사, 그럼 자네는 인질을 보내자는 말인가?"

카즈마사는 희미하게 웃었다.

"가령 내가 그렇게 하자고 해도 중신들이 모두 반대한다면 도리가 없는 일이지. 나도 모두의 의견에 따를 수밖에 없네."

"카즈마사!"

사쿠자에몬은 무릎걸음으로 한 걸음 앞으로 나오면서 눈을 치떴다.

"자네는 비겁해."

"허어, 이거 묘한 소리를 하는군, 사쿠자에몬."

"사나이란 자기가 옳다고 믿는 일이면 비록 다른 사람의 의견이 어떻든지 당당히 소신을 관철시켜야 해. 중의에 따르겠다는 그런 약한 소리는 하지 말게."

카즈마사는 깜짝 놀라 사쿠자에몬을 똑바로 바라보았다.

사쿠자에몬이 한 말의 의미가 예리하게 가슴을 찌르고 내장을 도려내는 것 같았다. 언젠가 성에서 나올 때 사쿠자에몬의 집에서 둘이 이야기를 나눈 일이 있었다.

"자네와 나만은 세상의 영달榮達에서 벗어나 있기로 하세. 누가 알아주지 않더라도 묵묵히 도쿠가와 가문의 기둥이 되어 사나이의 고집을 관철시키세."

이렇게 말했다.

"자네가 먼저일지 내가 먼저일지는 모르지만, 어쨌든 편안한 노후는 기대할 수 없을 거야."

두 사람이 이야기를 나누었을 때의 그 눈과 똑같은 눈빛이 지금 사쿠자에몬의 두 눈에 깃들여 있었다.

"허허허……"

카즈마사는 웃었다.

"사쿠자에몬, 자네는 센치요를 오사카에서 데려오더니 갑자기 더욱 강력해졌군."

"이거 재미있는 말을 하는군. 그렇다면 자네는 카츠치요가 오사카에 남아 있기 때문에 다른 인질도 보내자고 하는 것인가?"

두 사람의 어조가 험악해졌다. 그 모습을 지켜보며 일동은 저도 모르게 숨을 죽였다.

이에야스는 찌푸린 표정으로 턱을 쓰다듬고 있었다.

"사쿠자에몬, 자네가 굳이 물으니 의견을 말하겠네. 대관절 주군이 바라시는 것이 무엇이겠나?"

"말하지 않아도 뻔한 일, 바로 천하일세."

"그 천하도 세상이 어지러워 손을 댈 수 없는 천하는 아닐 테지. 전쟁이 없는 천하, 태평한 세상의 초래…… 바로 이것이 주군의 바람 아니겠어?"

"그것과 이번 인질과는 무슨 관계가 있는지 알고 싶군."

"말해주겠네. 지금 우리가 히데요시와 싸우면 어떻게 되리라고 생각하나? 누가 이기건 천하는 다시 큰 혼란에 빠지게 돼. 아니, 때에는 때의 흐름이라는 것이 있어. 십중팔구는 우리가 질 것이야. 그런 전쟁을 하겠다는 것은 필부의 만용에 지나지 않아. 지금은 모든 것을 참고 히데요시를 도와야 하는 것일세. 히데요시를 돕다 보면 태평한 천하를 손에 넣을 수 있는 길이 있다는 것을 모르겠나?"

여기까지 말했을 때였다.

"카즈마사!"

"이시카와 님."

"입을 다무시오."

사방에서 비난의 소리가 터져나왔다.

9

아마도 이에야스가 입을 열지 않았다면 카즈마사에게 칼을 빼들고 덤벼드는 자가 생겼을지도 모를 정도였다. 모든 것을 참고 히데요시에게 협력하자는 의견은 그렇게 도쿠가와 가문에서는 절대로 해서는 안 될 말이었다.

사쿠자에몬은 일부러 해서는 안 될 그 말을 카즈마사에게 말하도록 하고 있다……는 것을 알고 있는 카즈마사.

"조용히 하게, 떠들지 말게."

이에야스가 제지했을 때.

'드디어 올 것이 왔구나……'

카즈마사는 이런 생각으로, 화가 나는 것과는 전혀 다른 고독을 느끼며 입을 다물었다.

"카즈마사는 의견을 말했을 뿐, 받아들이고 받아들이지 않고는 내 가슴에 있어. 조용히들 하게."

이에야스는 다시 한 번 일동을 꾸짖었다.

"카즈마사도 모든 사람이 인질을 내놓을 수 없다고 한다면 따르겠다…… 이 말인가?"

"예, 그건 다만 이 카즈마사의 의견일 뿐, 도리가 없습니다. 결정은 주군께서 내리시는 것이니까요."

"사쿠자에몬, 다시 덧붙일 말이 있나?"

"있습니다. 카즈마사의 의견은 의견으로서 온당치 못합니다. 싸우면 십중팔구는 질 것이라니 그런 얼빠진 소리가 어디 있습니까. 일단 전쟁이 벌어지면 저 혼자서라도 히데요시의 목 정도는 잘라오겠습니다. 그런 용사는 주군 밑에 비로 쓸 만큼 많습니다."

카즈마사는 이 무렵부터 사쿠자에몬의 눈에 이상하게도 비애의 빛이 감돌기 시작하는 것을 분명히 깨달았다.

"바로 그것이오. 전쟁은 인원수로만 이기는 것이 아니지."

"암, 그까짓 히데요시의 군사 따위…… 실제로 코마키, 나가쿠테에서 혼을 내주지 않았소."

"그리고, 우리 아군은 코슈와 신슈에서 산과 들을 누비면서 단련한 군사들이오."

카즈마사는 또다시 흥분하기 시작하는 가신들의 표정을 짓궂을 정도로 조용히 바라보았다.

미카와 가신들의 얼굴은 누구랄 것 없이 모두 씩씩했다. 그런 의미에서는 믿음직했다. 하지만 그 분노에는 깊이가 없었다. 분노라기보다는 일종의 흥분상태에서 나타나는 늠름함, 슬픔의 밑바닥을 들여다보지 않는 눈이고 또 자세였다.

이런 생각을 하다가 카즈마사가 깜짝 놀란 것은 이에야스와 눈길이 마주쳤을 때였다. 사쿠자에몬의 눈에 떠오른 기묘한 비애가, 그런 티를 보이지 않는 냉정한 그늘에 가려 섬뜩할 정도로 깊고 슬프게 숨겨져 있었다.

카즈마사는 그 순간 가슴이 확 뜨거워졌다.

'주군 이에야스와 사쿠자에몬 두 사람만은 내가 말하는 뜻을 잘 알고 있다……'

카즈마사는 가볍게 고개를 숙였다.

"황송합니다. 사쿠자에몬의 충동질에 놀아나 그만 사기와 관계되는, 해서는 안 될 말을 했습니다. 용서해주십시오."

사쿠자에몬은 고개를 꼬고 여느 때와 같이 교묘히 감정을 숨기고 있었다. 다른 사람들은 카즈마사의 이 말로 납득된 것 같기도 하고 그렇지 않은 것 같기도 했다.

벌써 주위가 어두워지기 시작하여 시동들이 촛불을 가져왔다.

인질을 보내는 일은 반대한다, 이 의견은 움직일 수 없는 것임을 알았으나, 그 대책이 무엇이냐 하는 데 대해서는 아직도 더 상의해야 할 일이 많았다.

"그럼, 이쯤 하고 주먹밥으로 요기라도 하세."

이에야스는 이렇게 말하고 혼다 마사노부를 돌아보았다.

10

허허실실의 계산은 실은 적에 대해서보다도 아군에 대해 더 필요했다. 히데요시가 자신만만하게 모든 다이묘들에게 요구한 인질에 대해, 만일 거부하는 경우에는 한바탕 소동이 일어날 것 같았다.

그러한 사태를 미연에 방지하려면 그럴 만한 포석布石이 필요했다. 제일 간단한 방법은 인질을 보내지 않고 히데요시를 납득시키는 일이었으나 그것은 처음부터 불가능한 일이었다.

그렇다면 히데요시가 어디서 공격해오건 무너지지 않을 대비가 중요했다.

삿사 나리마사는 이미 히데요시에게 항복했고, 우에스기 카게카츠는 적으로 돌아서 있었다. 호죠 우지마사 부자는 우에다 성의 일로 적지않은 불만을 품고 있는 듯했고, 오다 노부오도 인질을 거부하면 체면 문제가 있으므로 히데요시가 화를 내지 않는다고는 할 수 없었다.

이렇게 되면 왕성한 사기가 도리어 화근이 되어 하마마츠 성은 일찍이 없던 위기에 처하게 될 수밖에 없었다. 히데요시가 격분하여 오기마루를 죽이겠다고 했을 경우도 생각해두지 않으면 안 되었고, 해상으로부터의 공격에도 충분히 대비하지 않으면 안 되었다.

이에 관한 회의는 밤새 계속되어 결국 세 가지 일이 가장 중요한 사항으로 결정되었다.

첫째는 참으로 기묘하다고 하면 그 이상 기묘한 일도 없을 것인데, 히데요시에게 인질을 보내는 대신 이에야스 자신이 모든 중신들로부터 인질을 내놓게 하여 하마마츠에 데려다놓는 것.

이것은 만일의 경우에는 결전태세……라는 의미말고도 히데요시 쪽에 대한 견제의 의미도 있었다.

이렇게까지 해서 히데요시에 대비하고 있다는 결의를 보이자는 것이었다.

다음에는 이에야스가 조속히 오다와라에 가서 호죠 부자와 대면하여, 양쪽의 친선을 도모할 뿐 아니라 중신들끼리도 모두 서약서를 교환하자는 것이었다. 만일 히데요시와 호죠가 손이라도 잡는 날에는 그야말로 도쿠가와 가문은 바다에 뜬 외로운 섬이 되고 말 것이다.

지금까지도 몇 차례 대면을 생각하기는 했으나 장소 문제로 항상 이야기는 중단되었다.

호죠 부자에게 슨푸까지 오라고 할 수도 없고 이에야스가 그쪽으로 가는 것도 체면에 관한 문제이기 때문에…… 이번에는 이에야스 쪽에서 키세가와黃瀨川를 건너 미시마三島로 가는 한이 있어도 이 기회에 공고하게 두 집안 사이를 결속시켜야 한다는 결론이 내려졌다.

셋째는 역시 오다 노부오를 통해 히데요시의 감정을 누그러뜨리자는 것이었으나 별로 효과를 거둘 수 있을 것 같지 않았다.

이 회의가 끝났을 때는 이미 완전히 날이 새어 10월 29일의 태양이 밝게 정원을 비추기 시작하고 있었다.

이에야스는 자리를 뜨려고 하는 사람들에게 말했다.

"수고가 많았네. 오늘 아침에는 좋은 반찬을 마련했으니 그대로 남아 있게."

이렇게 말하고 준비시켜놓았던 밥상을 들여오게 했다.

"카즈마사, 내가 잡아온 두루미로 찌개를 끓였어."

무슨 생각을 했는지 이에야스는 카즈마사의 이름을 제일 먼저 입 밖에 내었다.

"주먹밥으로 배가 고팠을 것일세. 두루미 찌개를 한 그릇씩 들게."

웃는 얼굴을 모두에게 돌렸다.

카즈마사는 이때도 그만 눈물이 쏟아질 것 같아 입술을 깨물고 아침의 정원을 뚫어지게 노려보고 있었다.

11

“오, 이것은 정말 두루미로군.”

“두루미 고기를 먹게 되다니 재수가 좋아. 그러나저러나 올해는 일찍 건너왔는걸.”

“좋은 일이 생길 징조야.”

“아니, 이거 고기보다 야채가 더 많군.”

저마다 상 앞에서 한마디씩 하는 중신들은 어딘지 모르게 소년 그대로의 순진함을 지니고 있었다. 그런 만큼 싱글벙글 웃으며 두루미를 잡게 된 자랑을 늘어놓는 이에야스의 웃는 얼굴 뒤에 숨겨진 고뇌까지는 깨닫지 못하는 것 같았다.

식사가 끝나고 모두들 자기 성으로 돌아갈 준비를 시작했다. 히데요시의 손에 넘기는 대신 이에야스에게 가족을 인질로 보낸다…… 여기에 대해서는 아무도 불만스럽게 생각하지 않는 모양이었다. 아군이라면 무조건 믿는 대신 적이라면 철저히 증오하려 하는 철저한 무사 기질이었다. 이런 기질이 있었기 때문에 오늘날의 도쿠가와 가문은 존재할 수 있었다.

“카즈마사, 어떤가, 오늘의 두루미 맛이?”

카즈마사가 현관을 나와 말에 오르려 했을 때 혼다 사쿠자에몬이 뒤에서 불러 세웠다.

“우리 집에 들렀다 가지 않겠나? 자네와의 말다툼 때문에 늘 조마조

마해하던 마누라가 자네 얼굴을 보고 싶다고 하네."

"아니, 오늘은 사양하겠어."

카즈마사는 한마디로 거절했다.

"어젯밤부터 주군의 눈이 가엾게 여겨져 견딜 수가 없네."

"흥, 그럼 이것으로 끝이로군."

"뭐라고?"

"어쨌든 알겠네. 들르지 않겠다는 사람을 억지로 붙들 수야 없지."

"사쿠자에몬."

"왜 그러나?"

"주군은 미시마까지 가서 호죠 부자에게 허리를 굽히고 비위를 맞출 생각인 것 같네."

"그게 어쨌다는 말인가?"

"히데요시의 비위를 맞추지 않고 그 손톱의 때만도 못한 호죠 부자에게 머리를 숙이게 하다니, 그것이 충신인 모양일세."

"자넨 눈이 뒤집혔군."

"뭣이!"

"나를 비꼬아 무얼 하겠나? 하하하…… 좌우간 좋아. 오늘 아침의 두루미 고기 맛을 서로 잊지 말도록 하세."

"어찌 잊을 수 있겠나. 주군은 마음속으로 울고 계셨어."

"그럴 수도 있는 일이지. 억센 매를 너무 지나치게 길러 애를 먹을 때도 종종 있게 마련이니까. 그렇다고 이 매의 발톱을 잘라버리면 아무것도 안 되거든. 푸념하지 말게."

"푸념?"

카즈마사는 눈에 노기를 띠고, 그러나 생각을 달리한 듯 하인 손에서 고삐를 받아들었다.

"그럼, 부인께 안부 전해주게."

사쿠자에몬은 대답 대신 고개를 끄덕이는 것 같았다.

카즈마사는 말을 재촉하여 성을 나섰다. 밖으로 나오자 와락 눈물이 쏟아져 서리 내린 아침의 대지에 그대로 녹아들었다.

'허虛와 실實……'

인생의 어느 것이 허이고 어느 것이 실이란 말인가.

다시는 자기 생애에 이 성을 볼 수 없을 것이다…… 이런 생각을 하는 순간 카즈마사는 이미 보이지 않게 되었을 줄 알면서도 성을 돌아보지 않을 수 없었다.

"주군! 안녕히 계십시오……"

카즈마사는 힘껏 말에 채찍을 가했다.

—14권에서 계속

《 주요 등장 인물 》

나가마츠마루長松丸

도쿠가와 이에야스의 셋째아들. 나가마츠마루는 아명이고, 도쿠가와 히데타다라는 이름으로 알려져 있다. 장남인 노부야스가 죽고 둘째인 오기마루는 히데요시의 양자로 가게 되자, 자연스럽게 도쿠가와 가의 상속권을 받게 된다. 어려서부터 이에야스에게 엄격하게 교육을 받으며 지도자로 키워지게 된다.

네네寧寧

히데요시의 정실. 히데요시가 나이다이진이 된 이후에는 키타노만도코로라 불린다. 어질고 현명한 부인으로 평판이 높았고, 히데요시의 초고속 출세를 내조한다. 가신들도 잘 돌보며, 겸손한 성격으로 칸파쿠의 부인이 되고 나서는 도요토미 요시코로 성과 이름을 모두 바꾼다.

도요토미 히데요시豊臣秀吉

하시바 치쿠젠노카미 히데요시라고도 불린다. 코마키 · 나가쿠테 전투에서 도쿠가와 이에야스 군에 패배를 당하지만, 일본 내에서 이미 확고해진 자신의 지위를 이용하여 이에야스의 아들인 오기마루를 양자라는 명목으로 인질로 잡고, 이에야스에게는 자신의 여동생인 아사히히메를 시집보낸다. 쿄토의 공경들을 거의 장악한 히데요시는 텐쇼 13년 칸파쿠에 취임하여 성을 도요토미로 고친다.

도쿠가와 이에야스德川家康

코마키 · 나가쿠테 전투에서 히데요시 군에 승리를 거두지만, 전략상 후퇴한다. 이어서 히데요시에게 아들 오기마루를 양자라는 명목으로 인질로 보내고, 히데요시의 늙은 여동생 아사히히메를 아내로 맞이하는 등 굴욕을 당한다. 몸에 난 종기로 죽을 고비를 넘기기도 하는 이에야스는 자신이 되살아난 것은 히데요시에 맞서 싸우라는 신불의 뜻이라며 새롭게 전의를 불태운다.

미요시 히데츠구三好秀次

히데요시 누나의 아들로, 훗날 히데요시가 양자로 삼고 칸파쿠의 지위를 물려준다. 코마키 · 나가쿠테 전투에서는 이케다 쇼뉴가 히데요시에게 청하여 총대장이 되지만, 전투의 경험이 없는 히데츠구는 도쿠가와 군에게 습격을 당하고, 이 때문에 쇼뉴 부자가 전사한다. 전투 이후 히데요시는 네고로 무리가 웅거해 있는 센고쿠호리를 공격케 한다.

사지 히데마사佐治秀正

관직명 휴가노카미. 히데요시의 여동생 아사히히메를 아내로 맞이하여 행복한 결혼 생활을 보내지만, 히데요시의 정략에 의해 강제로 이혼을 당한다. 자신이 살아 있는 한 아사히히메는 히데요시의 명을 듣지 않을 것이라 생각한 히데마사는 히데요시를 위해 할복 자살한다.

아사히히메朝日姬

도요토미 히데요시의 여동생. 이에야스와의 정략 결혼을 위해 남편과 강제로 이혼당한다. 남편인 사지 휴가노카미는 히데요시의 명을 받들기 위해 할복 자살한다. 남편의 죽음으로 상심한 아사히히메는 이에야스와의 결혼을 거부하지만 네네의 설득으로 마음을 돌리게 된다.

오기마루於義丸

이에야스와 오만 사이에서 태어난 이에야스의 둘째아들. 서자이고 차남이지만, 장남인 노부야스가 죽자 장남의 역할을 하다 코마키 · 나가쿠테 전투 후 인질로 히데요시의 양자가 된다. 그 후 관례를 올리고 미카와노카미에 임명되어 하시바 히데야스라는 이름을 사용한다.

오만도코로大政所

이름은 나카. 텐즈이인으로 불리기도 한다. 도요토미 히데요시의 어머니이다. 텐쇼 13년(1585) 히데요시의 칸파쿠 취임 후 오만도코로라 불린다.

이시다 미츠나리石田三成

사키치로도 불린다. 히데요시의 측근으로 무단파에 대립되는 문치파의 대표적 인물이다. 무공을 세우는 데만 급급한 무사들과는 달리, 국면을 내다보는 지혜로 히데요시를 보좌한다. 때때로 히데요시를 능가하는 관찰력으로 히데요시에게 중용된다.

이시카와 카즈마사石川數正

관직명은 호키노카미. 히데요시가 천하의 주도권을 잡게 되자 도쿠가와 가 대부분의 중신들은 히데요시에 항전하자는 의견이었으나 유독 카즈마사만이 히데요시와 화친해야 한다고 주장한다. 결국 다른 중신들에게 히데요시와 내통하는 것이 아니냐는 의심을 받게 된다. 사자의 자격으로 히데요시의 성에 자주 왕래하며 이에야스의 둘째아들인 오기마루의 양자 입적과 히데요시의 여동생인 아사히히메와 이에야스의 결혼을 중개하는 역할을 한다.

차차히메茶茶姬

아사이 나가마사의 장녀로, 어머니는 오다 노부나가의 여동생인 오이치. 외삼촌인 노부나가의 공격으로 아버지 나가마사는 자살하고, 오빠인 만부쿠마루万福丸(당시 10세)는 히데요시의 수하에게 죽임을 당한다. 그 당시 챠챠는 일곱 살. 어머니 오이치는 재혼한 시바타 카츠이에와 함께 히데요시의 공격을 받아 자살한다. 열일곱 살인 챠챠는 두 여동생과 함께 성을 탈출하여 히데요시에게 맡겨진다.

타츠히메達姬

아사이 나가마사의 막내딸로 히데요시의 성에서 기거하다 양자이자 인질로 온 도쿠가와 이에야스의 둘째아들 오기마루와 만나 우연히 하룻밤을 보내게 된다. 그러나 히데요시의 반대로 둘은 결혼하지 못하고, 타츠히메는 오다 노부나가의 넷째아들이자 역시 히데요시의 양자가 된 히데카츠와 결혼한다.

혼다 시게츠구本多重次

혼다 사쿠자에몬 시게츠구는 일곱 살 때 키요야스(이에야스의 조부)를 섬긴 것에 이어, 히로타다, 이에야스 삼대에 걸쳐 중용된 노신이다. 귀신이라는 별명으로도 유명하다. 아들 센치요를 이시카와 카즈마사의 아들 야스나가와 함께 인질로 가는 이에야스의 둘째아들 오기마루의 시동으로 딸려 보낸다. 히데요시와 내통한다는 의심을 받고 있는 이시카와 카즈마사에 대해 겉으로는 강경한 태도를 취하지만, 은근히 그의 의견에 힘을 실어주곤 한다.

《 아즈치 · 모모야마 용어 사전 》

겐지源氏 | 미나모토源 성을 갖는 씨족의 총칭.

나이다이진內大臣 | 다이죠칸의 장관. 사다이진, 우다이진과 거의 같은 임무를 맡은 대신. 정2품.

네고로根來 무리 | 네고로 사의 승려를 중심으로 한 군사 집단. 탁월한 총포대를 갖고 있었지만, 1585년 히데요시에게 토벌된다.

다다미疊 | 일본식 주택의 방바닥에 까는 것으로, 짚으로 만든 판에 왕골이나 부들로 만든 돗자리를 붙인 것. 일반적으로 크기는 180×90cm이며, 일본에서는 지금도 방의 크기를 다다미의 장수로 나타내는 경우가 많다.

다이나곤大納言 | 우다이진右大臣 다음의 고관.

다이묘大名 | 넓은 영지와 많은 부하를 둔 무사의 우두머리.

다죠다이진太政大臣 | 정치를 통괄하는 다이죠칸의 최고 벼슬.

무로마치室町 시대 | 아시카가足利 일족이 정권을 잡았던 1338~1572년 간의 시대.

미즈코보시水翻し | 차를 따르기 전에 잔을 부신 물을 버리는 그릇.

사다이진左大臣 | 다이죠칸의 장관. 우다이진 위의 직위.

사이가雜賀 무리 | 키슈의 키노카와를 본거지로 하는 지역적인 자치 조직이며, 대량의 총포와 수군은 타의 추종을 불허할 정도로 막강했다. 1585년 히데요시에게 토벌된다.

삼도내 | 불교에서, 사람이 죽어서 저승으로 가는 길에 건너게 된다는 내를 이르는 말. 삼도천三途川.

세이이타이쇼군征夷大將軍 | 정치와 군사에 대한 전권을 장악한 바쿠후幕府 최고 실력자.

쇼군將軍 | 바쿠후 최고의 실권자.

아시가루足輕 | 평시에는 잡일에 종사하다가 전시에는 병졸이 되는 최하급 무사.

야크 | 북부 인도 등지에 서식하는 소과의 동물.

에이잔叡山 | 히에이잔이라고도 함. 천태종天台宗의 총본산인 엔랴쿠 사延曆寺가 있는 산.

오닌應仁의 난 | 1467년부터 1477년까지 쿄토를 중심으로 일어난 대란. 지방으로 파급되어 센고쿠 시대로 접어드는 계기가 되었다.

오토기슈御伽衆 | 다이묘나 귀인의 말상대가 되는 사람, 그 관직.

우다이진右大臣 | 다이죠칸의 장관. 사다이진 다음의 직위.

우란분재盂蘭盆齋 | 음력 7월 보름에 조상에게 제사지내는 불교 행사.

우마지루시馬印 · 馬標 | 전쟁터에서 대장의 말 옆에 세워 그 위치를 알리는 표지.

진바오리陣羽織 | 전쟁터에서 갑옷 위에 걸쳐 입는 소매 없는 겉옷.

카마쿠라 바쿠후鎌倉幕府 | 미나모토노 요리토모源頼朝가 1192년에 카마쿠라에서 창시한 일본 최초의 무인 정권.

카시와데柏手 | 신에게 경배를 드릴 때 양손을 마주 쳐서 소리내는 일.

카이아와세貝合 | 360개의 진기한 조가비를 왼쪽 짝과 오른쪽 짝으로 갈라, 제짝을 많이 찾아서 맞춘 편이 이기는 부녀자의 놀이.

칸파쿠關白 | 천황을 보좌하여 정무를 담당하는 최고위의 대신.

켄무建武 | 고다이고後醍醐 천황 시대의 연호, 1334~1336.

코난도小納戶 | 주군 밑에서 이발, 식사, 의복 등의 일을 맡아보는 직책.

코쇼小姓 | 주군을 측근에서 모시며 잡무를 맡아보는 무사.

코야산高野山 | 진언종眞言宗의 총본산인 콘고부 사金剛峰寺가 있는 산.

텐모쿠天目 | 중국 절강성에서 전래된 찻잔.

텐슈카쿠天守閣 | 성의 중심부 아성牙城에 3층 또는 5층으로 높게 쌓은 망루.

하오리羽織 | 옷 위에 입는 짧은 겉옷.

하카마袴 | 일본옷의 겉에 입는 아래옷. 허리에서 발목까지 덮으며 넉넉하게 주름이 잡혀 있고, 바지처럼 가랑이진 것이 보통이나 스커트 모양의 것도 있다.

헤이케平家 | 타이라平 성을 가진 집안.

히토에單衣 | 지체 높은 집안의 남녀가 가장 속에 입는 홑옷.

《 갑옷의 비교 》

◈—다이묘(무사의 우두머리)의 갑옷 | 전체 무게 9.7kg

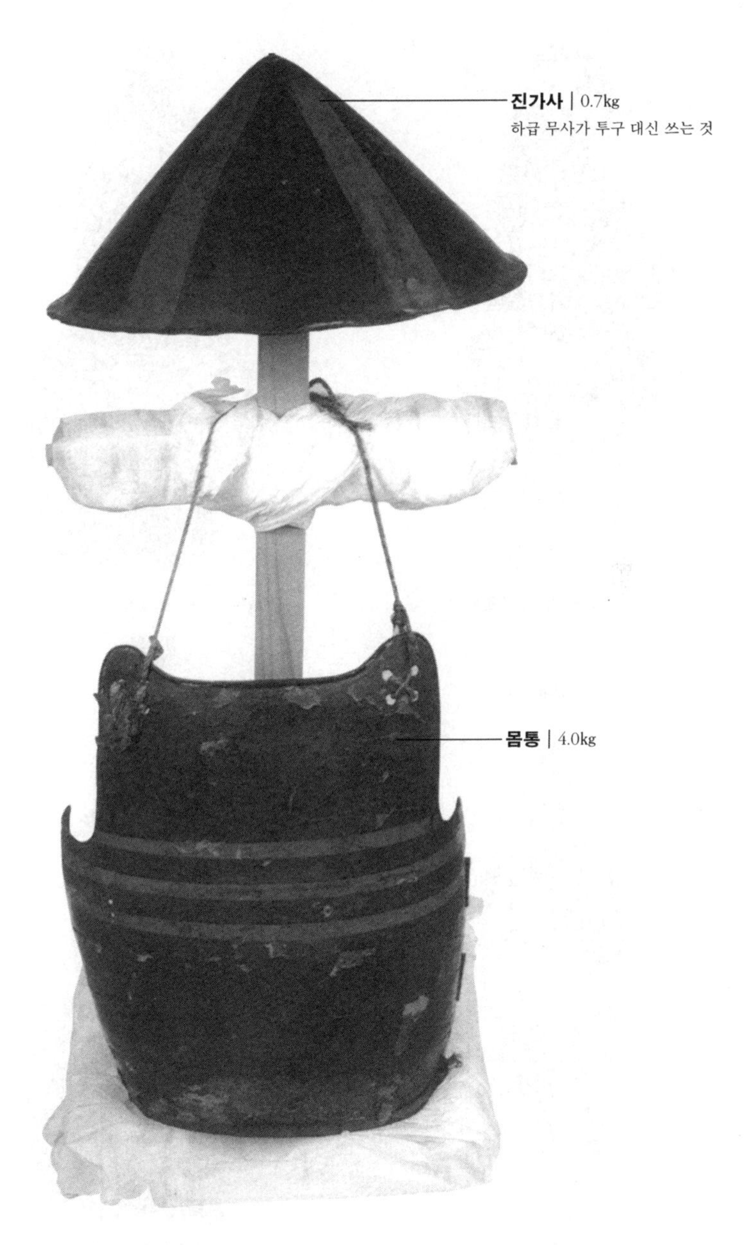

◈— **아시가루**(최하급 무사)**의 갑옷 | 전체 무게** 4.7kg

《 주요 인물의 갑옷 》

◈— 도요토미 히데요시

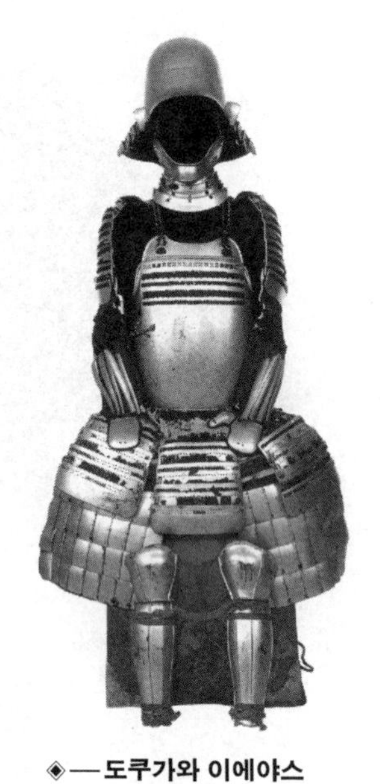

◈— 도쿠가와 이에야스

◈— 카토 키요마사

◈— 호소카와 타다오키

《 주요 인물의 투구 》

◈—도요토미 히데요시

◈—마에다 토시나가

◈—마에다 토시이에

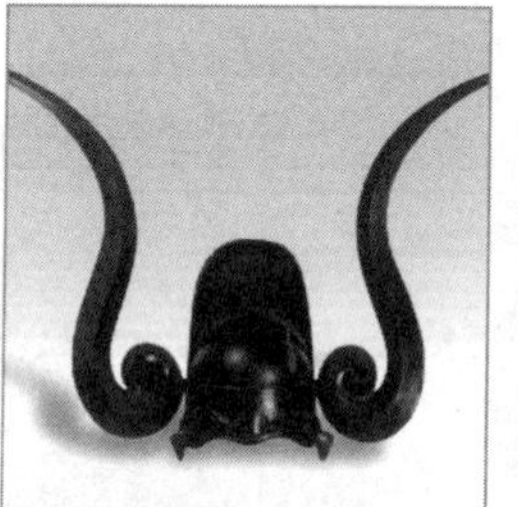

◈—하시바 히데야스

◈—카토 요시아키

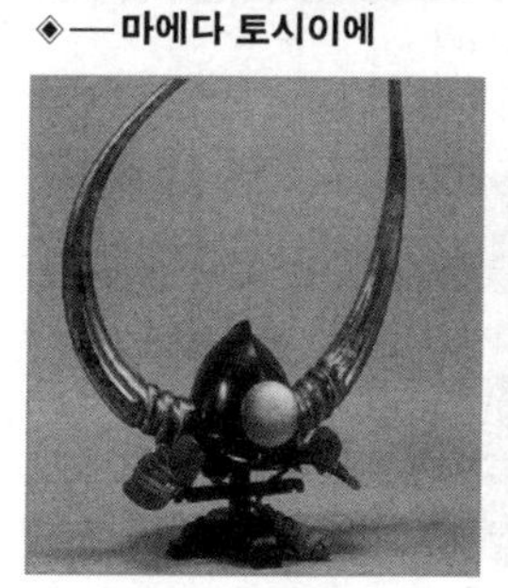

◈—쿠로다 나가마사

◈—쿠로다 요시타카

◈—킷카와 모토하루

《 주요 인물의 칼 》

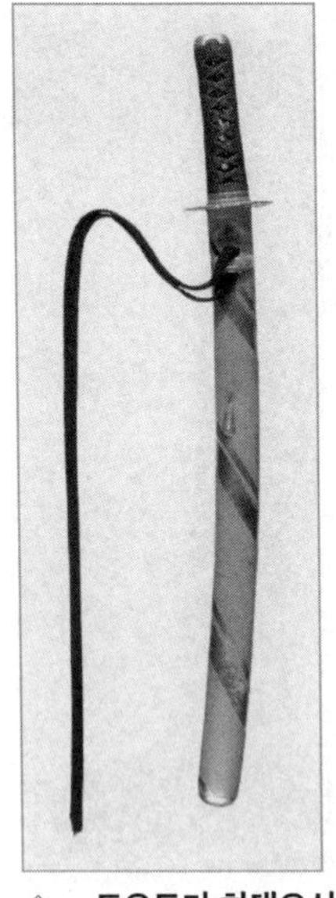
◈—도요토미 히데요시

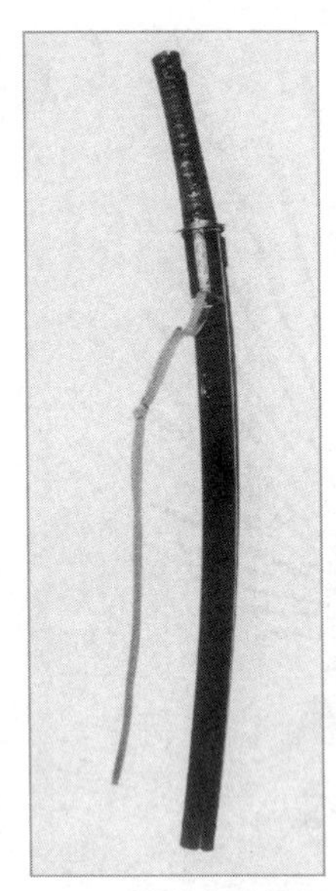
◈—도쿠가와 이에야스

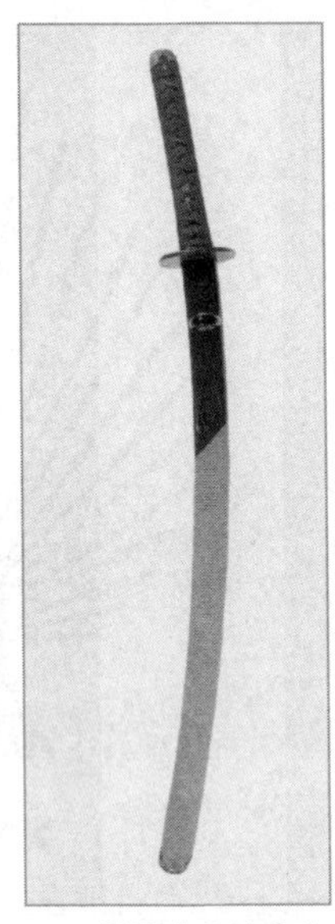
◈—쿠로다 요시타카

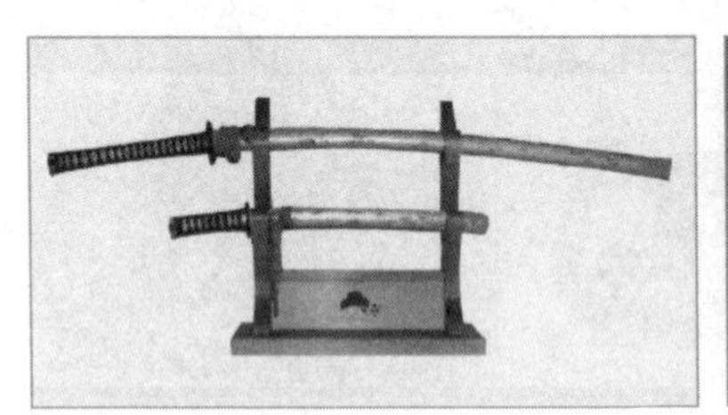
◈—마에다 토시이에

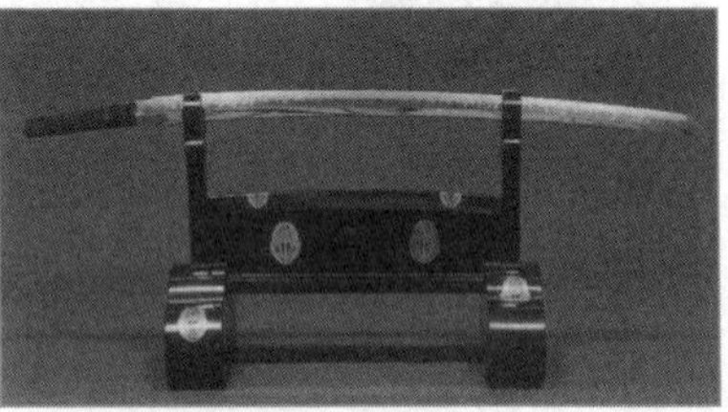
◈—모리 모토나리

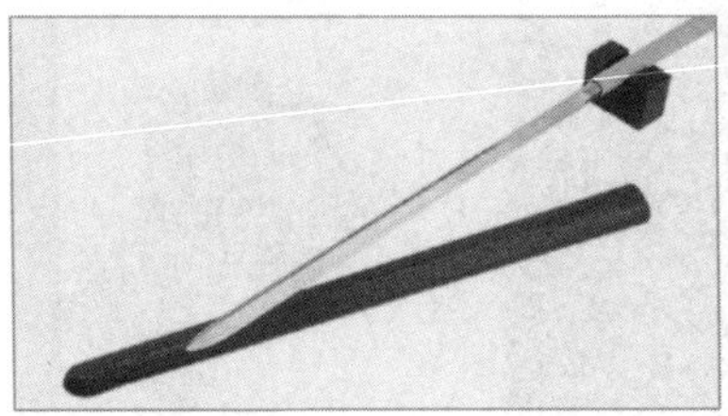
◈—고토 모토츠구

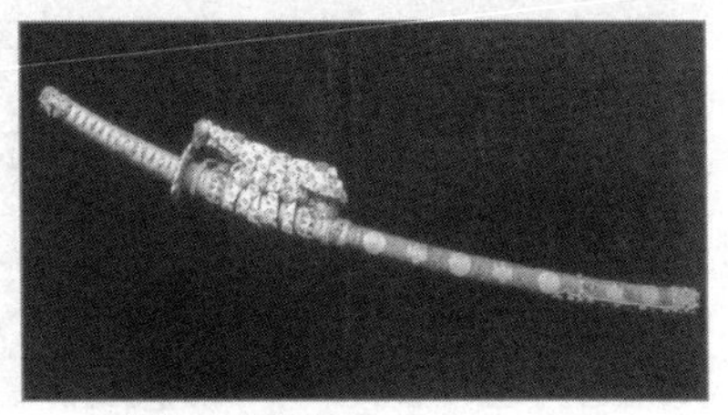
◈—다테 마사무네

《 총포의 구성 》

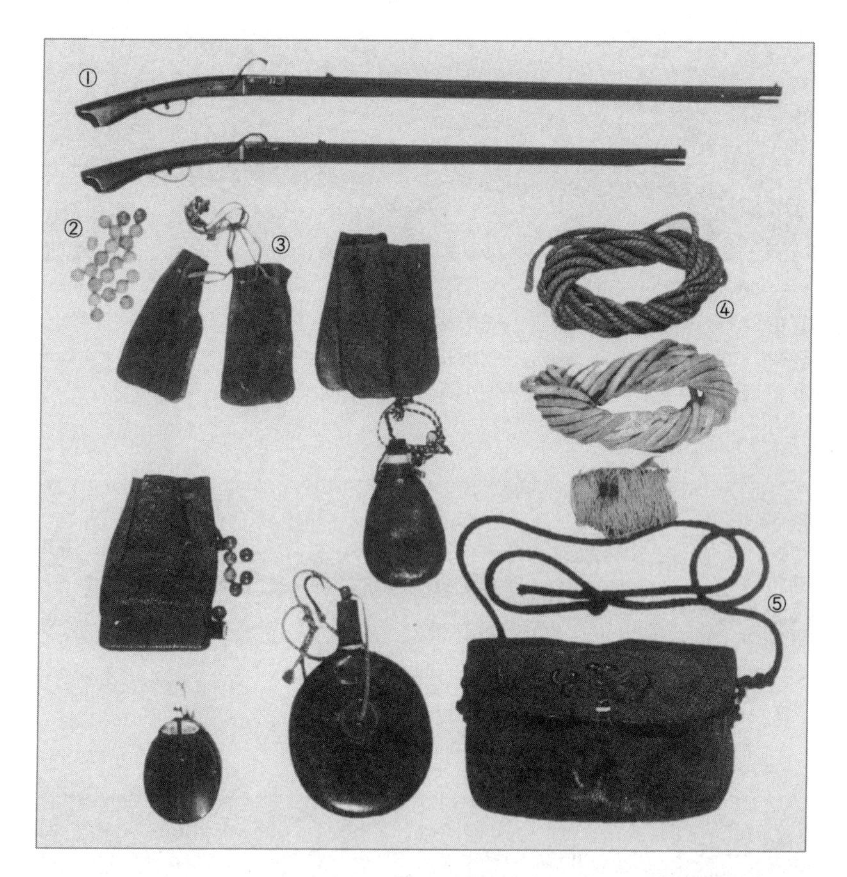

① — 총포
② — 탄환
③ — 탄약집
④ — 화승
⑤ — 수납 주머니

《 총포의 형태별 분류 》

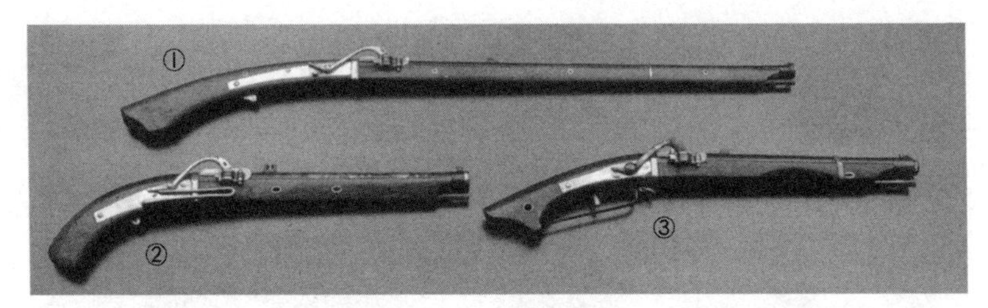

◈ — **세총 · 단총**

① 길이 79cm 총신 길이 51.6cm 구경 7.5mm 중량 0.9kg

② 길이 47.5cm 총신 길이 30.5cm 구경 13mm 중량 1.1kg

③ 길이 49cm 총신 길이 29.1cm 구경 13mm 중량 1.3kg

◈ — **중총**

길이 99cm 총신 길이 70.4cm 구경 16mm 중량 4.8kg

◈ — **대총**

길이 101cm 총신 길이 66.8cm 구경 48mm 중량 27.4kg

《 총포의 생산지별 분류 》

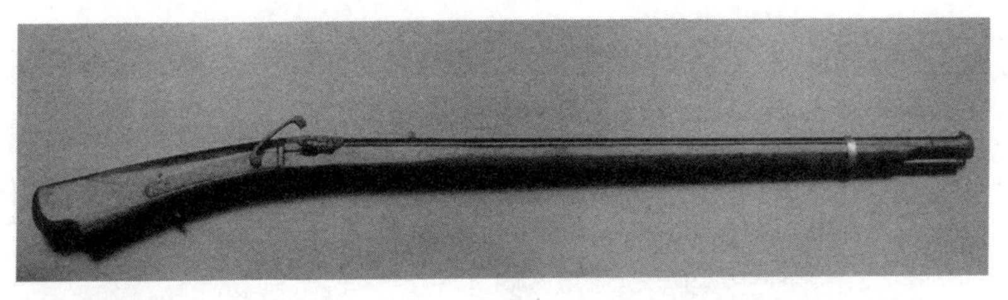

◈—남만 총

길이 116cm 총신 길이 85cm 구경 16mm 중량 3.4kg

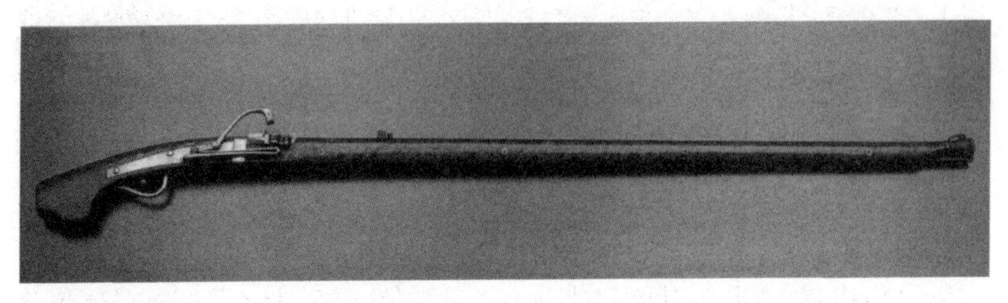

◈—사카이 총

길이 134.5cm 총신 길이 104.5cm 구경 12mm 중량 1.8kg

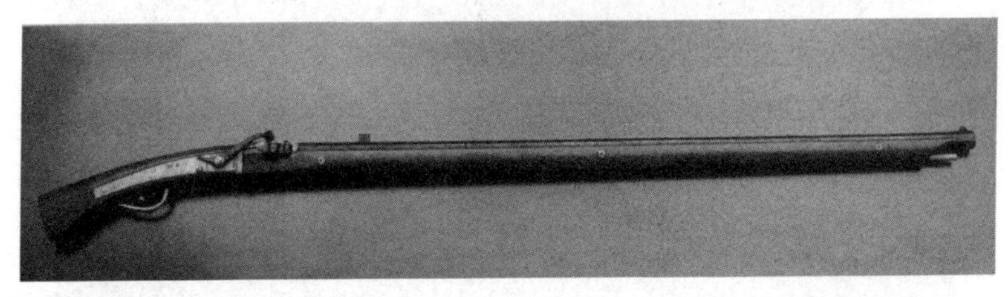

◈—쿠니토모 총

길이 127cm 총신 길이 100cm 구경 13mm 중량 2.3kg

《 대포의 종류 》

◈—**도요토미 군의 대포(불랑기포)** | 포르투갈에서 수입. 길이 288cm, 구경 9.5cm.

◈—**도쿠가와 군의 대포(일관백인옥대통포)** | 일본에서 생산된, 현존하는 가장 오래된 대포. 길이 313cm, 구경 9.5cm.

◈—**조선 왕조의 대포(천자총통)** | 1555년경에 제조. 길이 131cm, 구경 13cm.

◈—**조선 왕조의 대포(별황자총통)** | 1609년경에 제조. 길이 89.2cm, 구경 5.9cm.

《 도쿠가와 이에야스 관련 연보(1585) 》

◈—서력의 나이는 도쿠가와 이에야스의 나이

일본 연호		서력	주요 사건
텐쇼 天正	13	1585 44세	3월 10일, 히데요시가 정2품 나이다이진이 된다. 4월 16일, 에치젠 키타노쇼의 니와 나가히데가 51세의 나이로 사망한다. 4월 19일, 히데요시가 키이 오타를 함락하고 오사카로 개선한다. 같은 달, 이에야스는 사카이 타다츠구, 사카키바라 야스마사, 혼다 타다카츠 이하의 여러 무사들에게 영지를 나눠준다. 6월 16일, 히데요시는 동생인 하시바 히데나가 등에게 토사의 쵸소카베 모토치카의 토벌을 명한다(시코쿠 정벌). 6월 26일, 이에야스는 종기가 생겨 고생한다. 7월 11일, 히데요시는 칸파쿠가 된다. 종1품에 올라 성을 후지와라로 고친다. 7월 19일, 이에야스는 슨푸 성을 보수한다. 8월 6일, 토사의 쵸소카베 모토치카가 히데요시에게 항복한다. 8월 8일, 히데요시는 엣츄의 삿사 나리마사를 토벌하기 위해 쿄토를 출발한다. 8월 20일, 삿사 나리마사가 히데요시에게 항복한다. 같은 달, 이에야스는 오쿠보 타다요, 토리이 모토타다 등에게 시나노 우에다의 사나다 마사유키를 공격하라고 명한다. 윤 8월 24일, 이에야스는 시나노에서 군사를 철수시킨다. 10월 28일, 이에야스는 히데요시에게 인질을 보내는 것에 대해 가신들과 회의를 한다. 11월 13일, 이에야스의 가신인 이시카와 카즈마사가 쿄

일본 연호		서력	주요 사건
텐쇼 天正			토로 도망간다. 11월 28일, 히데요시가 오다 나가마스(우라쿠)를 보내 이에야스의 상경을 요구한다. 이에야스는 이를 거부한다. 12월 10일, 히데요시의 양자인 하시바 히데카츠가 18세의 나이로 사망한다.

옮긴이 **이길진**李吉鎭

1934년 황해도 출생. 1958년 서울대학교 사회학과를 졸업하였다.
일본 문학 작품 및 일본 문화에 관련된 많은 책들을 유려한 우리말로 옮겼다.
주요 역서로는 가와바타 야스나리의 『설국』, 이마이 마사아키의 『카이젠』,
오에 겐자부로의 『사육』, 기쿠치 히데유키의 『요마록』,
야마오카 소하치의 『오다 노부나가』, 『사카모토 료마』 등이 있다.

| 부록의 자료 제공 및 감수는 고려대학교 일어일문학과 최관 교수님께서 해주셨습니다.

도쿠가와 이에야스 제13권

1판 1쇄 발행 2001년 2월 5일
2판 3쇄 발행 2023년 5월 1일

지은이 야마오카 소하치
옮긴이 이길진
펴낸이 임양묵
펴낸곳 솔출판사

주소 서울시 마포구 와우산로29가길 80(서교동)
전화 02-332-1526
팩스 02-332-1529
이메일 solbook@solbook.co.kr
홈페이지 www.solbook.co.kr
출판 등록 1990년 9월 15일 제10-420호

ISBN 979-11-86634-38-7 04830
ISBN 979-11-86634-22-6 (세트)

- 잘못된 책은 구입한 곳에서 바꿔드립니다.
- 책값은 뒤표지에 표시되어 있습니다.

코마키·나가쿠테小牧長久手 전투(1584) 병풍도 뒷부분.
오다 노부오·도쿠가와 이에야스 연합군과
도요토미 히데요시 군의 전투 장면.